浙东唐诗之路研究系列丛书

浙东唐诗之路文化意蕴研究

何善蒙 著

ZHEJIANG UNIVERSITY PRESS
浙江大学出版社
·杭州·

图书在版编目（CIP）数据

浙东唐诗之路文化意蕴研究 / 何善蒙著. -- 杭州：
浙江大学出版社，2024. 11. -- ISBN 978-7-308-25203-4

Ⅰ. I207.227.42

中国国家版本馆 CIP 数据核字第 2024DE5032 号

浙东唐诗之路文化意蕴研究

何善蒙　著

责任编辑	周烨楠
责任校对	李瑞雪
封面设计	周　灵
出版发行	浙江大学出版社
	（杭州市天目山路 148 号　邮政编码 310007）
	（网址：http://www.zjupress.com）
排　　版	浙江时代出版服务有限公司
印　　刷	杭州宏雅印刷有限公司
开　　本	710mm×1000mm　1/16
印　　张	12.25
字　　数	219 千
版 印 次	2024 年 11 月第 1 版　2024 年 11 月第 1 次印刷
书　　号	ISBN 978-7-308-25203-4
定　　价	98.00 元

浙江省文化研究工程指导委员会

浙江文化研究工程成果文库总序

  有人将文化比作一条来自老祖宗而又流向未来的河,这是说文化的传统,通过纵向传承和横向传递,生生不息地影响和引领着人们的生存与发展;有人说文化是人类的思想、智慧、信仰、情感和生活的载体、方式和方法,这是将文化作为人们代代相传的生活方式的整体。我们说,文化为群体生活提供规范、方式与环境,文化通过传承为社会进步发挥基础作用,文化会促进或制约经济乃至整个社会的发展。文化的力量,已经深深熔铸在民族的生命力、创造力和凝聚力之中。

  在人类文化演化的进程中,各种文化都在其内部生成众多的元素、层次与类型,由此决定了文化的多样性与复杂性。

  中国文化的博大精深,来源于其内部生成的多姿多彩;中国文化的历久弥新,取决于其变迁过程中各种元素、层次、类型在内容和结构上通过碰撞、解构、融合而产生的革故鼎新的强大动力。

  中国土地广袤、疆域辽阔,不同区域间因自然环境、经济环境、社会环境等诸多方面的差异,建构了不同的区域文化。区域文化如同百川归海,共同汇聚成中国文化的大传统,这种大传统如同春风化雨,渗透于各种区域文化之中。在这个过程中,区域文化如同清溪山泉潺潺不息,在中国文化的共同价值取向下,以自己的独特个性支撑着、引领着本地经济社会的发展。

  从区域文化入手,对一地文化的历史与现状展开全面、系统、扎实、有序的研究,一方面可以藉此梳理和弘扬当地的历史传统和文化资源,繁荣和丰富当代的先进文化建设活动,规划和指导未来的文化发展蓝图,增强文化软实力,为全面建设小康社会、加快推进社会主义现代化提供思想保证、精神动力、智力支持和舆论力量;另一方面,这也是深入了解中国文化、研究中国文化、发展中国文化、创新中国文化的重要途径之一。如今,区域文化研究日益受到各地重视,成为我国文化研究走向深入的一个重要标志。我们今天实施浙江文化研究工程,其目的和意义也在于此。

  千百年来,浙江人民积淀和传承了一个底蕴深厚的文化传统。这种文化传统的独特性,正在于它令人惊叹的富于创造力的智慧和力量。

浙江文化中富于创造力的基因,早早地出现在其历史的源头。在浙江新石器时代最为著名的跨湖桥、河姆渡、马家浜和良渚的考古文化中,浙江先民们都以不同凡响的作为,在中华民族的文明之源留下了创造和进步的印记。

浙江人民在与时俱进的历史轨迹上一路走来,秉承富于创造力的文化传统,这深深地融汇在一代代浙江人民的血液中,体现在浙江人民的行为上,也在浙江历史上众多杰出人物身上得到充分展示。从大禹的因势利导、敬业治水,到勾践的卧薪尝胆、励精图治;从钱氏的保境安民、纳土归宋,到胡则的为官一任、造福一方;从岳飞、于谦的精忠报国、清白一生,到方孝孺、张苍水的刚正不阿、以身殉国;从沈括的博学多识、精研深究,到竺可桢的科学救国、求是一生;无论是陈亮、叶适的经世致用,还是黄宗羲的工商皆本;无论是王充、王阳明的批判、自觉,还是龚自珍、蔡元培的开明、开放,等等,都展示了浙江深厚的文化底蕴,凝聚了浙江人民求真务实的创造精神。

代代相传的文化创造的作为和精神,从观念、态度、行为方式和价值取向上,孕育、形成和发展了渊源有自的浙江地域文化传统和与时俱进的浙江文化精神,她滋育着浙江的生命力、催生着浙江的凝聚力、激发着浙江的创造力、培植着浙江的竞争力,激励着浙江人民永不自满、永不停息,在各个不同的历史时期不断地超越自我、创业奋进。

悠久深厚、意韵丰富的浙江文化传统,是历史赐予我们的宝贵财富,也是我们开拓未来的丰富资源和不竭动力。党的十六大以来推进浙江新发展的实践,使我们越来越深刻地认识到,与国家实施改革开放大政方针相伴随的浙江经济社会持续快速健康发展的深层原因,就在于浙江深厚的文化底蕴和文化传统与当今时代精神的有机结合,就在于发展先进生产力与发展先进文化的有机结合。今后一个时期浙江能否在全面建设小康社会、加快社会主义现代化建设进程中继续走在前列,很大程度上取决于我们对文化力量的深刻认识、对发展先进文化的高度自觉和对加快建设文化大省的工作力度。我们应该看到,文化的力量最终可以转化为物质的力量,文化的软实力最终可以转化为经济的硬实力。文化要素是综合竞争力的核心要素,文化资源是经济社会发展的重要资源,文化素质是领导者和劳动者的首要素质。因此,研究浙江文化的历史与现状,增强文化软实力,为浙江的现代化建设服务,是浙江人民的共同事业,也是浙江各级党委、政府的重要使命和责任。

2005 年 7 月召开的中共浙江省委十一届八次全会,作出《关于加快建设文化大省的决定》，提出要从增强先进文化凝聚力、解放和发展生产力、增强社会公共服务能力入手，大力实施文明素质工程、文化精品工程、文化研究工程、文化保护工程、文化产业促进工程、文化阵地工程、文化传播工程、文化人才工程等"八项工程"，实施科教兴国和人才强国战略，加快建设教育、科技、卫生、体育等"四个强省"。作为文化建设"八项工程"之一的文化研究工程，其任务就是系统研究浙江文化的历史成就和当代发展，深入挖掘浙江文化底蕴、研究浙江现象、总结浙江经验、指导浙江未来的发展。

浙江文化研究工程将重点研究"今、古、人、文"四个方面，即围绕浙江当代发展问题研究、浙江历史文化专题研究、浙江名人研究、浙江历史文献整理四大板块，开展系统研究，出版系列丛书。在研究内容上，深入挖掘浙江文化底蕴，系统梳理和分析浙江历史文化的内部结构、变化规律和地域特色，坚持和发展浙江精神；研究浙江文化与其他地域文化的异同，厘清浙江文化在中国文化中的地位和相互影响的关系；围绕浙江生动的当代实践，深入解读浙江现象，总结浙江经验，指导浙江发展。在研究力量上，通过课题组织、出版资助、重点研究基地建设、加强省内外大院名校合作、整合各地各部门力量等途径，形成上下联动、学界互动的整体合力。在成果运用上，注重研究成果的学术价值和应用价值，充分发挥其认识世界、传承文明、创新理论、咨政育人、服务社会的重要作用。

我们希望通过实施浙江文化研究工程，努力用浙江历史教育浙江人民、用浙江文化熏陶浙江人民、用浙江精神鼓舞浙江人民、用浙江经验引领浙江人民，进一步激发浙江人民的无穷智慧和伟大创造能力，推动浙江实现又快又好发展。

今天，我们踏着来自历史的河流，受着一方百姓的期许，理应负起使命，至诚奉献，让我们的文化绵延不绝，让我们的创造生生不息。

2006 年 5 月 30 日于杭州

目　录

第一章　唐诗之路与浙东唐诗之路

浙东唐诗之路,毫无疑问是最近几年浙江社会之中最为流行的词汇之一,虽然它的提出至今已经有30余年的历史了,但是作为一个受到普遍关注的社会现象,是近几年才逐渐"热"起来的。这跟浙江的经济文化建设密切相关,也可以说是在浙江对历史文化资源进行科学梳理的过程中,逐渐明朗起来的一个具有巨大现实意义的观念。2018年1月25日,时任浙江省省长袁家军同志在《浙江省政府工作报告》中明确提出:

> 抓好大花园建设,积极打造浙东唐诗之路和钱塘江唐诗之路,加快建设浙江名山"十大公园"。①

这表明,浙江在政府的高度上意识到了历史上的唐诗之路对于今日来说所具有的重要意义,这种意义不仅仅在于唐诗之路是一种具有标识性的文化资源,更为重要的是,它是一种重要的文旅遗产,与当下的社会经济生活有着密切的关系。所以我们可以看到,在随后的几年之中,浙江唐诗之路(尤其是浙东唐诗之路)成了该区域重要的文化和社会现象,受到各级政府以及专家学者的高度重视,由此"浙东唐诗之路"也就成了一个具有广泛社会影响力的观念。

2020年10月12日下午,浙江省诗路文化带建设暨浙东唐诗之路启动大会在天台召开。时任浙江省委书记袁家军作出批示,时任浙江省省长郑栅洁出席大会并按下浙东唐诗之路启动键。对于浙东唐诗之路的建设来说,这同样是一个极为重要的时刻。而袁家军书记的批示和郑栅洁省长的发言,无疑都是从浙江文旅建设的高度来看待浙东唐诗之路的:

> 袁家军在批示中指出,高水平建设诗路文化带是全面展示浙江诗画山水、推进美丽浙江和文化浙江建设的内在要求,是忠实践行"八八战略"、奋力打造"重要窗口"的重要举措。浙东唐诗之路基础好、底蕴深,特色明显,希望各地

---

① 《浙江省政府工作报告》,《浙江日报》,2018年1月26日第三版。

各部门深入贯彻习近平总书记考察浙江重要讲话精神,深入践行"绿水青山就是金山银山"理念,深入实施浙江省诗路文化带发展规划和浙东唐诗之路三年行动计划,围绕"诗画""山水""佛道""名人"四大主题,凝练彰显"诗心自在"的文化内涵,推动浙东唐诗之路建设早出经验、多出成果。要坚持成熟一个、推出一个,有序启动其他三条诗路建设,串珠成链,文化赋能,美美与共,为在山水与诗情中绘就现代版"富春山居图"作出积极贡献。

郑栅洁指出,诗路文化带"一文含四带,十地耀百珠",串连了我省文化精华之"链"、山水之"链"、全域发展之"链",具有从古至今走向未来的重大意义,是诗画浙江大花园的标志性工程和文化浙江建设的"金名片"。各地各部门要认真践行"绿水青山就是金山银山"理念,根据浙江省诗路文化带发展规划,建立工作专班,完善工作协同、要素保障和评价考核机制。各地要发挥特色优势,条件成熟的抓紧动起来,系统性推进浙东唐诗之路、大运河诗路、钱塘江诗路和瓯江山水诗路建设,进一步擦亮"珍珠",串珠成链,努力把诗路文化带建设成为魅力人文带、黄金旅游带、美丽生态带、富民经济带、合作开放带,打造成为"重要窗口"标志性成果,把浙江大花园建设成为国内外游客向往之地。①

我们可以毫不夸张地说,浙东唐诗之路是过去五年之中,浙江最为流行的文化和经济词汇之一。建设浙东唐诗之路作为省委、省政府的一项重点工作,进而引起广泛的社会关注,这是题中应有之义。但是,作为一个严谨的学术词语,我们又应当如何来理解浙东唐诗之路呢?早在1993年的时候,中国唐代文学学会就确认了浙东唐诗之路这一概念。关于此,中国唐代文学学会原会长傅璇琮先生有过很明确的说明:

有唐一代,有两个极具人文景观特色、深含历史开创意义的区域旅程文化,一是河西丝绸之路,另一个便是浙东唐诗之路。……"浙东唐诗之路"的正式提出是在1991年。时南京师范大学举行"中国首届唐诗宋词国际学术研讨会",新昌的竺岳兵先生正式提出这一概念,引起学术界的重视。时我任中国唐代文学学会会长,即于1993年,学会正式发函,同意成立"浙东唐诗之路"的专称。此后,专门的浙东唐诗之路的研究著作也陆续出版问世。②

① 《率先启动浙东唐诗之路建设 高标准打造诗路文化带》,《浙江日报》,2020年10月12日第一版。
② 傅璇琮:《〈从义桥渔浦出发:浙东唐诗之路重要源头学术研讨会论文集〉序》,《萧山记忆(第七辑)》,浙江人民出版社2014年版,第44页。

傅先生的这段话,很清楚地表明了浙东唐诗之路的历史地位,以及它作为一个学术概念的由来。那么,作为学术概念的浙东唐诗之路与我们民间所广泛传播的浙东唐诗之路理当有所区别,肖瑞峰教授很明确地指出了这一点:

> 由于舆论的大范围宣传,尤其是今年以来的媒体热炒,"浙东唐诗之路"这一名称已为浙江百姓所耳熟能详,越来越多地成为文化素养日益提高的浙江百姓茶余饭后议论几句的话题。但大众语境中的"浙东唐诗之路"与专家语境中的"浙东唐诗之路"应该是有区别的,前者无妨模糊,甚至无妨变形,后者则绝对不能失真,不能走样,不能作迎合大众的媚俗之论。①

诚然,大众语境中的观念和专家语境中的学术概念是不一样的,我们在谈论浙东唐诗之路的时候尤其应该注意。这个概念在社会事实的层面上来说,已经具有了更多的世俗的意义、大众的语境,即如我们前面所说的,主要是因为浙江省近几年来经济社会发展的现实推动,促成了 30 年前形成的一个学术概念重新进入大众的领域,并且受到了极高的关注。在这个背景之下,我们自然不能否定大众对于浙东唐诗之路这一概念普及化、社会化所具有的重要意义。因为在今天的浙江,浙东唐诗之路很显然是一个非常重要的文旅发展的议题以及地方经济事业的话题。但是,作为一个学术观念的研究,我们还是应当以学者的立场来还原,让它恢复到学术的本位。这样,我们可能可以更加清楚地认识到,作为一个学术观念,它所具有的历史和文化的内涵,同时,我们也能通过更加冷静的辨析,从这样一个历史文化现象中获得真正有益于当下的价值,这也是学术研究应有的立场。

因此,本书对于浙东唐诗之路相关问题的讨论,主要是以历史文献为基础,从严格的学术立场出发,来对浙东唐诗之路的文化意蕴做一番梳理和辨析,期望通过这样的方式,能够从理论上来澄清一些基本的问题。

一、唐诗与唐诗之路

当我们谈论浙东唐诗之路的时候,我们首先要面对的概念就是"唐诗之路",因为诸如"浙东唐诗之路""浙西唐诗之路"等称谓,其所指的基本内涵就是"唐诗之路"。唐诗之路从字面上来说,就是围绕着唐诗所形成的路。新昌的竺岳兵先生在

---

①　肖瑞峰:《"浙东唐诗之路"研究的学术逻辑与学术空间》,《绍兴文理学院学报》第 38 卷第 6 期,2018年 11 月,第 2 页。

最早提出唐诗之路这个说法的时候,曾对此有过一个界定:"所谓'唐诗之路',是对唐诗特色的形成起了载体作用的,具有代表性的一条道路。"竺先生进一步解释,成为"唐诗之路"需要符合三个要素:"(1)范围的确定性:在一个相对独立的地区内,有大量的风格甚高而格调多样的唐代诗人游弋歌咏于此。(2)形态的多样性:诗人在这一区域旅游的表现形式丰富多样。(3)文化的继承性:这一地区的人文景观、自然景观,与唐诗有着整体性的渊源关系。三要素中的任何一项,都不能单独形成或构成'唐诗之路'。"①毫无疑问,竺先生在这个领域的开拓性贡献是有目共睹的,也可以说,到今天为止,我们对唐诗之路的很多理解都建立在竺先生的开创性工作之上。其作品诸如《唐诗之路唐代诗人行迹考》(中国文史出版社 2004 年版)、《唐诗之路唐诗总集》(主编,中国文史出版社 2003 年版)、《唐诗之路综论》(主编,中国文史出版社 2003 年版)及附于书后的《唐诗之路唐代诗人行迹资料索引》(与李招红合著)、《唐诗之路唐诗选注》(与俞晓军合著,中国国学出版社 2008 年版)、《唐诗之路爱情诗选》(中国国学出版社 2009 年版)、《唐诗之路名胜词典》(中国国学出版社 2009 年版)、《唐诗之路成语典故》(中国国学出版社 2009 年版)等,都是难能可贵的成果,也为后来的相关研究奠定了基础。

如果我们单纯地从竺先生的这个界定本身来说,它可能有值得推敲的地方,因为所谓的"唐诗之路"涉及了两个基本概念:唐诗和路。从历史事实的角度来说,有诗人的行游,然后有诗歌的创作。从概念上来说,唐诗之路则是一个后来的概括,即后人对于历史上唐诗所存在一种现象(即如竺先生所言,在某个固定的区域,出现了一大批跟该区域特征相关的高质量诗歌)的概括,也就是说,如果从历史的角度来考察,并不存在所谓的"唐诗之路",诗人并非按照某个事先设定的线路来行游,然后有意识地进行诗歌创作,进而形成了唐诗之路。这只是说,我们在对某个区域进行历史文化考察的时候,发现了这么一些特征(如竺先生所主张的三要素,一是范围的确定性:在一个相对独立的地区内,有大量的风格甚高而格调多样的唐代诗人游弋歌咏于此;二是形态的多样性:诗人在这一区域旅游的表现形式丰富多样;三是文化的继承性:这一地区的人文景观、自然景观,与唐诗有着整体性的渊源关系),然后我们把它概括为"唐诗之路"。如果是作为"路"的存在,它显然是有目标指向的,因此,前文所引的傅璇琮先生说法,也非常强调"浙东唐诗之路"是"区域

---

① 竺岳兵:《剡溪——唐诗之路》,《唐代文学研究(第六辑)——中国唐代文学学会第七届年会暨唐代文学国际学术讨论会论文集》,广西师范大学出版社 1996 年版,第 865 页。

旅程文化"①,也就是说这是一种典型的区域文化现象。有区域才有路,才有目标指向。

当然,以上都是从后来的概括角度来说的。竺先生这个界定最大的问题在于,他认为唐诗之路是"对唐诗特色的形成,起了载体作用的、具有代表性的一条道路",这就意味着具体区域的人文景观、自然景观等特点决定了唐诗的特色。然而,虽然这些区域的特点事实上是在历史的累积中形成的(对于文化的因素来说,尤其如此),但是,为什么只有唐代才出现了如此具有特色的诗歌形式呢? 这恐怕不能仅仅去强调人文景观、自然景观的"载体"作用吧? 关于唐诗,叶嘉莹先生有一段论述:

> 至于唐朝,则是我国诗歌的集大成时代,它一方面继承了汉魏以来的古诗乐府使之更得到扩展而有以革新,一方面则完成了南北朝以来一些新兴的格式使之更臻于精美而得以确立。古诗的扩展和革新,虽可自修饰、谋篇、用韵各方面窥见其变化,然而在诗的体式上来说,则仍是承汉魏之旧,故不具论。至其所完成之新格式,则有五、七言律诗,五、七言排律及五、七言绝句数种,此数种新格式与前此之古体诗相对,统名为近体诗。……诗歌之体式演进至此,真可谓变极途穷。"豪杰之士亦难与其中出新意,故遁而做他体"(《人间词话》),于是宋词元曲乃继之而起。②

从叶先生的这段论述来说,唐诗之所以在中国文学史上具有重要地位,首先是因为其在形式上达到了极致,这种极致显然也是唐诗所具有的重要特色。而这种形式上极致的特色,跟外在的如竺先生所言的"载体"大概是没有什么太多的关系的。当然,除了这种形式上的极致之外,唐诗自然是和唐代的社会气象(即我们通常所谓的"大唐气象")是密切相关的。如果说每一个时代的人都受限于他的时代的话,那么,唐诗作为一种独特的、典型的文学形态,跟生活在那个时代的人的特质也是不可分割的。但是,我们显然不能够说,唐诗的这种特色的形成跟具体区域的特点存在着必然的联系。钱锺书先生在谈论唐诗的时候曾经指出:

> 唐诗、宋诗,亦非仅朝代之别,乃体格性分之殊。天下有两种人,斯分两种

---

① 傅璇琮:《〈从义桥渔浦出发:浙东唐诗之路重要源头学术研讨会论文集〉序》,《萧山记忆(第七辑)》,浙江人民出版社 2014 年版,第 1 页。

② 叶嘉莹:《中国诗体之演进》,《迦陵文集·三》,河北教育出版社 1997 年版,第 5—7 页。

诗。唐诗多以丰神情韵擅长,宋诗多以筋骨思理见胜。①

从钱先生的这段描述中,我们可以很清楚地看到,钱先生是用人的性情来区分唐诗和宋诗的,认为诗的差别就是"体格性分"的差异。这就是说,无论唐诗还是宋诗,都是一种具有独特品质的诗歌形式,"丰神情韵"和"筋骨思理"就是钱先生用来描述唐诗和宋诗特点的。"丰神情韵"的说法,显然是跟特定的区域是没有关系的。

事实上,唐诗作为中国古代诗歌发展的一种"集大成"(叶嘉莹先生语),或者说是一种辉煌的形式,表明唐诗是具有其自身的特质的(如钱锺书先生所说的"丰神情韵"),这种特质跟具体的区域没有太大的关联。我们不能把唐诗的特色形成限定在区域的形式上,而只能说,因为唐诗的兴盛,我们在很多区域都可以看到非常集中的唐代诗人的群体行游以及大量唐诗作品的出现。也就是说,基于某些特殊的文化地理因素,比如边塞、长安、浙东、巴蜀等,众多的唐代诗人与这些区域发生了关联,并且留下了许多流传至今的作品。在我们今天看来,这种现象是一个非常特殊的、值得关注的情形,由此我们将它命名为"唐诗之路"。如果一定要按照下定义的方式来界定的话,比较贴切的应该是:所谓唐诗之路,是唐代诗人的行游之路,它是指在一定区域内,因其独特的地理和文化的因素,众多的诗人行游至此并留下大量流传至今的唐诗。

我们最后再来看一下竺先生关于唐诗之路三要素的说法:"一是范围的确定性:在一个相对独立的地区内,有大量的风格甚高而格调多样的唐代诗人游弋歌咏于此。二是形态的多样性:诗人在这一区域旅游的表现形式丰富多样。三是文化的继承性:这一地区的人文景观、自然景观,与唐诗有着整体性的渊源关系。"②对于"范围的确定性"的提法,应该没有什么争议。目前我们所谈论的所有的"唐诗之路"的形式,都是基于特殊的区域,比如长安、边塞、运河、浙东等,无一不是出于区域的限定。当然,这种区域的意识也有很强烈的现实意义,比如浙东唐诗之路的提出实际上就有很明显的旅游定位③。但是,竺先生所提出来的第二、第三个要素,则有值得推敲的地方。"形态的多样性:诗人在这一区域旅游的表现形式丰富多

---

① 钱锺书:《谈艺录》,生活·读书·新知三联书店 2012 年版,第 3 页。

② 竺岳兵:《剡溪——唐诗之路》,《唐代文学研究(第六辑)——中国唐代文学学会第七届年会暨唐代文学国际学术讨论会论文集》,广西师范大学出版社 1996 年版,第 865 页。

③ 我想这一点跟竺岳兵先生曾长期从事旅游行业相关。最早竺先生即以"古代著名旅游线"来称浙东唐诗之路,而后来对于该议题的推进,也有很大的旅游促进的考虑(见《剡溪——唐诗之路》)。而今天浙江对于浙东唐诗之路建设的推进,如前所言,也是基于现实的考虑,即文旅融合发展的问题。

样"大概是侧重于旅游形式,这一点按照竺先生的解释,在浙东的区域自然是不成问题的,但是在其他同样可以称为"唐诗之路"的区域,就未必合适。而且,以"旅游形式"来概括唐代诗人的行游方式,也是不太妥当的,因为出于现实的需要,我们很多时候会把今天的"旅游"观念硬套到古人的身上,实际上古人的生活方式根本就不能以今天的旅游来衡量。关于这一点,肖瑞峰先生也很直接地指出来了:

> 今年,《钱江晚报》等报刊发表了一系列推介"浙东唐诗之路"的通讯报道,其中不少报道都把"浙东唐诗之路"称作历史上的旅游热线,有的还描绘出其既定的路线图。其实,"旅游热线"是我们今天的概念,唐代诗人漫游浙东,想来不会有经典化的固定路线,也绝不会有某家旅行社为他们量身打造旅游方案。后代诗人或许会以前代诗人(比如李白)的纪行诗作为参照系,但前人诗中的零星描述往往不成系统,很难让他们串珠成线,形成一张出游菜单。所以,他们更多的是凭借自己的文化记忆和阅读经验,在兴之所至的状态下,无具体路线图和时间表地漫游浙东。①

事实上,我们也很难以今天的旅游形式来想象古人的行游,比如说,李白是按照某个固定线路("攻略")来游浙东的,那样不仅和那个时代的基本现实不符,也和唐代诗人的个性不合。

最后,"文化的继承性:这一地区的人文景观、自然景观,与唐诗有着整体性的渊源关系",这个说法多少有些令人费解。是说该区域的人文、自然景观决定了唐诗的整体,还是说该区域的人文、自然景观是唐诗表达的基本内容? 如果是后者,大体是可以理解的,因为这些区域有大量的相关唐诗作品,说明诗人在进行诗歌创作的时候,是针对某个特定区域的特定自然和人文景观的,这也是行游题中的应有之义。如果是前者,那就非常难以理解了:描写一个特定区域的自然和人文景观的唐诗,何以能够决定唐诗的整体呢? 依笔者个人的理解,大概竺先生所要表达的意思是,这些区域的唐诗与这些区域的人文、自然景观存在着密切的关系,因而可以反映这个区域的文化传统。

实际上,竺先生是把"浙东唐诗之路"等同于"唐诗之路",这一点我们从其作品中可以明显地感觉到。但是,"浙东唐诗之路"只是"唐诗之路"的一种而非全部,有

---

① 肖瑞峰:《"浙东唐诗之路"研究的学术逻辑与学术空间》,《绍兴文理学院学报》第 38 卷第 6 期,2018 年 11 月,第 3 页。

人很直接地对竺先生的定位提出了质疑：唐代连通长安、洛阳两京的驿道是全国最重要的一条通路，沿线的交通量大，景观密集，经行的文人众多，产生的唐诗也多，其与唐诗发展的关系是很密切的。无论是从文学创作功能上看还是从实际效果上看，较之于人们所熟知的那条浙东"唐诗之路"，该驿道都堪称一条更典型的"唐诗之路"。[①]

实际上，"唐诗之路"应该是一个更为宽泛的概念，不能仅仅局限在浙东一地来谈论，否则明显是对于这个概念的狭隘化处理。肖瑞峰先生也指出：

> 事实上，把"浙东唐诗之路"略称为"唐诗之路"肯定是不合适的。除了"浙东唐诗之路"外，至少还有两京唐诗之路（穿梭往来于长安和洛阳之间的唐代诗人一定数倍于浙东）、关陇唐诗之路（边塞诗多与此相关联）、西蜀唐诗之路（李白《蜀道难》的影响力并不亚于《梦游天姥吟留别》）、浙西唐诗之路（包括今天的苏州、扬州、镇江、南京等城市，李白的"烟花三月下扬州"也非常脍炙人口）。不言而喻，浙东只是整个"唐诗之路"上的一小段，说句煞风景的话，能不能说它是最具有吸引力的一段，似乎也还值得讨论。[②]

我们可以理解竺先生从旅游事业的角度出发对于"浙东唐诗之路"所倾注的心血和情感，但是，从上述的这些质疑中，我们也可以很清楚地看出，唐诗之路并非唯一的、特指的概念，尤其是从今天的角度去概括的时候，我们可以找到更多类似的区域。通过上述的讨论，我们将做一个小结。关于唐诗之路的基本内涵，我们认为，所谓唐诗之路，是唐代诗人的行游之路，指在一定区域内，因其独特的地理和文化的因素，众多的诗人行游至此并留下大量流传至今的唐诗。它的限定性要素有两个：其一，它是具有独特的地理和文化因素的特定区域；其二，它具有大量流传至今的反映该区域的唐诗。

其实，如我们前面所提到的那样，唐诗之路实际上是现代人站在今天的立场上对历史上的文化现象的一种概括、整理，这样的概括与整理对于创建和提升区域文化品牌具有重要意义。但是，我们应该避免以今天的社会需求来掩盖学术本身的立场。从学术立场出发对相关问题进行梳理，有助于加强对问题本身的理解，从而

---

① 李德辉：《唐代两京驿道——真正的"唐诗之路"》，《山西大学学报（哲学社会科学版）》，2007年1月，第23页。

② 肖瑞峰：《"浙东唐诗之路"研究的学术逻辑与学术空间》，《绍兴文理学院学报》第38卷第6期，2018年11月，第2页。

更加有针对性地发挥其现实的作用和影响力。

二、浙江唐诗之路与浙东唐诗之路

浙江唐诗之路,如果按照我们前面所做的界定,那么顾名思义,指的就是在唐代有很多诗人出于各种各样的原因行游今天的浙江区域,并且留下了大量的诗歌。虽然竺岳兵先生一开始用"唐诗之路"这一概念就是指"浙东唐诗之路",但是,即便就浙江而言,唐诗之路也并非只有浙东一条。

关于这一点,实际上在竺岳兵先生提出"唐诗之路"(浙东唐诗之路)这一说法不久之后,朱睦卿就提出要开发"浙西唐诗之路"。他认为:

> 无论从地域环境、时代背景还是诗歌创作之盛来看,浙西一带确实形成了一条通连上下的唐诗之路。……这条唐诗之路有一个明确稳定的地域范围,这个范围就是东起杭州西至黄山的钱塘江干流的水路线,自杭州经富阳、桐庐、建德、淳安至皖南徽州、黄山,与现今的国家级重点风景名胜区"新安江—富春江"风景区重合不包括东头的杭州和西头的黄山。水路是人类的生命之路,水是经济之路、文化之路。浙西唐诗之路是沿着这条生命之路、文化之路延伸的,它像一条闪光的金线把东头的杭州和西头的黄山串了起来。[①]

很显然,朱睦卿先生是在今天的钱塘江流域(富阳、桐庐、建德)区域也发现了有大量的唐诗存在,参照竺先生的说法,他把这个区域称为"浙西唐诗之路"[②],也就是说,类似的唐诗之路,显然不只有竺岳兵先生所提出的那一条。

浙江的很多区域都有大量唐诗名篇的留存,而且这些诗篇都对浙江区域文化产生了深远影响,甚至可以说塑造了浙江区域文化的某些独特的形态。如果再从社会现实层面角度来审视浙江唐诗之路,我们可以明显发现从两条诗路到四条诗路的变化。2018年1月,时任浙江省省长袁家军提出要"积极打造浙东唐诗之

[①] 朱睦卿:《开发"浙西唐诗之路"》,《浙江学刊》,1995年第6期,第126页。

[②] 当然,这个"浙西"的说法是有问题的,按照历史上的划分,这一区域实际上也是浙东区域,而陈美荣在《试论浙西唐诗之路》一文中,同样以目前行政区划意义上的浙江西部来指称"浙西":"概括而言,'浙西唐诗之路',应指钱塘江中上游段(新安江、建德江、桐庐江和富春江)所流经的淳安、建德、桐庐、富阳沿江一带地区,这一线路,与今天国家级风景旅游线千岛湖——富春江旅游区基本吻合。"(《广西社会科学》,2002年第2期,第193页)关于浙东与浙西的区分,后文再详述。

路和钱塘江唐诗之路"①;而随后于 2018 年 5 月公布的《浙江省大花园建设行动计划》(浙委发〔2018〕23 号)则提出了四条诗路的说法,即浙东唐诗之路、钱塘江唐诗之路、瓯江山水诗之路和大运河诗路。也就是说,目前对于浙江唐诗之路(或者说诗路)的基本认可是存在四条诗路,这也充分表明了浙江诗路文化底蕴深厚、浙江历史文化浓郁。

那么,这四条诗路究竟应该怎样界定,以及其基本含义如何? 我们将对此做简要的梳理,以方便我们对浙江唐诗之路进行总体把握。

1. 浙东唐诗之路

如前所述,浙东唐诗之路在整个唐诗之路研究中是最早被提及的,也是目前关注最多(无论是学术界还是文旅界)的一条诗路。竺岳兵先生根据他对唐诗之路的界定以及三要素的说明,认为浙东唐诗之路毫无疑问是唐诗之路:

> 按照这三个要素,我们可以明确地划出唐诗中的浙东范围。唐诗中的浙东范围,指钱塘江以南、括苍山脉温岭以北、浦阳江流域以东至东海这一地区。温岭以南,唐诗往往称其为"北闽"。因此,唐诗所称的浙东区界,是比较清晰的。它的总面积约 2 万平方公里。在此值得一提的是:"浙东唐诗之路"是一条迂回的路线,指的是从萧山经绍兴、上虞、嵊州、新昌、天台、临海至温岭,折回经奉化、宁波、余姚、上虞、绍兴至萧山。②

这是竺先生对于浙东唐诗之路的一个非常清晰的描述,也是我们对于浙东唐诗之路的理解基础。当然,需要指出的是,"浙东"不能够说是一个唐诗的概念,它实际上是一个历史地理的概念,是跟历史上行政区域的划分相关的。在《全唐诗》中,"浙东"凡八见,白居易使用最多,共有五次,分别为"平阳音乐随都尉,留滞三年在浙东"(《寄明州于驸马使君三绝句》),"可怜风景浙东西,先数余杭次会稽"(《答微之见寄》),"书为故事留湖上,吟作新诗寄浙东"(《题新馆》),"我为宪部入南宫,君作尚书镇浙东"(《微之就拜尚书居易续除刑部因书贺意兼咏离怀》),"去年十月半,君来过浙东"(《除官赴阙留赠微之》);此外,崔立言一次"常见浙东夸镜水,镜湖元在浙江西"(《醉中谑浙江廉使》),殷尧藩一次"山上乱云随手变,浙东飞雨过江来"

---

① 《浙江省政府工作报告》,《浙江日报》,2018 年 1 月 26 日第三版。这两条诗路实际上就是对前文所论及的竺岳兵先生和朱睦卿先生提法的综合。

② 竺岳兵:《渔浦——浙东唐诗之路的起讫点》,《萧山记忆(第七辑)》,浙江人民出版社 2014 年版,第 46—47 页。

（《喜雨》），以及鲍溶一次"师问寄禅何处所,浙东青翠沃洲山"（《送僧择栖游天台二首》）。① 从上述八个"浙东"的使用来说,无一例外都是地理概念,表达的是一个行政区域的范围,而不是一个特定的唐诗概念。 当然,在上述引文中,竺先生也做了地理上的限定,即所谓"唐诗中的浙东范围,指钱塘江以南、括苍山脉温岭以北、浦阳江流域以东至东海这一地区",这个说法虽然看上去是很清楚的,但实际上是含糊的（或者说是不准确的）,因为作为一个地理概念,"浙东"的概念在唐代是清晰的,而且,唐人在诗句中（如上引诗句）都是作为行政地理概念来使用的。 作为一个地理概念,两浙的区分始于唐代,自唐肃宗乾元元年（758）析江南东道为浙江东道和浙江西道,浙东、浙西开始成为非常重要的地理概念、行政概念和文化概念。 根据唐朝李吉甫《元和郡县志》所载,当时江南道浙东观察使辖下共有越州（今绍兴）、明州（今宁波、舟山）、台州、温州、处州（今丽水）、衢州、婺州（今金华）七州,辖三十七县,以越州为观察使治所。② 这个区域从东汉与扬州分治以来,虽然中间几经变化,但基本上以越州作为钱塘江（浙江）以东以南范围（即后来的浙东）的政治中心。 其天然分界线即钱塘江（浙江、之江）,这是浙东浙西命名的由来。③

如果按照历史地理的浙东概念来说,那么,实际上今天的浙江区域,除杭嘉湖地区外,都属于浙东区域。因此,从广义上来说,浙东唐诗之路就是指整个浙东区域;凡是诗人行游浙东地区并且留下大量诗篇的,从今天的角度都可以视为浙东唐诗之路。 而狭义的浙东唐诗之路,是指唐代诗人出于游玩、寻友、做官、修道等各种原因,跨越浙东四州——越州（绍兴）、明州（宁波）、台州、温州——而形成的山水人文之路,这是我们目前最为熟悉的唐诗之路。"浙东唐诗之路是以唐代诗人在浙东运河西段、曹娥江、剡溪沿线的水陆交通行迹为依托,在浙东一湖（镜湖）、两盆（剡中盆地和沃州盆地）、三山（会稽山、四明山、天台山）区域内形成的一个以诗歌为纽带,将丰富多样的单个自然和文化资源串接在一起的独特整体。"④这条浙东唐诗

---

① 以上结果为《全唐诗》检索所得。

② 自唐代开始,浙江东道先辖七州,后来基本领新安江以南、福建道以北的原江南东道地,包括今天的浙江省除浙北之外的所有地方,即睦、越、衢、婺、台、明、处、温八州,而这个范围,后来基本没有太大改变,比如清乾隆年间的《浙江通志》称:"元至正二十六年,置浙江等处行中书省,而两浙始以省称,……国朝因之,省会曰杭州,次嘉兴,次湖州,凡三府,在大江（就是钱塘江）之右,是为浙西。次宁波,次绍兴、台州、金华、衢州、严州、温州、处州、凡八府,皆大江之左,是为浙东。"在浙江境内民间流传的所谓"上八府,下三府",上八府为浙东,下三府为浙西。大体上,浙西属于吴地,浙东属于越地。

③ 从这样的浙东、浙西区分来说,前面所引朱睦卿先生的"浙西"提法是不恰当的,那完全是一个今天意义上的"西",并非一个固定观念的浙西。

④ 奚雪松、张光明:《浙东唐诗之路:一条诗歌型的文化线路》,《光明日报》,2021年04月25日,第12版。

之路实际上有两个中心节点,即会稽和天台山,会稽对于唐代人来说是一个具有吸引力的文化符号①,而天台山则是浙东唐诗之路的目的地②。对此,何方形教授曾概括说:"而人们所熟知的'浙东唐诗之路',严格地说也有两条:其一,逆钱塘江而上,进入睦州(治今建德市梅城镇)、婺州(今金华),然后西进衢州或南下处州(今丽水)、温州,也可以称'钱塘江唐诗之路',如孟浩然《浙江西上留别裴刘二少府》:'西上浙江西,临流恨解携。千山叠成嶂,万水泻为溪。石浅流难溯,藤长险易跻。谁怜问津者,岁晏此中迷。'其二,渡过钱塘江,从萧山西兴一带进入浙东运河,转进曹娥江,沿剡溪溯流而上,以天台山为基本目的地,然后或东出明州(今宁波),或到台州州治临海直至继续南下至温州等地,穷山海之胜,这是最为狭义的'浙东唐诗之路'。"③

但是,问题还在于,诗人从萧山一路到了天台之后,他难道是原路返回吗?如果不是,那他可能是往温州或者处州、婺州、衢州而去的。有没有根据?这可以从两个角度来说,首先诗人的性格决定他的行游是不可能千篇一律地按照"固定线路"来展开。其次,一个非常经典的例子可以告诉我们,当时的诗人确实是这么做的。这个例子就是诗仙李白及其崇拜者魏万。李白曾来浙东行游多次,特别是剡中与天台山,而他的崇拜者魏万则是慕名追寻,不远三千里追随而来,堪称唐朝诗人中十分突出的"追星族",也可谓是古今难得的"粉丝"了。可能是为这位铁杆粉丝的真情所打动,在两人离别的时候,李白破天荒地写了一首长达一百一十句的五言长诗《送王屋山人魏万还王屋并序》:

> 王屋山人魏万,云自嵩宋沿吴相访,数千里不遇。乘兴游台越,经永嘉,观谢公石门,后于广陵相见。美其爱文好古,浪迹方外,因述其行而赠是诗。
>
> 仙人东方生,浩荡弄云海。沛然乘天游,独往失所在。
>
> 魏侯继大名,本家聊摄城。卷舒入元化,迹与古贤并。
>
> 十三弄文史,挥笔如振绮。辩折田巴生,心齐鲁连子。
>
> 西涉清洛源,颇惊人世喧。采秀卧王屋,因窥洞天门。
>
> 碣来游嵩峰,羽客何双双。朝携月光子,暮宿玉女窗。

---

① 会稽之所以对唐代诗人有号召力,是跟晋室南移、衣冠南渡带来的影响相关的。当时王、谢都在会稽,史称"今之会稽,昔之关中"(《晋书·诸葛恢传》)。会稽成为当时玄谈的中心,名士聚集,盛极一时,这对于后来的读书人具有极大的号召力。

② 这跟汉晋以来天台山作为仙山佛国的形象确立,以及唐代司马承祯隐居天台山密切相关。

③ 何方形:《浙江唐诗之路的创新与影响略说》,《台州学院学报》,2020年2月,第27页。

鬼谷上窈窕，龙潭下奔溧。　东浮汴河水，访我三千里。

逸兴满吴云，飘飖浙江汜。　挥手杭越间，樟亭望潮还。

涛卷海门石，云横天际山。　白马走素车，雷奔骇心颜。

遥闻会稽美，且度耶溪水。　万壑与千岩，峥嵘镜湖里。

秀色不可名，清辉满江城。　人游月边去，舟在空中行。

此中久延伫，入剡寻王许。　笑读曹娥碑，沉吟黄绢语。

天台连四明，日入向国清。　五峰转月色，百里行松声。

灵溪咨沿越，华顶殊超忽。　石梁横青天，侧足履半月。

忽然思永嘉，不惮海路赊。　挂席历海峤，回瞻赤城霞。

赤城渐微没，孤屿前峣兀。　水续万古流，亭空千霜月。

缙云川谷难，石门最可观。　瀑布挂北斗，莫穷此水端。

喷壁洒素雪，空濛生昼寒。　却思恶溪去，宁惧恶溪恶。

咆哮七十滩，水石相喷薄。　路创李北海，岩开谢康乐。

松风和猿声，搜索连洞壑。　径出梅花桥，双溪纳归潮。

落帆金华岸，赤松若可招。　沈约八咏楼，城西孤岱峣。

岱峣四荒外，旷望群川会。　云卷天地开，波连浙西大。

乱流新安口，北指严光濑。　钓台碧云中，邈与苍岭对。

稍稍来吴都，裴回上姑苏。　烟绵横九疑，漭荡见五湖。

目极心更远，悲歌但长吁。　回桡楚江滨，挥策扬子津。

身著日本裘，昂藏出风尘。　五月造我语，知非佁儗人。

相逢乐无限，水石日在眼。　徒干五诸侯，不致百金产。

吾友扬子云，弦歌播清芬。　虽为江宁宰，好与山公群。

乘兴但一行，且知我爱君。　君来几何时？仙台应有期。

东窗绿玉树，定长三五枝。　至今天坛人，当笑尔归迟。

我苦惜远别，茫然使心悲。　黄河若不断，白首长相思。

　　李白的这首诗，除了表达对魏万这一"骨灰级粉丝"的诚挚的情感之外，也让我们非常清晰地看到魏万历时五个月、计程三千里的"追星之路"。这是魏万所走的路，我们大概也可以看作是李白（以及当时大多数人）在浙江所可能采取的路径。在浙江这里，"从杭州渡钱塘江，至西陵，入浙东运河到越州；游览若耶溪、镜湖，经曹娥江，到剡中，登天台山；游历赤城、华顶、石梁、国清寺，入始丰溪，至临海；转入灵江,往黄岩,历温峤,到永嘉,访孤屿;上溯瓯江,至青田石门;再上溯好溪,游缙云鼎湖;由梅花桥翻山,入双溪,下武义江,到金华;上八咏楼,入兰溪江,至新安江口;转入富春江,诣严光濑;顺流而下,入钱塘江,从杭州前往吴都",这样的线路告诉我们,实际上当时诗人在浙江行游的方式可能比我们从狭义的浙东唐诗之路出发要复杂得多,也丰富得多。

由此,台州学院唐诗之路研究院在2018年10月底到11月初推出了"浙东唐诗之路新线拓展研讨会"[①],通过结合唐代诗人的诗歌来对从临海出发到温州、处州、金华的线路作一番实际的考察,方案大略是从台州城临海出发,发轫地点定于东湖骆临海祠,经临海黄岩交界处灵江三江口到温州,考察温州城内外诸名胜遗迹,如谢公池上楼、诗岛江心屿等;沿瓯江西上,抵青田石门观瀑,到恶溪处观看现状;进向金华义乌,观骆宾王故居和骆宾王公园。这一线路的拓展考察的结果表明从钱塘江南岸渔浦潭、西兴渡口开始向萧山、绍兴、上虞(余姚、四明)、嵊州、新昌、天台、临海(仙居)、黄岩、温岭、乐清、温州(永嘉)、青田、丽水、缙云、永康、武义、金华(义乌、东阳)、兰溪、桐庐、富阳、杭州,这样整个浙东的唐诗之路环线是可以实现的,而且在李白的《送王屋山人魏万还王屋》诗中展现的也基本是这一大的线路。

2. 钱塘江唐诗之路

钱塘江唐诗之路以钱塘江—富春江—新安江—兰江—婺江—衢江水系为中心,覆盖今天杭州、金华、衢州等三个地市以及嘉兴海宁。从路线上来看,这条诗路很显然跟前述浙东唐诗之路有着很大的重合。这是因为传统上的浙东、浙西就是以钱塘江为界的,而此诗路进入新安江—兰江—婺江—衢江一带,则显然属于传统浙东的睦州、婺州和衢州的地界。所以,从地域的角度来说,这条诗路在很大程度上可以被纳入浙东唐诗之路的范畴中。

当然,这条唐诗之路显然是不能用"浙西唐诗之路"来指称的,前面所引的无论是朱睦卿先生的文章,还是陈美荣先生的文章,都在倡言"浙西唐诗之路"。但是既然我们是在讨论唐诗,那么我们采用的概念就应该是唐代浙西,根据《元和郡县志》属于江南西道,归浙西观察使管辖,包括今天的杭州、嘉兴、湖州以及苏州、扬州、镇江、南京等等,也就是说,在今日浙江境内属于浙西的,仅杭、嘉、湖。以此而论,钱

[①] 此次研讨的成果,可以参阅胡正武教授《浙东唐诗之路新线拓展研究》(《浙江水利水电学院学报》,2021年6月)一文,文中对相关的线路有非常清晰的梳理。

塘江唐诗之路中只有部分属于浙西唐诗之路,因此浙西唐诗之路的概念是不能够等同于钱塘江唐诗之路的。

3. 瓯江山水诗之路

瓯江山水诗之路,从地理上来说,主要是以瓯江水系为中心的区域,即在今天浙江南部区域,主要是在温州和丽水,即传统的温州和处州的区域。这一区域——尤其是温州——是山水诗的发源地,这当然是应当归功于永嘉太守谢灵运。因为有谢灵运的存在,山水诗作为中国诗歌史上的一大流派才得以成立。该区域被特别命名为瓯江山水诗之路,也是实至名归的。

当然,从我们前面对于浙东唐诗之路的基本梳理来说,这个区域也是浙东唐诗之路的重点区域。结合我们对于浙东唐诗之路新线拓展考察来说,这条线路也是浙东唐诗之路的关键节点。正是因为这个节点的存在,越州、明州、台州与婺州、衢州、睦州形成一个整体。从唐代诗人行游的事实来说,这一个区域也无愧于重要节点的地位。

4. 大运河(浙江段)诗路

事实上在我们谈论唐诗之路时,所谓"路",就是跟驿道密切相关的,而在浙江区域,尤为重要的就是水路。我们前面所谈论的无论是浙东唐诗之路、钱塘江唐诗之路,还是瓯江山水诗之路,无一例外都是沿着重要水系展开的。在传统时代,运河无疑是最为重要的水路,由此,运河流域也可以被称为唐诗之路。

京杭运河以杭州为南端终点,历史上,很多诗人都是沿着运河水路进入浙江的,这一点我们从前引李白的《送王屋山人魏万还王屋并序》中也可以看出来。在浙江境内,我们可以看到有两条运河的存在,即京杭运河南端浙江段(此段可以称为浙西运河,因为其所流经的区域在浙西地区)以及浙东运河。浙西运河相对较短,对于唐代诗人来说,有着更为重要意义的是浙东运河。

浙东运河又名杭甬运河,西起杭州西兴,跨曹娥江,经过绍兴市,东至宁波市甬江入海口,全长239公里。运河最初开凿的部分为位于绍兴市境内的山阴古水道,始建于春秋时期。西晋时期,会稽内史贺循主持开挖西兴运河,此后与曹娥江以东运河形成西起钱塘江,东到东海的完整运河。这条运河,对于浙东唐诗之路来说,有着极为重要的意义。因为无论是越州、明州还是台州,它们都是由这条运河来连接的,所以,在某种意义上来说,没有这条运河的存在,就可能没有浙东唐诗之路的存在。胡正武教授把浙东运河诗路称为浙东唐诗之路的心脏和灵魂,他指出:"该主体部分不仅与浙东唐诗之路核心区域相重叠,还是核心区域诗路中的心脏与灵魂,是越州境内勾连诗人灵魂意趣的主要凭借,更是浙东唐诗之路最让人难忘的意境寄托。"①

三、比较视域中的浙东唐诗之路

如前文讨论中所言,唐诗之路实际上就是我们站在今天的角度对历史上的唐诗现象进行的一个概括,这个概括不是仅限于浙东,而且,从某种意义上来说,浙东的这条诗路也未必是所有的唐诗之路中最为重要的。当然,毫无疑问,浙东的唐诗之路是有其自身的特点的。这里,将通过简单地对比其他唐诗之路,我们主要以两京唐诗之路、关陇唐诗之路、西蜀唐诗之路以及大运河唐诗之路作为参照,凸显浙东唐诗之路的特殊性。

1. 两京唐诗之路

两京即首都长安与东都洛阳,这是唐代最为重要的区域:"唐代两京驿道的形成和发展,走向与布局,取决于李唐王朝以关中为战略重心的政治格局,以长安、洛阳两京为中心的城市布局,和由关中向天下四方伸展的交通格局:以连接长安、洛阳两京的驿道为枢纽,以汴州、凤翔为该道东西之两端,自此轴心向四方辐射,构成一个巨大的交通网络。如果把这个巨大网络比喻为密布人体的血管,那么唐代长安、洛阳间的这条驿道就好比联通心脏的那条最粗壮的管道,在整个交通体系中居于关键位置,历来备受重视。"②严耕望先生在《唐代交通图考》中指出:

> 隋唐两代都长安,而建洛阳为东都,两都之间交通至繁。天宝以前车驾常往返长安、洛阳间,益增交通之频率。安史乱后,君主虽不东幸,然两都交通未见衰。《唐会要》六一《馆驿目》,德宗贞元二年敕云:"从上都至汴州为大路驿。"知大路驿官称职者有优赏。观下文次路驿云云,则所谓大路驿即第一大驿道。从上都至汴州,中经洛阳,即两都交通为第一大驿道。③

毫无疑问,这就是唐代政治、经济和文化的中心地带。也正是因为如此,李德

---

① 胡正武:《浙东唐诗之路新线拓展研究》,《浙江水利水电学院学报》,2021 年 6 月,第 2 页。
② 李德辉:《唐代两京驿道——真正的"唐诗之路"》,《山西大学学报(哲学社会科学版)》,2007 年 1 月,第 23 页。
③ 严耕望:《唐代交通图考》,台湾"中央研究院"历史语言所专刊之八十三,1985 年,第 17 页。

辉认为,两京诗路才是真正的唐诗之路:"唐代两京驿道路线走向明确,景点密集,经过的文人众多,文学作品量大质优。无论从道路上的文化遗存看,还是从文学作品的内容、形式、创作方式看,较之于其他地区的其他道路,两京驿道在唐代都是无与伦比的,我们有充足的理由称之为真正的'唐诗之路'。"①

2. 关陇唐诗之路

关,即今陕西关中地区;陇,即今甘肃乌鞘岭以东、陕西宝鸡以西地区以及宁夏全境,因为在陇山(亦称六盘山)周围而称为陇。所以一般而言,关中和甘肃、宁夏地区合称为关陇地区,这是狭义上的关陇地区。广义的关陇地区,则还包括陕北、山西西部、内蒙古南部地区,这个区域从魏晋六朝以来就是一个很特殊的地域,历史学上所称的"关陇集团",就是对六朝到隋唐之际这个区域的人员的统称。这是陈寅恪先生在研究隋唐政治史时提出的一个特殊的概念,在陈先生看来,关陇集团由宇文泰开始创建,影响延及隋唐,而宇文泰之所以强化这一集团,显然是出于当时的现实政治形势考虑:

> 以少数鲜卑化之六镇民族窜割关陇一隅之地,而欲与雄踞山东之高欢及旧承江左之萧氏争霸,非别树一帜,以关中地域为本位,融冶胡汉为一体,以自别于洛阳、建邺或江陵文化势力之外,则无以坚其群众自信之心理。②

所以实际上这就是由宇文泰所建立的一个政治集团。人们对于这个集团有各种不同的称呼,比如关陇集团、关陇六镇集团、六镇胡汉关陇集团或武川镇军阀等等,它是籍贯为陕西关中和甘肃陇山(即广义上的六盘山,包括今宁夏回族自治区西南部和甘肃省东部)一带的门阀军事实力的总称。它的主要核心力量就是宇文泰的八柱国、十二将军。"柱国"这一称呼,最初始于春秋战国时期的楚国,意为军队的最高统帅。西魏的八位柱国大将军,分别是宇文泰、元欣、李虎、李弼、于谨、独孤信、赵贵和侯莫陈崇。其中,宇文泰是国家的实际所有者,而元欣则是挂名的大将军。因而名副其实的柱国大将军,只有后六人。六位大将军每人再统领两位大将军,即十二位大将军(元育、元赞、元廓、宇文导、宇文贵、李远、达奚武、侯莫陈顺、杨忠、豆卢宁、贺兰祥、王雄)。这些人物实际上就是当时关陇三派人马(关陇当地豪强、武

---

① 李德辉:《唐代两京驿道——真正的"唐诗之路"》,《山西大学学报(哲学社会科学版)》,2007 年 1 月,第 27 页。

② 陈寅恪:《隋唐制度渊源略论稿》,中华书局 1963 年版,第 17 页。

川派、宗室)的代表。这样的结盟对于彼此都是有积极好处的,因此,这些势力彼此之间自然地产生了认同感,建立起一个比较牢固的政治军事同盟关系,而这就直接影响了自西魏到隋唐的政治格局。

这个区域不仅在政治上有着重要的影响,而且对于唐诗来说,也是极为重要的区域。杨晓霭在研究唐代关陇诗人的时候曾有过统计:

> 见于《全唐诗》《全唐诗补编》的陇籍诗人约九十五位,诗作达三千首。其人,有帝王宗室、朝臣布衣、僧人羽客,有李白这样的世界著名诗人,也有连姓名都不知道的"西鄙人",其诗,朝政礼乐、僧道隐逸、边塞山水无所不包;更有像《敦煌廿咏》一类地域风物的歌吟。[①]

这一区域由于自身独特的政治因素,在唐代的文化脉络中占据着很重要的地位。而且,这一区域又是唐代与诸如吐蕃等少数民族的交界区域,民族关系也比较复杂,这种复杂导致该区域在一定程度上成了交战的重要地点。因此,唐诗中一种非常典型的形态——边塞诗——也是以这个区域为代表的:

> 唐代边战频繁的地区,主要在三边——西北、朔方和东北,其中尤以西北为盛。一部《全唐诗》中,边塞诗约 2000 首,而其中 1500 首是与大西北有关。更引人注目的是,这些诗中反复歌唱的又多是这样一些地方:阳关、玉门、敦煌、酒泉、凉州、临洮、金城、秦州、祁连、河湟、皋兰、陇坂……它们犹如一串耀眼的明珠,连接起了自陇山到玉门、阳关东西长达 1700 公里的陇右山川。[②]

所以,我们可以很清楚地看到,由于关陇地区的特殊性,在唐代文化版图上,尤其是从唐诗的意义上来说,它的重要性是非常明显的。如果按照我们前面对于唐诗之路的界定来说,这里毫无疑问也可以被称为"关陇唐诗之路",而且是极为重要的一条诗路。

3. 西蜀唐诗之路

西蜀,实际上指的就是蜀地,因在西边故得名,而特别值得注意的就是蜀道。蜀道因其独特的地理位置,自秦以来就具有非常重要的意义。由严耕望先生的《唐代交通图考》可知,从长安一路向南的驿道就是蜀道,蜀道在唐人的交通路线中占

---

① 杨晓霭:《唐代陇籍诗人诗作与关陇文化渊源》,《中国典籍与文化》,1997 年 3 期,第 46 页。
② 杨晓霭、胡大浚:《陇右地域文化与唐代边塞诗》,《文史知识》,1996 年第 7 期,第 13 页。

有很重要的地位。蜀道是联络关中地区与巴蜀地区的交通要道。具体而言,从长安通向成都的路程有南北蜀道之分,北线的四条支线与南线的三条支线被秦岭所分割,北段由东向西分别是子午道、傥骆道、褒斜道、故道;南段由东向西则是荔枝道、米仓道和金牛道,主要分布在今陕西和四川、重庆境内。而这一区域也是唐代诗人行游的重要区域,他们留下了大量脍炙人口的诗篇,比如李白的《蜀道难》就是其中的佼佼者。

唐代诗人们在蜀道上往来的次数频繁,留下的蜀道题材诗歌也很可观。《全唐诗》中,诗句里出现"蜀道"的诗有50首,诗题中含"蜀道"的有7首,题目包含"蜀"的有343首,其中送某人入蜀(赴蜀、还蜀、游蜀、之蜀等)的诗歌有约140首。[①]

单单从这个统计数据来说,好像唐代关于这一区域的诗歌并不是特别地丰富和突出。但是,这实际上是一个非常表面的统计,并没有完全把唐诗中跟蜀地相关的问题做一个全面的梳理。根据陈函月的统计,唐代入蜀的诗人有180余位,他们虽然入蜀的原因各有差异,但是都在蜀地留下了大量的、不同类型的诗歌:

蜀道唐诗在数量上是非常庞大的,据笔者对《全唐诗》的不完全统计,至少有十万字左右的与蜀道有关的唐诗。这些诗在题材的选择上也是多种多样,如交游诗、隐逸诗、纪行诗、边塞诗等,全方位地展示了唐代蜀道沿线的自然风景和社会面貌,以诗人们的个体体验刻画唐代的时代特征,更加真实而多角度地展示了唐朝由盛世到衰落的整个变化过程。

蜀道唐诗的体量的庞杂还体现在组诗的数量之多,比较著名的如杜甫的陇南纪行诗、夔州组诗,雍陶的送别组诗等。组诗相较于单个的诗歌,记载上具有连续性和关联性,加上详细的序言,使我们更能把握诗歌中的时空特征和作者在那段时间内的情绪、思想的变化以及引起这些变化的原因。

以杜甫为例,他由秦州流寓同谷时就有纪行诗24首,后在夔州寓居期间,作诗400余首,进入诗歌创作的高峰时期,将夔州的风土人情和晚年的所思所想完全地记录下来。武元衡节度西川期间,在蜀作诗30余首。羊士谔贬谪任资州刺史,在蜀地七年,作诗文40余首。元稹两次入蜀,第一次作诗30首,第

---

① 石润红:《从唐诗看唐代蜀道地区的植物景观与生态状况》,《成都理工大学学报(社会科学版)》,2016年5月,第62页。

二次贬任通州刺史,作诗百余首。由此可见,唐代经行蜀道的诗人们创作之丰盛,数量之庞大。①

根据这段描述,我们可以对与蜀道相关的唐诗的情况有一个概观。为什么西蜀在唐代有如此特殊的地位呢? 为什么它可以吸引如此众多的诗人,并留下数量庞大的唐诗呢? 陆威仪(Mark Edward Lewis)分析四川在唐代的特殊地位时有一段论述:

> 四川,西南部一个封闭、群山环绕的地区,对唐朝而言在经济上不像长江下游东南地区那样重要,但随着7世纪后半叶吐蕃和南诏的兴起而成为一个重要的军事中心。四川始终作为南方的一翼,配合来自鄂尔多斯高原的军队对在西域,即今天新疆的吐蕃军队进行钳形攻击。在"安史之乱"中,四川为逃亡的唐玄宗供了一个避难的天堂,而在唐朝后期又迎来了德宗和僖宗。

> 但是出入四川是困难的。如同以前的王朝,唐朝维持了一个以长安和洛阳为中心向外辐射的道路网络,以便于帝国内部官员的往来和公文的传送……然而,唐朝把这个道路网广泛地扩展到了南方,四川成为一个关键地区。穿过四川的道路把今天西南部的云南和贵州与帝国其他部分连接起来,并一直延伸到东南沿海。依靠沿着这些道路和长江的贸易,四川凭自身的优势成为一个富裕的贸易中心。②

从这个角度来说,四川独特的地理位置,尤其是战略上的特点,决定了蜀地在唐帝国版图中的重要性。由此,我们也可以看到蜀道上唐诗的繁荣景象,称其为"西蜀唐诗之路",显然也是成立的。

4. 大运河唐诗之路

大运河,即指京杭大运河,始建于春秋时代,吴王夫差为伐齐国而命人开凿邗沟,至隋朝大幅度扩修并贯通至都城洛阳并连涿郡,后历代均有修建完善,是世界上里程最长、工程最大的古代运河,也是最古老的运河之一,与长城、坎儿井并称为中国古代的三项伟大工程。大运河南起余杭(今杭州),北到涿郡(今北京),途经今浙江、江苏、山东、河北四省及天津、北京两市,贯通海河、黄河、淮河、长江、钱塘江

---

① 陈函月:《唐代蜀道诗历史地理研究》,西南大学硕士学位论文,2019年12月,第26页。
② 陆威仪著,张晓东、冯世明译:《世界性的帝国:唐朝》,卜正民主编《哈佛中国史》第三卷,,中信出版社2016年版,第13页。

五大水系,主要水源为微山湖,全长约 1797 公里。大运河开挖,对中国古代南北地区之间的经济、文化发展与交流,特别是对沿线地区工农业经济的发展起了巨大作用。在大运河申报世界文化遗产的前夕,中国著名地理学家陈桥驿先生曾非常精要地概括了大运河在中国历史上的独特性,他说:"我们的大运河,除了通航作用,还有历史价值和文物价值,它是世界其他运河所不可比拟的!"①

在中国古代,交通是事关政治、经济、社会以及文化的一个基础要件,严耕望先生曾指出:"交通为空间发展之首要条件,盖无论政令推行,政情沟通,军事进退,经济开发,物资流通,与夫文化宗教之传播,民族感情之融和,国际关系之亲睦,皆受交通畅阻之影响,故交通发展为一切政治经济文化发展之基础,交通建设亦居诸般建设之首位。"②作为中国古代贯穿南北的要道,大运河之作用自然是无可比拟的,它的文化成就同样是灿烂无比的。

大运河,从公元前 486 年吴王夫差开凿邗沟起到今天已近 2500 多年了,大运河的开凿,事关国家经济发展和封建社会的长期稳定,对后世的影响极其深远。伴随大运河千古流淌,不少文学精品产生,尤以唐代诗人存留运河篇章最多,从时间分布来看,初、盛唐诗歌中出现 直接命题的较少,中晚唐及五代时期较多。从内容上看,随着唐代历史的进程,借大运河以古鉴今的抒怀作品增多。唐代诗人将他们的审美情趣和时代心理不断地积淀到大运河及其沿岸美丽风光上,使其意蕴不断丰富。③

大运河在唐代本是漕运要道,同时也是行旅的要路,大运河沿线社会经济的发展、民情风俗、运河旅况、两岸的自然人文景观及其历史遗迹等,都走进了诗人的生活,从而成为其诗歌创作的重要内容。运河沿线的文学创作不仅数量非常之多,形式也是多种多样的,诗、文、词、曲、传奇、小说等体裁无所不有。大运河沟通南北,跨度大,流域广,并且受时节、地域、时代的影响,诸多因素成就了运河文化的开放性和包容性,运河文学更具有其独特性。所以笔者认为,大运河称得上是一条名副其实的"水上唐诗之路"。④

---

① 金晓:《历史地理学家陈桥驿:中国大运河是不可比拟的》,《宁波晚报》,2014 年 6 月 19 日,A21 版。

② 严耕望:《唐代交通图考·序言》,台湾"中央研究院"历史语言所专刊之八十三,1985 年,第 1 页。

③ 戴永新:《唐诗中的大运河》,《文艺评论》,2011 年 10 月,第 150 页。

④ 马婷婷:《水上"唐诗之路"研究——以隋唐大运河沿线诗歌创作为中心》,延边大学硕士学位论文,2011 年 5 月,第 1 页。

从上面两段论述中,我们可以很清楚地看到京杭大运河作为南北交通的要道对于古代社会所具有的重要意义,在此基础上,它也自然而然地成为唐诗中的重要意象。由此,我们可以毫无疑问地称之为"大运河唐诗之路"。

根据上述我们对于几条代表性的唐诗之路的讨论,我们大概可以看出浙东唐诗之路的特殊性。近几年来,关于浙东唐诗之路的研究相对较多,但是,究竟有多少诗人、有多少唐诗在浙东唐诗之路上留存,事实上并不是特别清晰。根据竺岳兵先生在《剡溪——唐诗之路》一文中的说法:

> 以收入《全唐诗》的人名为准,根据对浙东各地历代方志的统计,共载入的诗人为 228 人,有据可查而方志漏载的 50 人,共计为 278 人。约占《全唐诗》收载的诗人 2200 余人总数的 13%。与唐代全国比较,唐时期全国国土约 1500 万平方公里,浙东的面积仅占全国的 0.13%。换句话说,只有全国 1/750 的浙东,却有唐代全部诗人的 1/8 来游弋讴歌。[①]

傅璇琮先生在其文章中提出的说法是:

> 浙东唐诗之路涉及的,经考证有 400 多位唐代诗人出入浙东,涉及诗篇 1500 多首,涉域面积 2 万余平方公里。[②]

而目前大家基本上采纳的就是这样的基本数据,比如胡可先教授同样认为:"浙东迄今留下了超过 1500 首唐诗,是我们得以继承和弘扬的宝贵的遗产。"[③]

当然,这些具体的诗人数量和诗篇数目可以进一步考证,但从总体上说,基本上就是这样一个体量。对比前述两京唐诗之路、关陇唐诗之路、西蜀唐诗之路以及大运河唐诗之路,如果单纯就数字来说,浙东唐诗之路并非有绝对的优势;再加上从当时的政治、经济、文化的综合地位和重要性来考量,则浙东在上述几个区域中,也没有任何的优势。既无法跟政治经济文化中心的两京相提并论,也无法比肩大运河,更不能和有特殊军事、战略意义的关陇和西蜀相比较,那么,浙东唐诗之路的特点在哪里呢? 对于此,胡可先教授有过一个非常准确的概括:

---

① 竺岳兵:《剡溪——唐诗之路》,《唐代文学研究(第六辑)——中国唐代文学学会第七届年会暨唐代文学国际学术讨论会论文集》,广西师范大学出版社 1996 年版,第 866 页。
② 傅璇琮:《〈从义桥渔浦出发:浙东唐诗之路重要源头学术研讨会论文集〉序》,《萧山记忆(第七辑)》,浙江人民出版社,2014 年版,第 44 页。
③ 胡可先:《天台山:浙东唐诗之路与海上丝绸之路的交汇》,《浙江社会科学》,2019 年 12 月,第 134 页。

……我们知道,唐代东部地区的交通,都是以水路为主的,从杭州渡过钱塘江之后就到了浙东,根据水道和驿站的分布,自越州西陵驿到乐清上浦馆,无疑是浙东唐诗之路的重要通道。但从越州向东,沿钱塘江东行一直到明州,也是唐代诗人经行的通道,从杭州以西富阳对岸的渔浦潭开始入浦阳江又有一条通道通往诸暨、义乌向婺州方向,再到永嘉。即:渔浦潭——诸暨驿——待贤驿(诸暨)——双柏驿(义乌)——婺州水馆。因此,浙东唐诗之路从主要道路的分布来看,从杭州过了钱塘江进入浙东,就形成了一条干线和两条支线的格局。这是浙东唐诗之路地理上的特色。

……无论是越州本土诗人以其作品表达对于家乡的热爱,还是流寓诗人对于浙东的欣赏,无一例外地都受到越州山水美景的陶冶从而将真情流露于诗作当中。诗歌之外,散文如晋孙绰《游天台山赋》、王羲之《兰亭集序》之后,代有名作。小说自刘义庆《幽明录》所载刘晨、阮肇遇仙的故事也凄美动人,吴均《续齐谐记》亦收录这一故事,对于后世产生了重大影响。这是浙东唐诗之路文学上的特色。

浙东有着深厚的文化渊源,魏晋以后,北方战乱,衣冠贵族大量南迁,黄河流域的中原文化随着人口的南迁而与浙东文化融合,更使得越中成为人文荟萃之地。加以东晋门阀制度的盛行,士族势力,门阀势力,北方贵族,南方土著等各大利益集团汇聚在一地,组成了浙东文人集团。他们借江山之助,体物写志,留下了很多名垂千古的篇章。……这是浙东唐诗之路文化上的特色。

唐代浙东地区,是佛教和道教的圣地。天台山的国清寺、新昌的大佛寺、鄞县的天童寺,都是唐代甚为鼎盛的寺庙。沃洲山更是唐人景仰的佛教圣地,东晋高僧支道林曾于此"买山而隐",养马坡谷,放鹤山峰,而沃洲禅院由白道猷开山,白寂然兴寺,白居易撰写《沃州山禅院记》,后世号称"三白堂"。道教圣地则有天台山的桐柏观,虽后来成为道教南宗祖庭,实则在唐代已经非常繁盛,迄今存世的唐代诗人崔尚撰写的《桐柏观碑》就是明证。这里是佛教天台宗的发源地,这里的佛教与道教融合无间,和合相处。这是浙东唐诗之路宗教上的特色。

唐代诗人自爱名山,喜欢漫游。……这样的漫游影响了千年的浙东文脉。我们现在弘扬优秀传统文化,开发浙东唐诗之路,将文学与景观、山水融为一体,也是这一文脉的延伸。这是浙东唐诗之路旅游上的特色。①

胡可先教授从地理、文学、文化、宗教以及旅游等五个方面的特点来概括浙东唐诗之路的特色是非常准确的,这也是浙东唐诗之路相对于其他唐诗之路所具有的重要特点,或者说比较优势,这是浙东唐诗之路具有而其他唐诗之路上并不一定具备的。所以,事实上,当我们谈论浙东唐诗之路的时候,并不是因为说它是唯一的一条诗路,也并不是说,它是最为重要的一条诗路,所以我们才去谈论它。我们讨论浙东唐诗之路,乃是基于对浙东唐诗之路的特点(或者比较优势)而言的。我们希望通过这样的方式来呈现出浙东唐诗之路应有的位置以及它对于浙东这个区域而言所具有的真正价值。

----

① 胡可先:《天台山:浙东唐诗之路与海上丝绸之路的交汇》,《浙江社会科学》,2019 年 12 月,第 134—135 页。

第二章　作为朝圣之路的浙东唐诗之路

　　如果从历史的角度来考察,浙东唐诗之路的形成确实是一个比较耐人寻味的事情。相比于两京重要的政治、经济、文化、社会的综合意义,浙东一隅实在难以比肩;相比于关陇和蜀地的重要军事战略意义,浙东望尘莫及;而大运河的经济、文化意义,其实也是浙东所无法企及的。所以,平心而论,当我们讨论浙东唐诗之路的时候,我们不能够过分地夸大浙东唐诗之路在整个唐代(尤其是对唐诗)的意义,因为这显然是不符合历史事实的,我们甚至都很难说浙东唐诗之路相比其他几条唐诗之路是否具有优势。

　　但是,我们发现,浙东唐诗之路有其独特的意义。作为江南一隅,浙东对于唐代诗人有着独特的号召力。我们可以说,在唐代诗人的心目中,浙东区域实际上是一个"圣地"。这个"圣地"乃是基于浙东山水的特点而形成的,主要伴随着佛道二教在天台区域的兴盛,尤其因为司马承祯隐居天台山。所以,从这个角度来说,我们可以很清楚地看到,尽管在地理位置上,浙东区域并没有两京、关陇甚至蜀地重要,但是,因为独特的"圣地"形象,浙东地区对于唐代诗人来说有了非同寻常的意义,由此吸引了大批诗人络绎而至,从而形成了我们后世所谓的"浙东唐诗之路"。

　　什么是圣地?即神圣的地方。如果从汉语语词本身所具有的含义来看,大概可以有三种解释:其一,指神圣的境界、境地,表明通过某种特殊的努力(或者修养)所能达致的最高境界,所谓"一尘不动,弹指之间可以立跻圣地"(王阳明《谏迎佛疏》)。其二,指具有重要纪念意义或者历史意义的地方(比如,延安是革命的圣地),尤其是对于某一具体的区域、政权或者国家来说具有着重要意义的地方。其三,指宗教徒称呼与教主生平事迹有重大关系的地方(比如,佛教的发源地、菩萨的道场名山,等等;比如,对于犹太教、基督教等宗教的信仰者来说,耶路撒冷就是圣地。从宗教(或者准宗教)意义上来说,圣地有着最为广泛的代表性,可以泛指与某种宗教(或者准宗教)现象有关、被其信徒视为神圣的地方。而我们在历史上谈到浙东区域作为"圣地",主要是从后两者来说的,即具有特殊重要意义的地方以及具有宗教性质的神圣的地方。不管是出于何种原因而形成的圣地,对于对圣地有着深刻情感的人来说,朝圣是一个毋庸置疑的行为。由此,我们似乎也可以说,唐代在浙东行走的人,大多是怀着朝圣之情的,正是因为朝圣,浙东虽然偏居东南一隅,还是吸引了一大批诗人行吟至此。

本章我们尝试从不同的角度来揭示浙东所具有的圣地气质,并在此基础上讨论"圣地"对于当时读书人的影响力和号召力,从而解答诗人们为何要来浙东这一基础性问题。如果说,很多的行为都需要有一个理由,每一种行为都需要有一个动机的话,那么对于唐代诗人们来说,朝圣,就是他们走向浙东的根本理由。

一、《游天台山赋》与宗教圣地的形成

在中国的山川中,天台山是一个非常神奇的存在。自汉、晋以来,天台山不断被神化,由此成为一座神山、仙山,并因此在中国传统文化中具有重要的地位,不仅在中国文化的版图之内,更在整个东亚的范围之内产生了深远的影响。当然,天台山的这种文化地位的形成是一个不断累积的过程,孙绰的《游天台山赋》无疑是这个塑造过程中的一个非常重要的阶段。虽然此前天台山已经逐渐进入了中国文化的视野,并且被逐步神化,但是,该赋的出现对于天台山文化形象的最终树立起到了至关重要的作用。

孙绰,字兴公,东晋时期名士的杰出代表之一,太原中都(今山西省平遥县)人,生于会稽,博学善文,放旷山水,与高阳、许询齐名。

> 绰与询一时名流,或爱询高迈,则鄙于绰,或爱绰才藻,而无取于询。沙门支遁试问绰:"君何如许?"答曰:"高情远致,弟子早已伏膺;然一咏一吟,询将北面矣。"(《晋书·孙绰传》)

从孙绰对于名僧支道林的回应来看,他对于自己的文采是颇有信心的,认为许询根本就比不上自己。这个评价,虽然看上去有点王婆卖瓜的意味,但是,就魏晋名士的言说风格来看,则恰恰是对自己非常自信的一种表达,也是名士风度的应有内涵。[①] 孙绰的才华,在当时是极为突出的。

---

① 魏晋名士对于自我有着非常重要的认可和赞赏,这种情形在之前或者之后的传统中都很少出现,也正是因为如此,名士风度才成为中国文化中一个非常特别的印记。此种现象,个人一直觉得殷浩"宁作我"的说法最具代表性:"桓公少与殷侯齐名,常有竞心。桓问殷:'卿何如我?'殷云:'我与我周旋久,宁作我!'"(《世说新语·品藻》)

于时才华之士,有伏滔、庾阐、曹毗、李充,皆名显当世,绰冠其道焉。故温、郗、王、庾诸公之薨,非兴公为文,则不刻石。(《文选集注》卷六十二公孙罗《文选钞》引《文录》)①

当时的名流去世,都必须请孙绰来写碑文,才能刻石,这足见其文才的影响力。当然,也并非说孙绰写的所有文字都是无可争议的,比如,庾亮死后,孙绰作的诔文就受到了很大的非议。

孙兴公作《庾公诔》。袁羊曰:"见此张缓。"于时以为名赏。(《世说新语·文学》第78条)

孙兴公作《庾公诔》,文多托寄之词。既成,示庾道恩,庾见,慨然送还之,曰:"先君与君,自不至于此。"(《世说新语·方正》第48条)

当然,这些情形是非常复杂的。人们自然可以据此对孙绰的人品提出质疑②,事实上当时的人对此也有着非常清楚的把握:"孙兴公、许玄度皆一时名流。或重许高情,则鄙孙秽行;或爱孙才藻,而无取于许。"(《世说新语·品藻》第61条)但是,即便如此,如前所言,对于孙绰的才华,几乎没有人否认。而孙绰对于其所作的《游天台山赋》是极为推崇和自信的:

尝作《天台山赋》,辞致甚工,初成,以示友人范荣期,云:"卿试掷地,当作金石声也。"荣期曰:"恐此金石非中宫商。"然每至佳句,辄云:"应是我辈语。"(《晋书·孙绰传》)③

从孙绰"卿试掷地,当作金石声也"的自许来说,可见其对于《游天台山赋》的满意和推许程度,而范荣期的回应也表明了这样的自信并非盲目的。当然,孙绰曾为永嘉太守,其对于山水的热爱,尤其是对于天台山的这种推崇,自然是出自内心的。至于孙绰是否到过天台山,真实地感受过天台山的这种神秀,这一点存疑。比如,李善在注《昭明文选》的时候就认为"孙绰为永嘉太守,意将解印以向幽寂,闻此山神

---

① 《晋书》的说法,与此大同小异:"绰少以文才垂称,于时文士,绰为其冠。温、王、郗、庾诸公之薨,必须绰为碑文,然后刊石焉。"(《晋书·孙绰传》)

② 关于此,《世说新语》中谢安的夫人刘氏的评价就是非常直接的:"孙长乐兄弟就谢公宿,言至款杂。刘夫人在壁后听之,具闻其语。谢公明日还,问:'昨客何似?'刘对曰:'亡兄门,未有如此宾客!'谢深有愧色。"(《世说新语·轻诋》第17条)

③ 《世说新语》中的描述,跟《晋书》几乎一致:"孙兴公作《天台赋》成,以示范荣期,云:'卿试掷地,要作金石声。'范曰:'恐子之金石,非宫商中声!'然每至佳句,辄云:'应是我辈语。'"(《世说新语·文学》第86条)

秀,可以长往,因使图其状,遥为之赋"(《文选》卷十一《游天台山赋》,李善注),可见在李善看来孙绰此赋并非真实游记,而是他对天台山神思飞扬的描述,是他所向往的山水佳境。然而《晋书》记载:"征西将军庾亮请为参军,补章安令,征拜太学博士,迁尚书郎。扬州刺史殷浩以为建威长史。会稽内史王羲之引为右军长史。转永嘉太守,迁散骑常侍,领著作郎。"(《晋书·孙绰传》)从这个描述来说,既然孙绰曾为章安令和永嘉太守,以其热爱山水之性情,《游天台山赋》应该不是李善所言的"遥为之赋",更准确地推测,孙绰应当曾亲睹天台山之神秀,然后才有对于天台山的那种独特的情感和看法。孙绰对于天台山的基本认识,我们从《游天台山赋序》中就可以非常直接地看出来。

> 天台山者,盖山岳之神秀者也。涉海则有方丈、蓬莱,登陆则有四明、天台。皆玄圣之所游化,灵仙之所窟宅。夫其峻极之状、嘉祥之美,穷山海之瑰富,尽人情之壮丽矣。所以不列于五岳、阙载于常典者,岂不以所立冥奥,其路幽迥。或倒景于重溟,或匿峰于千岭;始经魑魅之涂,卒践无人之境;举世罕能登陟,王者莫由堙祀,故事绝于常篇,名标于奇纪。然图像之兴,岂虚也哉!夫遗世玩道、绝粒茹芝者,乌能轻举而宅之?非夫远寄冥搜、笃信通神者,何肯遥想而存之?余所以驰神运思,昼咏宵兴,俯仰之间,若已再升者也。方解缨络,永托兹岭,不任吟想之至,聊奋藻以散怀。

这段序言是孙绰对于天台山的总体看法,尤为重要的是前面三句。"天台山者,盖山岳之神秀者也",这是孙绰对于天台山的基本判断,"神秀"二字可谓点睛之笔,直接表达出天台山在山岳之中的地位。我们都知道,孙绰(或者说整个东晋的名士)对于山水有着独特的情感,徜徉于山水之间也是当时名士的一种基本的生活方式。当然,他们的活动范围主要是在浙东山水之间,而浙东的山水无疑可以说是士人心目中山水的精华所在。[1]

天台山的这种"神秀",也开启了其宗教维度的意义。[2] 对于东晋士人来说,山水或许并不是一种非常独特的存在,但是神秀的山水,显然是一种值得重视的、具有着超越意义的象征。也就是说,因为"神秀",士人对于宗教的情感和期待都可以

---

[1] 山水诗和山水画也正是在这种背景下产生的。因此,我们可以说,山水对于东晋名士有着极为重要的作用和极为特殊的影响,这种影响也成就了中国文化中非常浓重的一笔。

[2] 这一点,我们可以从后来天台山在中国文化版图中的重要意义很清楚地感受到。天台山文化,从本质上来说,首先是宗教文化,尤其是佛道文化,"佛宗道源"的说法直观地表达出了这样一层意义。

投射其中。① 孙绰接下来的话语,则更是直接地说明了这样一种倾向:"涉海则有方丈、蓬莱,登陆则有四明、天台。"这是对于天台山性质的定位。以"方丈、蓬莱"来对应"四明、天台",说明在孙绰看来,"四明、天台"的性质大致就是"蓬莱、方丈"。那么,"蓬莱、方丈"意味着什么呢?

> 人徐市等上书,言海中有三神山,名曰"蓬莱、方丈、瀛洲"。(《史记·秦始皇本纪》)
>
> 自威、宣、燕昭使人入海求蓬莱、方丈、瀛洲,此三神山者,其传在勃海中,去人不远。患且至则船风引而去。盖尝有至者,诸仙人及不死之药皆在焉。(《史记·封禅书》)
>
> 其北治大池,渐台高二十余丈,名曰泰液池,中有蓬莱、方丈、瀛洲、壶梁,象海中神山龟鱼之属。(《史记·孝武本纪》)
>
> 今上封禅,其后十二岁而还,遍于五岳、四渎矣。而方士之候祠神人,入海求蓬莱,终无有验。(《史记·孝武本纪》)
>
> 蓬丘,蓬莱山是也。对东海之东北岸,周回五千里。外别有圆海绕山,圆海水正黑,而谓之冥海也。无风而洪波百丈,不可得往来。上有九老丈人,九天真王宫,盖太上真人所居。唯飞仙有能到其处耳。(东方朔《十洲记》)

类似的内容,在中国的传统文献中是极为普遍的,以上是略举数例。从这些论说之中,我们可以很明显地感受到蓬莱和方丈对于中国人有着极为特殊的意义,尤其在中国人的信仰世界之中,它们有着举足轻重的地位。

而在后世文人的作品中,提及蓬莱、方丈的,也大多很明显地和宗教的维度联系在一起,具有信仰的特征。比如李白的《怀仙歌》:

> 一鹤东飞过沧海,放心散漫知何在。
>
> 仙人浩歌望我来,应攀玉树长相待。
>
> 尧舜之事不足惊,自馀嚣嚣直可轻。

---

① 魏晋(尤其是东晋)士人有着非常强烈的宗教意识,这一点无论是在士人的文献中,还是在他们日常的清谈活动中,都有非常明显的表现。在东晋时期,佛教的名相和义理毫无疑问地遍见于士人的清谈之中;佛教传入中国,也正是经过东晋的转换(尤其是般若学与玄学的结合),才成为被中国知识分子广泛接受的一种宗教和理论形式,并由此影响中国社会至今。而道教作为一种宗教形式,也是在这个阶段盛行起来的。如果我们去翻阅《世说新语》,我们会发现在东晋时期,宗教(无论是佛教还是道教)的话语处于普遍流行的阶段,这就是体现当时士人宗教意识的一个简单的例证。

> 巨鳌莫戴三山去,我欲蓬莱顶上行。

　　这是李太白典型的一首游仙诗。作为游仙诗,其所具有的宗教维度是毋庸置疑的。李白在这里也很直接地用了"蓬莱"一词。由此可以推断,当孙绰在《游天台山赋序》中将"天台"与"蓬莱""方丈"联系在一起的时候,他实际上是要强调天台山所具有的宗教信仰的性质,或者说,他是要塑造天台山的这种性质。这一点实际上是成功的,因为我们从李白的名篇《梦游天姥吟留别》中也可以很直接地看到:

> 海客谈瀛洲,烟涛微茫信难求;
> 越人语天姥,云霞明灭或可睹。
> 天姥连天向天横,势拔五岳掩赤城。
> 天台四万八千丈,对此欲倒东南倾。
> 我欲因之梦吴越,一夜飞度镜湖月。
> 湖月照我影,送我至剡溪。
> 谢公宿处今尚在,渌水荡漾清猿啼。
> 脚著谢公屐,身登青云梯。
> 半壁见海日,空中闻天鸡。
> 千岩万转路不定,迷花倚石忽已暝。
> 熊咆龙吟殷岩泉,栗深林兮惊层巅。
> 云青青兮欲雨,水澹澹兮生烟。
> 列缺霹雳,丘峦崩摧。
> 洞天石扉,訇然中开。
> 青冥浩荡不见底,日月照耀金银台。
> 霓为衣兮风为马,云之君兮纷纷而来下。
> 虎鼓瑟兮鸾回车,仙之人兮列如麻。
> 忽魂悸以魄动,恍惊起而长嗟。
> 惟觉时之枕席,失向来之烟霞。
> 世间行乐亦如此,古来万事东流水。
> 别君去兮何时还?且放白鹿青崖间。须行即骑访名山。
> 安能摧眉折腰事权贵,使我不得开心颜!

该诗作为李白著名的游仙诗,其内容必然有着宗教信仰维度,而这首诗的开头即以瀛洲、天姥、天台并举,这表明,这些意象在李白那里事实上也具有很直接的宗教意义。

孙绰《游天台山赋序》随后的一句也非常关键："皆玄圣之所游化，灵仙之所窟宅。"无论是玄圣，还是灵仙，从本质上来说，毫无疑问是具有超越性的、宗教性的，而他们都以天台山为其游化之地、栖居之所，这就很直接地点出了天台山作为宗教名山的内涵。

这样，从《游天台山赋序》的开篇至此，我们可以很清楚地发现孙绰对于天台山定位的一步步具体化、明朗化，即孙绰将天台山塑造成宗教名山的意图逐步得到了展现。而随后的渲染，极度地突显出天台山奇挺、峻极和幽深，这些特质，无一不可以和宗教的维度相关联，从这个侧面，我们也可以很清楚地感受到天台山在孙绰心目中的地位。而在其对于《游天台山赋》的具体展开，虽然是以"游"作为主线，但是在这个过程中，孙绰总是情不自禁地将道、释的那种超越的境界和名言掺入其中。很多人认为，孙绰这样的写法并非一种非常准确的"游"的写法，或者甚至认为这种方式破坏了"游"的整体性。但是，对于孙绰来说，这样的形式恰恰符合其所要追求的一种目的，即充分地将天台山描述成一座宗教的名山。孙绰之所以这么做，大概有两个方面的重要因素。首先是魏晋以来游仙诗广泛流行的背景，而天台山的神秀瑰奇更加增添了这种对神仙的想象。其次，这也和孙绰本身的特点有关系。孙绰喜山水，擅诗文，更为重要的是，孙绰本人有着极高的道教和佛教的修养。孙绰是著名的玄学家，又非常推崇佛教，与名僧竺道潜、支道林等都有交往。他撰写了众多的佛教、道教方面的文章，比如《名德沙门论目》《道贤论》等等。尤为有趣的是，在《道贤论》中，孙绰把两晋时的七个名僧附会作魏晋之间的"竹林七贤"：以竺法护比山涛，竺法乘比王戎，帛远比嵇康，竺道潜比刘伶，支遁比向秀，于法兰比阮籍，于道邃比阮咸。所以，我们可以想象，当这样一个具有着宗教背景的、极具才华的孙绰，面对一座神秀瑰奇的天台山，将天台山做宗教化的处理，这也是非常可以接受的一个事实。所以，有论者直接指出："总的来看，《游天台山赋》宗教思想呈现出道、释兼备杂糅，以道教思想为主的特点。"[①]

《游天台山赋》不管是不是孙绰游天台山所作之赋，但由于孙绰个人的因素以及当时的社会思想背景，该赋受到了广泛的关注，因之而来的一个重大事件是"天台山伎"的出现。

---

① 张海涛：《〈游天台山赋〉中宗教思想浅探》，《江西教育学院学报》，2012 年第 3 期，第 135 页。

永明六年，赤城山云雾开朗，见石桥瀑布，从来所罕睹也。山道士朱僧标以闻，上遣主书董仲民案视，以为神瑞。太乐令郑义泰案孙兴公赋造天台山伎，作莓苔、石桥、道士扪翠屏之状，寻又省焉。(《南齐书·乐志》)

关于这段文字，著名音乐史学者吉联抗先生曾释文如下：

永明六年(公元四八八年)，赤城山的云雾散开，看见石桥和瀑布，这是从来所少见的呀。山上的道士朱僧标把这事报告上来，齐武帝(萧赜)派主书董仲民考察，把它当作天赐的祥瑞。太乐令郑义泰叫孙兴公做成"天台山伎"，表现青苔、石桥、道士抚摩青翠石屏的状态，不久又废止啦。[①]

这里实际上讨论了一个极为有趣的事情，就是"天台山伎"，即作为一种戏曲形态(或者说主要是道教戏曲形态)的伎乐的出现。很遗憾的是，吉联抗先生的释文存在着比较直接的错误。事实上这个伎乐产生的过程非常简单，就是永明六年，在天台出现了"祥瑞"："赤城山云雾开朗，见石桥瀑布。"如果从今天赤城山、石梁的地理位置差距来说，这样的情形当然是不可多见的"祥瑞"了。因此，道士朱僧标将这件事情告诉了政府[②]，而齐武帝萧赜是好道教的，于是就派了主书董仲民去查看，认为是神瑞。然后，太乐令郑义泰就按照孙绰的《游天台山赋》做成了"天台山伎"(即"案"，吉先生所误读处)。毫无疑问，从这整个描述来看，"天台山伎"是基于《游天台山赋》而来的一种道教戏曲的表现形态。从这个角度来说，"天台山伎"的出现实际上也是一个非常重要的事件，它是以戏曲的形式来表达宗教(或者说准宗教)的内涵，这对于推进天台山宗教化的定位来说，是极为有效的，此后关于天台山遇仙的种种故事[③]，也可以顺理成章地出现了。

从东晋孙绰写《游天台山赋》，到南齐出现"天台山伎"，也就百余年时间，但是，毫无疑问，孙绰《游天台山赋》的影响力是显而易见的。在此后的历史进程中，有一个值得特别注意的事件，就是梁昭明太子主持编撰《文选》，此事对后世(尤其是唐代)有着深刻的影响，曹道衡先生曾论述：

唐代人的热衷于为《文选》作注，正反映了此书在当时人心目中的重要地

---

① 吉联抗：《魏晋南北朝音乐史料》，上海文艺出版社 1982 年版，第 153 页。
② 朱僧标亦非一般道士，他隐居天台山，与高道顾欢等人有密切交往："而朱僧标和顾欢多有来往，陶弘景曾言：'孔璪贱时，杜居士京产将诸经书往剡南墅大墟住，始与顾欢、戚景玄、朱僧标等数人共相料视。'"(《真诰》卷二十)
③ 这个话题，也是跟圣地形象有着密切关联的，后面再具体展开。

位。试看李善在《上文选注表》中所说:"后进英髦,咸资准的。"此表作于唐高宗显庆三年(658),距唐代的建立正好四十年左右,可见对《文选》的重视,是在唐初就开始的。根据现有的史料,说明唐初对《文选》的研读十分普遍。《新唐书·文艺·李邕传》载,邕父李善"居汴郑间讲授,诸生四远至,传其业,号文选学"(《旧唐书·儒林·李善传》略同)。又《太平广记》卷四四七引唐张鷟《朝野佥载》:"唐国子监助教张简,河南缑氏人也。曾为乡学讲《文选》……"这后一条史料虽属小说,却也说明《文选》之学已普及到了乡学中,可见读者之广。①

隋唐以来(尤其是唐)对于《文选》极为推崇,以至于形成了"《文选》学",这大概是萧统所想不到的情景。但是,对于隋唐的士人来说,《文选》确实是极为重要的,可以说就是他们科考的教科书,尤其是进士科以后,推崇诗赋取士,则更是如此。科考中涉及的诗、赋和其他应用文体,均在《文选》中有相应的范文。张鹏飞在研究唐代《文选》的时候,对《文苑英华》卷一百八十至一百八十九做了统计,这十卷收录唐人科考试律诗四百六十首,考试题二百八十一题。约四分之一的考试诗题取自《文选》诗赋原文之句或李善注解;诗句沿用或衍用《文选》诗赋文语言;试律诗化用《文选》诗赋文篇旨以抒发自己的情怀和期望。② 这就说明对于唐代读书人来说,《文选》是对他们的生活有着重要影响的作品。所以,李忠洋指出:"尤其是唐代科举以诗赋取士使《文选》有了更为广泛的接受群体。学者注释,视其为学术研究的对象;文人研读,视其为文章写作的范本;士子抄写、背诵,视其为科举考试的教材。因此,《文选》日益盛行,尤其是在初盛唐时期,已蔚为显学,帝王也对其偏爱有加。作为一种专门之学,《文选》在初盛唐时期为帝王、学者、文士等各个阶层所接受,这与初盛唐南北学术融合、《文选》自身所蕴涵的丰富知识以及推行科举制度密不可分。"③由此,我们也可以看到唐代诗人与《文选》之间的密切关系,比如杜甫曾言"呼婢取酒壶,续儿诵《文选》。晚交严明府,矧此数相见"(《水阁朝霁奉简严云安》),朱子曾评价唐人诗歌称"李、杜、韩、柳亦学《选》诗,然杜、韩变多,柳、李变少"(《跋病翁先生诗》)。

关于《文选》的影响,陆游曾有一段很精彩的说法:

> 国初尚《文选》,当时文人专意此书,故草必称"王孙",梅必称"驿使",月必

---

① 曹道衡:《南北文风之融合和唐代〈文选〉学之兴盛》,1999 年第 1 期,第 16 页。
② 张鹏飞:《〈昭明文选〉应用研究》,中国社会科学出版社 2014 年版,第 51 页。
③ 李忠洋:《体用之思:〈文选〉在初盛唐的接受》,《贵州文史丛刊》,2019 年第 4 期,第 86 页。

称"望舒",山水必称"清晖"。至庆历后,恶其陈腐,诸作者始一洗之。方其盛时,士子至为之语曰:"《文选》烂,秀才半。"建炎以来,尚苏氏文章,学者翕然从之,而蜀士尤盛。亦有语曰:"苏文熟,吃羊肉。苏文生,吃菜羹。"(《老学庵笔记》卷八)

这里陆游虽然说的是宋代的事情,但是"《文选》烂,秀才半"这个说法,在唐代更应该是不争的事实。如前文所言,《文选》学的兴盛对于唐朝读书人而言是一件大事。我们甚至可以说,唐代的读书人,自他们读书开始,即是以《文选》作为范本来接受相关的教育的。尤其是在诗赋取士的大背景下,对于《文选》中的诗赋的重视,自然更在情理之中。

此外,由于唐代长时期统治稳定、国力强盛,"游"这种行为在唐代比以往任何时代都要丰富。金颖若在《唐代文人之游》一文中指出:

唐朝世风与游风跟六朝呈现不同的面貌。举国上下,洋溢着阳刚浪漫的朝气。人们获得温饱后,转而寻求视听之娱的满足。上至帝王,下至庶民,"侈于游宴","以不耽玩为耻"。这些人中,出游热情最高涨的,仍然是文士,他们除了继承前代传下来的山水之情外,还为着唐代另外还有更使他们乐观积极的事情;太宗和武后先后两次对门阀制度的破坏,科举制度的推行,给读书人开拓了一个广阔的天地。为求得身心愉快,他们纵情出游。[1]

金颖若将唐代文人的"游"分为欢乐的宴游、待仕的宦游、豪迈的边游、失意的放游以及遁迹林泉的隐游,在一定程度上可以看出唐代"游"风之盛。

这种"游"也可以说是诗人生活的常态,比如,我们经常会谈论杜甫的《壮游》:

往昔十四五,出游翰墨场。斯文崔魏徒,以我似班扬。
七龄思即壮,开口咏凤凰。九龄书大字,有作成一囊。
性豪业嗜酒,嫉恶怀刚肠。脱略小时辈,结交皆老苍。
饮酣视八极,俗物都茫茫。东下姑苏台,已具浮海航。
到今有遗恨,不得穷扶桑。王谢风流远,阖庐丘墓荒。
剑池石壁仄,长洲茭荷香。嵯峨阊门北,清庙映回塘。
每趋吴太伯,抚事泪浪浪。枕戈忆勾践,渡浙想秦皇。

---

① 金颖若:《唐代文人之游》,《贵州民族学院学报(社会科学版)》,1999年第3期,第82页。

蒸鱼闻匕首，除道哂要章。　越女天下白，鉴湖五月凉。

剡溪蕴秀异，欲罢不能忘。　归帆拂天姥，中岁贡旧乡。

气劘屈贾垒，目短曹刘墙。　忤下考功第，独辞京尹堂。

放荡齐赵间，裘马颇清狂。　春歌丛台上，冬猎青丘旁。

呼鹰皂枥林，逐兽云雪冈。　射飞曾纵鞚，引臂落鹙鸧。

苏侯据鞍喜，忽如携葛强。　快意八九年，西归到咸阳。

许与必词伯，赏游实贤王。　曳裾置醴地，奏赋入明光。

天子废食召，群公会轩裳。　脱身无所爱，痛饮信行藏。

黑貂不免敝，斑鬓兀称觞。　杜曲晚耆旧，四郊多白杨。

坐深乡党敬，日觉死生忙。　朱门任倾夺，赤族迭罹殃。

国马竭粟豆，官鸡输稻粱。　举隅见烦费，引古惜兴亡。

河朔风尘起，岷山行幸长。　两宫各警跸，万里遥相望。

崆峒杀气黑，少海旌旗黄。　禹功亦命子，涿鹿亲戎行。

翠华拥英岳，螭虎啖豺狼。　爪牙一不中，胡兵更陆梁。

大军载草草，凋瘵满膏肓。　备员窃补衮，忧愤心飞扬。

上感九庙焚，下悯万民疮。　斯时伏青蒲，廷争守御床。

君辱敢爱死，赫怒幸无伤。　圣哲体仁恕，宇县复小康。

哭庙灰烬中，鼻酸朝未央。　小臣议论绝，老病客殊方。

郁郁苦不展，羽翮困低昂。　秋风动哀壑，碧蕙捐微芳。

之推避赏从，渔父濯沧浪。　荣华敌勋业，岁暮有严霜。

吾观鸱夷子，才格出寻常。　群凶逆未定，侧伫英俊翔。

这是杜甫自叙性的长诗，描写其"壮游"的过程，不管我们怎么去理解"壮游"二字的含义，如果我们把杜甫的这种情形放置在唐代的背景之下，也可以想见唐代读书人之"游"的盛行。

当然，"游"必有方，任何的"游"总是会指向一定的目的地。那么如何选择"游"的目的地呢？对于唐代读书人来说，这又得回到《文选》的影响。我们可以合理地推测，《文选》在唐代读书人心目中具有神圣的地位，由此导致他们对于《文选》中所言及的地方心生向往，这应当是顺理成章的。而因为孙绰的《游天台山赋》入选《文选》，也因为孙绰的才华在东晋以来具有重要的影响力，更因为孙绰对于天台山的宗教化的描绘，天台山成为唐代读书人心目中的圣地，这也是情理之中的。因此，在读书人选择的"游"的目的地中,天台山自然是少不了的。

因此,在孙绰《游天台山赋》的塑造下,在"天台山伎"的推动下,在《文选》的促动下,最终,至迟在初唐,天台山已经成为一个宗教圣地,这一观念逐步被当时的知识群体所接纳。

二、谢灵运与山水圣地的形成

对于唐代诗人来说,行游浙东,除了因为天台山作为一座宗教名山、宗教圣地所具有的号召力之外,还有一个非常独特的因素,那就是在当时读书人的心目中,浙东的山水是极为特别的。当然,这种状况的形成,跟东晋时期衣冠南渡,士人南迁,使得浙东的会稽成为当时的名士活动中心这一基本事实是密切相关的。

西晋灭亡后,公元317年,在以王导为首的北方南迁士族的拥戴下,在江东豪强的支持下,司马睿在建康(今江苏南京)称晋王,重建晋政权。公元318年,司马睿称帝,是为晋元帝,东晋政权正式确立。

永嘉之乱,中原混乱,北方的士族纷纷南迁,这对于中国文化的发展来说,具有非常重要的意义。"衣冠南渡"(刘知几《史通·邑里》),这是后世对于晋室南迁的概括,衣冠即意味着文明、文化,表明这次南渡就文化意义上而言,促进了南方文化的发达。

史家曾有"洛京倾覆,中州士女避乱江左者十六七"(《晋书·王导传》)之说。陈寅恪先生以为,"南来的上层阶级为晋的皇室及洛阳的公卿士大夫"[1]。中原士族避乱江南,中原文化随之以最原始、最直接、最有效的传播方式移植江南,给江南的本土吴越文化带来了中原主流思潮的影响,其融合与汇通又深深地影响了东晋的文化。

南迁或流寓江南的中原世家大族,不但具有一定的经济实力,而且有很好的家学渊源,有较高的社会地位,且享有显著的社会声望。他们与南迁百姓一起,将中原地区的生活方式、风土民情、风俗礼仪、语言文学等带到江南水乡,将中原文化的古朴淳厚、雄浑大气、崇尚礼仪之风传播到江南,与江南文化的细密精致、温婉小巧、挥洒奔放之风相融合,给江南文化注入了新的活力。南渡的中原士族对江南文化的影响是深层次并且全方位的。而如果我们将玄学视为这一时期主流的文化形

---

[1] 万绳楠整理:《陈寅恪魏晋南北朝史讲演录》,贵州人民出版社2007年版,第106页。

式,那么,随着晋室的南渡而来的无疑是玄风的南移。南方尤其是浙江会稽更是成了这一时期的玄谈中心,晋元帝司马睿即曾有"今之会稽,昔之关中"(《晋书·诸葛恢传》)的感叹。会稽在晋室南迁之后,成为了名士聚集之地,对于玄学、玄风的发展有着积极的影响。更为直接的意义是,浙东由此成为了当时文化的中心区域,这对浙东地区思想文化的发展以及文化品格的形成具有重要意义。

当然,在南迁的士族中,最具影响力的当数寓居于会稽的王、谢。他们作为永嘉之乱而南移的士族,因在西晋之际即有深厚的社会影响力,自然成了衣冠的首领;其所居之会稽,也成为士人文化活动的中心,如前所言,当时的会稽如同西晋之际关中一带,成为玄谈之中心。会稽地位之确立,关键在于王、谢。

首先来看王氏。东晋有"王与马,共天下"(《晋书·王敦传》)的说法,东晋王朝之建立,与琅琊王氏尤其是与王导(276—339)有着密切的关系。从某种意义上来说,东晋政权的确立是建立在司马氏与王氏联合的基础之上的:

> 时元帝为琅邪王,与导素相亲善。导知天下已乱,遂倾心推奉,潜有兴复之志。帝亦雅相器重,契同友执。帝之在洛阳也,导每劝令之国。会帝出镇下邳,请导为安东司马,军谋密策,知无不为。(《晋书·王导传》)

晋室南渡后,王导也随之南渡,为其积极出谋划策,促其在江东重建新政权。王导及其族弟王敦一方面积极笼络南方世族,向司马睿提议对江东大族谦逊优待:"愿深弘神虑,广择良能。顾荣、贺循、纪瞻、周顗,皆南土之秀,愿尽优礼,则天下安矣。"(《晋书·王导传》)另一方面,对于中原南渡的侨姓世族,王导也多加抚慰和激励,以确立这些南渡世家大族对新成立的东晋政权的信心。在他的苦心经营下,南北世族的矛盾得到较好的缓冲和解决,筑牢了司马睿江东立国的政治基础。

也正因为此,东晋开国之主元帝司马睿对王导之功更是推崇有加。《晋书》卷六五《王导传》载:"尤见委杖,情好日隆,朝野倾心,号为'仲父'。帝尝从容谓导曰:'卿,吾之萧何也。'"及司马睿正式登帝位,对王导之礼遇,可谓空前绝后:

> 及帝登尊号,百官陪列,命导升御床共坐。导固辞,至于三四,曰:"若太阳下同万物,苍生何由仰照!"帝乃止。[1]

王氏兄弟对东晋建国的卓著贡献,也将刚立足江东之地的王氏家族推向了政

---

[1]　《世说新语·宠礼篇》亦载:"元帝正会,引王丞相(导)登御床,王公固辞,中宗引之弥苦。"

37

治的巅峰,确立了其家族难以撼动的社会基础和社会声誉,使其子孙获得了无可比拟的凭借。这也才有了《晋书·王导传》的评价:"赫矣门族,重光斯盛!"

不过在王导去世、王敦病死于反叛中途之后,王氏家族遭到了立足江东以来的一次重创,步入了政治上的衰落期,王导的六个儿子也均功名不显,没有再进入政治的最高层。这一时期是整个东晋较为安宁的时期,政局基本稳定,玄言风气盛行。这时的王氏子弟大多成长于江东,他们拥有优越富足的物质生活条件,对于现状的满足度相当高,也早已把江东视为自己的故乡,对偏安江左的局势颇为适应。这种偏安的心态使得他们在政治上往往采取保守的姿态,其中,我们所熟知的就是王羲之(303—361)父子,尤其以王羲之及其第七子王献之(344—386)最为著名。王氏父子除了因他们精湛的书法造诣为后人熟知之外,他们也是当时士人活动的中心,著名的兰亭集会就是当时士人活动的最好体现,其时士林名彦,如谢安、孙绰、许询、支道林等人,都参与其中。兰亭之地,山水之间,这样的集会无疑表明了士人对于山水之美的陶醉,这在一定程度上代表了东晋以来士人审美的基本倾向,王氏作为士林核心的地位也可见一斑。可以说江南的山水,铸就了东晋学术之特色。当然,王氏之所以成为当时思想文化之核心,除了他们特殊的政治地位之外,与他们自身行为所表现出来的精神风范亦有密切的关系。无论是王羲之本人的"坦腹东床",还是其第五子王徽之(338?—386)的"乘兴而来,兴尽而返",都成为士人精神价值之体现,也是东晋玄风之体现。也就是说,王羲之父子在于东晋士林中的重要性,不仅在于其书法成就,更在于其所代表的精神风貌。

据《晋书·王羲之传》记载,时为丞相的王导曾多次要王羲之到朝廷任侍中、吏部尚书一类要职,以兴盛王氏家族。可惜王羲之不尚事功,对仕途的追求也较为淡泊,玄化甚深,内心反而追求一种逍遥自适、悠游自然的生活,因此他总是谢绝说"吾素自无廊庙志","怀尚子平之志","吾为逸民之怀久矣"。正因此,王羲之自然萧散超脱的名士之风享誉士林,以至"朝廷公卿皆爱其才器"。王羲之后在庾亮的一再邀请下方才出仕,不过他那种"圣人虽在庙堂之上,然其心无异于山林之中"的隐士心态让其为官一年后求放外任,出任会稽内史,这期间常和名士一起尽山水之游。永和十一年,心怀隐逸的王羲之毅然辞去官职,此后悠游山水之间。

谢氏同样在东晋社会具有举足轻重之地位。陈郡谢氏和琅琊王氏一样,在西晋之时均是望族,南渡之后,均作为"侨姓"而寓居会稽。谢安(320—385)、谢万(321—361)、谢玄(343—388)等,均是东晋政坛中举足轻重的人物,尤其是"山中宰相"谢安和"淝水之战"的谢玄,几乎是家喻户晓的人物。

　　作为东晋玄学的领军人物,谢安的地位与王羲之不相上下,均引领了一代思潮。所谓王谢风流,自是伯仲之间。谢安寓居会稽时,"会稽有佳山水",于是,谢安与王羲之、高阳许询、沙门支道林等在一起,"出则渔弋山水,入则言咏属文"。谢安高卧东山,谈玄论道,使其"虽处衡门,其名犹出万之右,自然有公辅之望"(《晋书·谢安传》)。谢安长期隐居,屡辞征召,以至于谢安在出仕时,中丞高崧还讽刺说:"卿屡违朝旨,高卧东山,诸人每相与言:'安石不肯出,将如苍生何?'今亦苍生将如卿何?"(《世说新语笺疏·排调》第26条)当然,有安邦定国之才的谢氏叔侄淝水一战后,功名愈盛。谢安死后,被追封为庐陵郡公,谢石被封为南康公,谢玄为康乐公,谢琰为望蔡公,一门四公,显赫当时。陈郡谢氏也一跃成为晋室定鼎江东后的最高士族,宗族影响力也达到鼎盛时期。

　　"山阴道上桂花初,王谢风流满晋书。"(羊士谔《忆江南旧游二首》)会稽王、谢作为历史文化的记号,引领了东晋的思潮,在某种意义上成为魏晋时代的象征,在中国思想文化的历史上留下了浓重的一笔。而吴兴和会稽,因着衣冠南移,逐渐成为士之渊薮,成为文化之核心圈,这在某种意义上也标志着浙江文化的逐渐成形。

　　而在这个时期,魏晋士人对于浙东最为推崇的就是浙东的山水。寄情于山水,也是这个时期士人生活的基本状态。

　　　　羲之雅好服食养性,不乐在京师,初渡浙江,便有终焉之志。会稽有佳山水,名士多居之,谢安未仕时亦居焉。孙绰、李充、许询、支遁等皆以文义冠世,并筑室东土,与羲之同好。(《晋书·王羲之传》)

　　山水成为士人生活的中心,这只有在东晋的时候才是可能的。虽然客观上的晋室南渡有着家国破亡的感伤①,但是山水的出现,给了士人的生活以重要的改变,而徜徉于山水之中,饮酒赋诗也成为了一时的风流,最为著名的兰亭集会就是在这样的情况下诞生的。

　　　　永和九年,岁在癸丑,暮春之初,会于会稽山阴之兰亭,修禊事也。群贤毕至,少长咸集。此地有崇山峻岭,茂林修竹,又有清流激湍,映带左右,引以为流觞曲水,列坐其次。虽无丝竹管弦之盛,一觞一咏,亦足以畅叙幽情。

　　　　是日也,天朗气清,惠风和畅。仰观宇宙之大,俯察品类之盛,所以游目骋

---

　　①　《世说新语》称:"过江诸人,每至美日,辄相邀新亭,藉卉饮宴。周侯坐而叹曰:'风景不殊,正自有山河之异!'皆相视流泪。唯王丞相愀然变色曰:'当共戮力王室,克复神州,何至作楚囚相对?'"(《言语》第31条)

怀,足以极视听之娱,信可乐也。

夫人之相与,俯仰一世。或取诸怀抱,悟言一室之内;或因寄所托,放浪形骸之外。虽趣舍万殊,静躁不同,当其欣于所遇,暂得于己,快然自足,不知老之将至;及其所之既倦,情随事迁,感慨系之矣。向之所欣,俯仰之间,已为陈迹,犹不能不以之兴怀,况修短随化,终期于尽!古人云:"死生亦大矣。"岂不痛哉!

每览昔人兴感之由,若合一契,未尝不临文嗟悼,不能喻之于怀。固知一死生为虚诞,齐彭殇为妄作。后之视今,亦犹今之视昔,悲夫!故列叙时人,录其所述,虽世殊事异,所以兴怀,其致一也。后之览者,亦将有感于斯文。(王羲之《兰亭集序》)

历史上《兰亭集序》曾出于种种原因而受到关注。此次集会是在晋穆帝永和九年(353)三月三日,时任会稽内史的王羲之与友人谢安、孙绰等四十一人会聚兰亭,曲水流觞,赋诗饮酒。王羲之的文字极力呈现出山水对于个体生命所具有的重要意义。

前文所提到的写《游天台山赋》的孙绰也参与了此次盛会,他为此次聚会诗歌所作的序同样值得一读。

古人以水喻性,有旨哉斯谈。非以停之则清,混之则浊邪?情因所习而迁移,物触所遇而兴感。故振辔于朝市,则充屈之心生;闲步于林野,则辽落之志兴。仰瞻羲唐,邈已远矣;近咏台阁,顾深增怀。为复于暧昧之中,思萦拂之道,屡借山水,以化其郁结。永一日之足,当百年之溢。

以暮春之始,禊于南涧之滨。高岭千寻,长湖万顷,隆屈澄汪之势,可为壮矣。乃席芳草,镜清流,览卉木,观鱼鸟,具物同荣,资生咸畅。于是和以醇醪,齐以达观,决然兀矣,焉复觉鹏鷃之二物哉?耀灵纵辔,急景西迈,乐与时去,悲亦系之。往复推移,新故相换,今日之迹,明复陈矣。原诗人之致兴,谅歌咏之有由。(孙绰《三月三日兰亭诗序》)

虽然孙绰此篇不如王羲之之序来得出名,但是,借由寄情山水,从而达到一种生命超越的境界这一基本意旨来说,两篇序具有同样的意义。这表明,山水在东晋士人这里,开始具有一种非常重要的精神维度,无论是王羲之所说的"一觞一咏,亦足以畅叙幽情",还是孙绰所言的"复于暧昧之中,思萦拂之道,屡借山水,以化其郁结",都表达了山水在士人眼中所具有的超越的价值。由此,我们也可以看到山水对于东晋士人精神境界的影响,至少而言,在东晋时代已然没有像西晋时代一样那种极端的放浪形骸的情形的发生,这表明寄情山水对于士人的精神生命有着本质的影响。

当然,如同后来很多人的评价一样,兰亭集会上所作诸诗,从总体上来说,质量并不是特别高,尤其是跟此后产生的真正意义上的山水诗来说,相去甚远。但是,士人们寄情山水,借山水以抒发内心的情感,这也就是山水诗的雏形了。当然,从本质上来说,这些诗作的表现形式是属于玄言诗①。而山水诗的最终形成,则是归功于同样是谢氏的后人——著名的谢灵运。

刘勰曾概括晋宋之间的文体流变:"宋初文咏,体有因革,庄老告退,而山水方滋。"(《文心雕龙·明诗》)这种变革,最根本的重要事件就是谢灵运的出现。谢灵运出生于会稽始宁(今浙江上虞),原名谢公义,字灵运。父谢瑍,不慧,其母刘氏为王羲之外孙女。祖籍陈郡阳夏,但其祖父谢玄已移籍会稽始宁,并葬于该地。谢灵运从小寄养在钱塘杜家,故乳名为客儿,世称谢客。幼年便颖悟非常,"灵运少好学,博览群书,文章之美,与颜延之为江左第一。纵横俊法过于延之,神秘则不如也"(《南史·谢灵运传》),因此备受其叔父谢混的赞赏。可能是因为性格的原因,谢灵运的仕途一直不顺。东晋时,他8岁袭封康乐公,晋末曾出任为琅琊王德文的大司马行参军,豫州刺史刘毅的记室参军,北府兵将领刘裕的太尉参军等。刘宋建立后,按例被降为康乐侯,故又称"谢康乐",改食邑为五百户,起为散骑常侍,转太子左卫率。谢灵运因是名公子孙,才能出众,认为自己应当参与时政机要,但宋文帝对他"唯以文义见接,每侍上宴,谈赏而已"(《宋书·谢灵运传》)。后因为朝廷的政治斗争,永初三年(422),谢灵运出任永嘉太守。任职一年后,托病回故乡会稽睢宁隐居。元嘉三年(426),被诏至京,为秘书监,寻迁侍中。元嘉五年(428),再次托病回始宁,二次隐居,寻免官。因请求决湖为田,与会稽太守孟顗有隙。元嘉八年(431),出守临川。元嘉十年(433)因罪徙广州,密谋使人劫救自己,事发,被宋文帝刘义隆以"叛逆"罪名杀害,终年四十九岁。

谢灵运的一生无疑是悲剧性的。出身名门、有着政治能力和抱负的谢灵运无法在政治上一展才华以实现恢复其家族的荣耀和个人理想,最终因为个性的桀骜和世事无常而遭遇不幸。对于那个时代的政治来说,谢灵运是不幸的;但是对于中

---

① 一般来说,所谓玄言诗,是以阐释老庄和佛教哲理为主要内容的诗歌。玄言诗约起于西晋之末而盛行于东晋,跟玄学清谈之风密切相关。代表作家有孙绰、许询等,其最大的特点就是以玄理入诗。

国文学史来说，却由此掀开了新的一页。谢灵运在政治失意的同时，好游山水，常与族弟谢惠连、东海何长瑜、颍川荀雍、泰山羊璿之等，以文章赏会，共为山泽之游，时人谓之四友。谢灵运"伐木开径"，尽情地徜徉在浙东山水之中，据说为了登山之方便，谢灵运还制作出一种"上山则去前齿，下山去其后齿"的木屐，后人称之为"谢公屐"。

> 灵运因父祖之资，生业甚厚。奴僮既众，义故门生数百。凿山浚湖，功役无已。寻山陟岭，必造幽峻，岩嶂千重，莫不备尽。登蹑常着木屐，上山则去前齿，下山去其后齿。尝自始宁南山伐木开径，直至临海，从者数百人。临海太守王琇惊骇，谓为山贼，徐知是灵运乃安。（《宋书·谢灵运传》）

这段记载颇为有趣，大概从会稽到临海（包括天台山在内）的这一段山路，都是经由谢灵运的开拓而呈现在世人面前的，因为这个事情，谢灵运还差点被人认为是"山贼"。

当然，谢灵运无疑饱览了浙东的山水，而对于浙东山水的这种畅游，也成就了谢灵运的山水诗。以目前所见材料来说，谢灵运的山水诗创作，存有十二篇，集中作于两次隐居会稽始宁之时。比如《石壁精舍还湖中作》：

> 昏旦变气候，山水含清晖。
>
> 清晖能娱人，游子憺忘归。
>
> 出谷日尚早，入舟阳已微。
>
> 林壑敛暝色，云霞收夕霏。
>
> 芰荷迭映蔚，蒲稗相因依。
>
> 披拂趋南径，愉悦偃东扉。
>
> 虑澹物自轻，意惬理无违。
>
> 寄言摄生客，试用此道推。

又如《登江中孤屿》：

> 江南倦历览，江北旷周旋。
>
> 怀新道转迥，寻异景不延。
>
> 乱流趋正绝，孤屿媚中川。
>
> 云日相辉映，空水共澄鲜。
>
> 表灵物莫赏，蕴真谁为传。
>
> 想象昆山姿，缅邈区中缘。

　　　　　　始信安期术，得尽养生年。

谢灵运的这些诗歌，是山水诗的典型代表，也正是对于山水的这种呈现方式的出现，山水诗作为中国诗歌的一种流派，走上了历史的舞台。"从谢灵运的山水诗，到谢朓的山水诗，再到唐代的山水诗，大致代表了我国山水诗发展的三个阶段：奠基—发展—成熟。"①谢灵运在这个过程中所具有的特殊意义也就很明显了。

　　所以，我们可以理解，出于对东晋士人（尤其是王、谢）的推崇，唐代诗人对于浙东山水的兴趣自然也就不言而喻了。浙东山水对于唐代的诗人们来说，有着特殊的吸引力，而经由谢灵运而来，浙东毫无疑问就是山水诗的圣地。

三、故事传说与浙东唐诗之路

　　浙东以山水著称，尤其是东晋以来，这里因为山水而成为名士聚集的中心，这对于浙东文化形象的塑造，有着极为重要的影响。隋唐（尤其是唐以来）的读书人，对魏晋时代有着极为深刻的记忆，对魏晋名士有着极高的崇敬，比如，李白对于谢安就有着非常尊崇的和极为特殊的感情②，著名的《东山吟》就是非常典型的一种表达：

　　　　　　携妓东土山，怅然悲谢安。
　　　　　　我妓今朝如花月，他妓古坟荒草寒。
　　　　　　白鸡梦后三百岁，洒酒浇君同所欢。
　　　　　　酣来自作青海舞，秋风吹落紫绮冠。
　　　　　　彼亦一时，此亦一时，浩浩洪流之咏何必奇。

李白对于谢安的这种复杂的情感，以及谢安之作为"偶像"在李白心目中的地位，跃然纸上。

　　唐代读书人对于魏晋名士的这种情感，颇不在少数。而如我们前面所言，东晋以来，名士聚居在浙东，徜徉于山水之间，这显然也让唐代的诗人们对于浙东的山水有着更为特殊的情感。比如白居易在《沃洲山禅院记》中所描述的，即是这样一

─────────────────

　　① 顾绍柏校注：《谢灵运集校注》，台北里仁书局 2004 年版，第 33 页。
　　② 大概谢安是李白最为崇拜的人物，无论是所谓"风流宰相"的称呼也好，还是"傲然携妓出风尘"（《出妓金陵子呈卢六》），都是李白对于谢安的一种充满崇敬之意的描写。在李白的心目中，大概谢安就是一个完美的人物，而这是李白所追求的但可能无法实现的理想。

种特殊情感,而这种情感,显然也跟东晋以来的名士风流密切相关。

> 沃洲山在剡县南三十里,禅院在沃洲山之阳,天姥岑之阴。南对天台,而华顶、赤城列焉。北对四明,而金庭、石鼓介焉。西北有支遁岭,而养马坡、放鹤峰次焉。东南有石桥溪,溪出天台石桥,因名焉。其余阜岩小泉,如子孙之从父祖者,不可胜数。东南山水,越为首,剡为面,沃洲、天姥为眉目。夫有非常之境,然后有非常之人栖焉。晋、宋以来,因山开洞,厥初有罗汉僧西天竺人白道猷居焉,次有高僧竺法潜、支道林居焉。次有乾、兴、渊、支遁、开、威、蕴、崇、实、光、识、斐、藏、济、度、逞、印,凡十八僧居焉。高士名人有戴逵、王洽、刘恢、许玄度、殷融、郗超、孙绰、桓彦表、王敬仁、何次道、王文度、谢长霞、袁彦伯、王蒙、卫玠、谢万石、蔡叔子、王羲之凡十八人,或游焉,或止焉。故道猷诗云:"连峰数千里,修林带平津。茅茨隐不见,鸡鸣知有人。"谢灵运诗云:"暝投剡中宿,明登天姥岑。高高入云霓,还期安可寻?"盖人与山相得于一时也。自齐至唐,兹山寖荒,灵境寂寥,罕有人游。故词人朱放诗云:"月在沃洲山上,人归剡县江边。"刘长卿诗云:"何人住沃洲?"此皆爱而不到者也。大和二年春,有头陀僧白寂然来游兹山,见道猷、支、竺遗迹,泉石尽在,依依然如归故乡,恋不能去。时浙东廉使元相国闻之,始为卜筑;次廉使陆中丞知之,助其缮完。三年而禅院成,五年而佛寺立。正殿若干间,斋堂若干间,僧舍若干间。夏腊之僧,岁不下八九十,安居游观之外,日与寂然讨论心要,振起禅风;黑白之徒,附而化者甚众。嗟乎!支、竺殁而佛声寝,灵山废而法不作。后数百岁而寂然继之,岂非时有待而化有缘耶?六年夏,寂然遣门徒僧常赟,自剡抵洛,持书与图,诣从叔乐天,乞为禅院记云。(白居易《沃洲山禅院记》)

这里的沃洲山即在今浙江绍兴新昌县东。其因沃洲而名,为道教名山,为道教七十二福地中的第十五福地。其名称最早见于南朝梁慧皎《高僧传》,因东晋高僧支遁买山而隐、养马放鹤而名闻天下。我们姑且不论白居易《沃洲山禅院记》中对于沃洲山的具体描述,我们只要看一下这里所提及的人物:白道猷、竺法潜、支遁等僧人,戴逵、王洽、刘恢、许玄度、殷融、郗超、孙绰等名士。十八僧人对十八名士,自然是白居易的一种描写手法。这些人物都是魏晋以来的名流,而浙东山水在诸如白居易这样的唐代读书人那里所具有的吸引力,也是在这些魏晋名流的影响下形成的。

关于这一点,从请白居易写《沃洲山禅院记》的僧人寂然那里,也可以得到印证。

释寂然,姓白氏,不知何许人也。名节素奇,踵四圣种,故号头陀焉。太和二年,振锡观方,访天台胜境。到剡沃洲山者,在天姥岑之阴,对天台华顶、赤城,北望四明,金庭石鼓山介焉西北。北有支遁岭、养马坡、放鹤岑次焉。晋宋已来,兹山洞开。初有罗汉白道猷言西域来,庹止是山。次竺法潜、支遁林居焉。高人胜士,接踵而栖此中。至于戴逵、王羲之、郗超、孙绰、许询游憩其间矣。见是中景异,闻名士多居,如归故乡,恋而不能舍去。既行道化,盛集禅徒。浙东廉使元相国稹闻之,始为卜筑。次陆中丞临越知之,助其完葺。三年郁成大院,五年而佛事兴。然每为往来禅侣谈说心要,后终于山院。大和七年,时白乐天在河南保厘为记,刘宾客禹锡书之。(赞宁《宋高僧传》卷二十七《唐剡沃洲山禅院寂然传》)

头陀寂然之所以来到浙东,"振锡观方,访天台胜境",最后在沃洲山落脚,是因为他在此处感受到了东晋以来名僧名士的那种"气场",而且被深深地吸引了,所谓"见是中景异,闻名士多居,如归故乡,恋而不能舍去",然后才有沃洲山禅院的建造:"浙东廉使元相国稹闻之,始为卜筑。次陆中丞临越知之,助其完葺。三年郁成大院,五年而佛事兴。"从白居易的《沃洲山禅院记》以及《唐剡沃洲山禅院寂然传》中[1],我们可以看到一个非常简单的事实,那就是东晋以来流传的故事传说,对于唐代的人依旧有着非常重要的号召力,也正是因为这种号召力,我们看到了唐代的诗人不断地走上了行游浙东这条路。以沃洲山为例,记载在《全唐诗》中的诗人,有451位游历过这一带,《唐才子传》所载八大诗僧都亲履于此,"沃洲"一词在唐诗中出现达59次,可知沃洲乃文人之洲。[2]

如前所言,因为晋室南迁、衣冠南渡,会稽成了名士活动的中心。无论是白居易的《沃洲山禅院记》还是赞宁的《唐剡沃洲山禅院寂然传》,其背后所展现的,毫无疑问都是东晋以来名士的故事(或者说故迹),而名士的故事,对于唐代的诗人们来说,是有着重要的吸引力的。在这些故事之中,以雪夜访戴、支遁买山最为著名。[3]

无论是在东晋时代,还是在此后的中国文化史上,雪夜访戴都是一个值得注意

① 当然,白居易的《沃洲山禅院记》和《唐剡沃洲山禅院寂然传》在文字上存在很多相似之处,我们可以理解为赞宁在撰写该传的时候,可能对于白居易的《沃洲山禅院记》有所参考。但是不管如何,这里所描述的事实,即是浙东山水的特点以及名士所遗留的故迹,对于唐代的人(无论是僧还是俗)具有重要的吸引力。
② 竺岳兵:《天姥山研究》,中国国学出版社2008年版,第15—16页。
③ 唐代诗人的描写事实上涉及很多东晋名士的故事,诸如王、谢等毫无疑问是重点所在。这样的例子是不胜枚举的,这里只是从故事本身以及后来追述的角度,略举二例。

的故事。它表达的是一种魏晋名士所独有的精神状态,一种后世难以企及的境界。《世说新语》中对这个故事有比较详细的记载:

> 王子猷居山阴。夜大雪,眠觉,开室,命酌酒。四望皎然,因起彷徨,咏左思《招隐》诗。忽忆戴安道;时戴在剡,即便夜乘小船就之。经宿方至,造门不前而返。人问其故,王曰:"吾本乘兴而行,兴尽而返,何必见戴?"(《世说新语·任诞》第47条)

王子猷就是王羲之的第五个儿子王徽之,虽然在书法史上并不像他的弟弟王献之那样出名,也不像他的哥哥王凝之那样幸运可以娶到谢道韫这样才倾一世的人物。但是,他毕竟是王家的人物,自然有其独特的一面,这里所展现的,就是无与伦比的洒脱和超然自得。故事其实一点都不复杂,他住在山阴,有一次夜里下起了大雪,半夜王子猷从睡眠中醒来,打开窗户,命令仆人斟上酒。四处望去,一片洁白银亮,于是起身,慢步徘徊,此情此景之中,他不觉吟诵着左思的《招隐诗》。忽然间想到了他的好朋友戴逵,当时戴逵住在剡县,离山阴有一些距离,可是当他一想到的时候,他就即刻连夜乘小船前往。船经过了一夜才到剡县,眼看着到了戴逵家门前,这时候王子猷却又转身返回了。有人问他为何这样,王子猷说:"我本来是乘着兴致前往,兴致已尽,自然返回,为何一定要见戴逵呢?"这种境界和雅致,自然是很多人所望尘莫及的,因为我们通常在做一件事情的时候,关注的都是最终的目的。可是,对于王子猷来说,内心的感觉才是最为重要的,一句"吾本乘兴而行,兴尽而返,何必见戴?"足以让王子猷超然于众人之外。这种境界,自然是后世人所向往的,唐代诗人也不例外,比如李白的诗歌即多有以此作为意象的:

> 日落沙明天倒开,波摇石动水萦回。
>
> 轻舟泛月寻溪转,疑是山阴雪后来。
>
> (《东鲁门泛舟》其一)
>
> 水作青龙盘石堤,桃花夹岸鲁门西。
>
> 若教月下乘舟去,何啻风流到剡溪?
>
> (《东鲁门泛舟》其二)

又比如白居易的诗歌:

> 新雪对新酒,忆同倾一杯。
>
> 自然须访戴,不必待延枚。

> 陈榻无辞解，袁门莫懒开。
>
> 笙歌与谈笑，随事自将来。
>
> （《雪中酒熟欲携访吴监先寄此诗》）
>
> 送君何处展离筵？大梵王宫大雪天。
>
> 庾岭梅花落歌管，谢家柳絮扑金田。
>
> 乱从纨袖交加舞，醉入篮舆取次眠。
>
> 却笑召邹兼访戴，只持空酒驾空船。
>
> （《福先寺雪中钱刘苏州》）

再如皇甫冉的：

> 凝阴晦长箔，积雪满通川。
>
> 征客寒犹去，愁人昼更眠。
>
> 谢家兴咏日，汉将出师年。
>
> 闻有招寻兴，随君访戴船。
>
> （《和朝郎中扬子玩雪寄山阴严维》）
>
> 对酒闲斋晚，开轩腊雪时。
>
> 花飘疑节候，色净润帘帷。
>
> 委树寒枝弱，萦空去雁迟。
>
> 自然堪访戴，无复四愁诗。
>
> （《刘方平西斋对雪》）

这样的诗歌，在唐代诗人中是非常常见的，当然，我们可以说这些诗歌的撰写并不一定与浙东相关，但是，雪夜访戴作为一个符号、作为一个意象，在唐代诗人那里所具有的重要程度可见一斑。那么，在这样具有强大吸引力的符号吸引之下，行游浙东，也是自然而然的结果了。

支遁买山，则是另外一个非常著名的故事，前引白居易的《沃洲山禅院记》和赞宁的《唐剡沃洲山禅院寂然传》事实上都涉及了这个故事，显然表明了这个故事所具有的吸引力。支遁买山作为一个故事，最初见于《世说新语》：

> 支道林因人就深公买印山，深公答曰："闻巢、由买山而隐。"（《世说新语·排调》第 28 条）

慧皎《高僧传》对此的记载，略微详细一些：

47

潜虽复从运东西,而素怀不乐,乃启还剡之仰山遂其先志,于是逍遥林阜以毕余年。支遁遣使求买仰山之侧沃洲小岭,欲为幽栖之处。潜答云:"欲来辄给,岂闻巢、由买山而隐。"(《高僧传》卷四)

从这段记载来说,原本竺法深(又称竺法潜、竺道潜)隐居在卬山(即新昌东岇山,《世说新语》误作"印山",《高僧传》误作"仰山"),卬山就在沃洲山边上,支遁出于对这个地方的喜爱,欲"买山而栖"。而这也成为一个极为重要的典故,当然其缘由跟支遁以及剡县一带的山水有着密切的关系。但是,不管怎样,支遁买山也成了唐代人心目中一个非常重要的意象,比如李白曾云:

> 巢父将许由,未闻买山隐。
> 道存迹自高,何惮去人近!
> 纷吾下兹岭,地闲喧亦泯。
> 门横群岫开,水凿众泉引。
> 屏高而在云,窦深莫能准。
> 川光昼昏凝,林气夕凄紧。
> 于焉摘朱果,兼得养玄牝。
> 坐月观宝书,拂霜弄瑶轸。
> 倾壶事幽酌,顾影还独尽。
> 念君风尘游,傲尔令自哂。

(《北山独酌寄韦六》)

孟浩然亦云:

> 支遁初求道,深公笑买山。
> 何如石岩趣,自入户庭间!
> 苔涧春泉满,萝轩夜月闲。
> 能令许玄度,吟卧不知还。

(《宿立公房》)

毫无疑问,这些诗歌都非常明显地带着对支遁买山这个意象的使用。这样的例子在唐诗中也是颇为常见的,而魏征的诗则是更为直接地将这种意象和浙东之游联系在了一起,所谓:

> 崆峒山叟到江东,荷杖来寻支遁踪。

马迹几经青草没，仙坛依旧白云封。

一声清磬海边月，十里香风涧底松。

何代沃洲今夜兴，倚杖来听赤城钟。

（《宿沃洲山寺》，见《会稽掇英总集》卷四）①

　　除了这些晋人的故事吸引人之外，由于浙东多山，山水神秀之间自然就有种种传说，这大概也是中国传统中非常自然的一种现象。在上一节中，我们曾经讨论到孙绰的《游天台山赋》，并且谈到经由《游天台山赋》而来的"天台山伎"，这是将天台山神化的一个重要的手段，或者说，天台山因其特点而被神化也是理所当然的。当然，被神化之后，就会有很多的传说。这种现象自然不是天台山所独有的，整个浙东的地区事实上都有。有神秀的山水，必然就会有神奇的传说与之相配合，这似乎是所有神山秀水题中应有之义。这里我们举两则在唐代依旧有着重要影响的传说，略窥这些传说对于唐代诗人所具有的吸引力。这两则传说，分别是曹娥和刘阮遇仙的传说。

　　曹娥的传说，源于其生活的东汉时代，根据《后汉书》的记载：

　　　　孝女曹娥者，会稽上虞人也。父盱，能弦歌，为巫祝。汉安二年五月五日，于县江溯涛婆娑迎神，溺死，不得尸骸。娥年十四，乃沿江号哭，昼夜不绝声，旬有七日，遂投江而死。至元嘉元年，县长度尚改葬娥于江南道傍，为立碑焉。（《列女传》）

此后，在《晋书》中亦有类似的记载：

　　　　孝女曹娥，年甫十四，贞顺之德过越梁宋。其父堕江不得尸，娥仰天哀号，中流悲叹，便投水而死，父子丧尸，后乃俱出。国人哀其孝义，为歌《河女》之章。（《夏统传》）

这个故事本身实际上强调的是曹娥作为一个"孝女"的形象，而对于后世有着非常重要的影响意义的则是曹娥碑。曹娥碑，当然是为了纪念孝女曹娥而树立的碑，据说是在汉元嘉元年（151），会稽上虞令度尚欲为曹娥立碑，先使属吏魏朗为之操笔，

---

　　①　《全唐诗续补遗》卷二十据《舆地纪胜》卷四，录此诗之后四句，作者作"魏证"。陈耀东《全唐诗拾遗》据同治《嵊县志》卷二四收本诗。

久而未出,遂命其弟子邯郸淳作碑文,即《孝女曹娥碑》①。目前我们所能看到的,也是流传最广的,是清代康熙年间王作霖重摹右军本。东晋穆帝升平二年(358),时任会稽内史王羲之至娥庙,以小楷书文以祀娥,后新安吴茂先以之为碑文立碑于庙,则时度尚所立原碑与王羲之书碑并存,碑文末又述蔡邕题碑之事,文字如下:

> 孝女曹娥者,上虞曹盱之女也。其先与周同祖,末胄荒流,爰来适居。盱能抚节安歌,婆娑乐神。以汉安二年五月,时迎伍君。逆涛而上,为水所淹,不得其尸。时娥年十四,号慕思盱,哀吟泽畔,旬有七日,遂自投江死,经五日抱父尸出。以汉安迄于元嘉元年,青龙在辛卯,莫之有表。度尚设祭诔之,辞曰:

> 伊惟孝女,奕奕之姿。偏其返而,令色孔仪。窈窕淑女,巧笑倩兮。宜其家室,在洽之阳。待礼未施,嗟伤慈父。彼苍伊何?无父孰怙!诉神告哀,赴江永号,视死如归。是以眇然轻绝,投入沙泥。翩翩孝女,乍沉乍浮。或泊洲屿,或在中流。或趋湍濑,或还波涛。千夫失声,悼痛万余。观者填道,云集路衢。流泪掩涕,惊恸国都。是以哀姜哭市,杞崩城隅。或有剖面引镜,劓耳用刀。坐台待水,抱树而烧。

> 於戏孝女,德茂此俦。何者大国,防礼自修。岂况庶贱,露屋草茅。不扶自直,不镂而雕。越梁过宋,比之有殊。哀此贞厉,千载不渝。呜呼哀哉!乱曰:“铭勒金石,质之乾坤。岁数历祀,立墓起坟。光于后土,显照天人。生贱死贵,义之利门。何怅华落,雕零早分。葩艳窈窕,永世配神。若尧二女,为湘夫人。时效仿佛,以招(昭)后昆。:

> 汉议郎蔡雍闻之来观,夜暗手摸其文而读之雍题文云:“黄绢幼妇,外孙齑臼。”又云:“三百年后碑冢当堕江中,当堕不堕逢王巨。”升平二年八月十五日记之。

当然,我们从碑文中可以明显看到对于曹娥的神化,这是一般神异传说所具有的共同特点。而且,这样的孝女形象是社会所普遍乐于接受的。更为重要的是,碑文末关于蔡邕的题字,鉴于蔡邕在魏晋士人中的重要影响力,也成为一个独特的意象。此事在《世说新语》中即有明确的记载:

---

① 关于碑文的具体内容以及撰写者,事实上存在着一定的争议,但是,《曹娥碑》的存在是一个不争的事实,魏晋以来很多记载都可以明显地证明此事。因此,此处不对碑文本身的问题进行考证,而更多关注由碑文而产生的故事。

魏武尝过曹娥碑下,杨修从,碑背上见题作"黄绢幼妇,外孙齑臼"八字。魏武谓修曰:"解不?"答曰:"解。"魏武曰:"卿未可言,待我思之。"行三十里,魏武乃曰:"吾已得。"令修别记所知。修曰:"黄绢,色丝也,于字为绝。幼妇,少女也,于字为妙。外孙,女子也,与字为好。齑臼,受辛也,于字为辞。所谓'绝妙好辞'也。"魏武亦记之,与修同,乃叹曰:"我才不及卿,乃觉三十里。"(《世说新语·捷悟》第3条)

此事是曹操与杨修之间的故事,围绕着蔡邕在碑文的题字而展开,对于后世的人来说,这毫无疑问也是一个重要的故事。

由此,围绕着曹娥碑事实上就有了一系列的传说,这些对于唐代的诗人来说,显然也是有着号召力的。比如刘长卿就有多首诗言及曹娥:

> 山阴好云物,此去又春风。
>
> 越鸟闻花里,曹娥想镜中。
>
> 小江潮易满,万井水皆通。
>
> 徒羡扁舟客,微官事不同。
>
> (《送崔处士先适越》)
>
> 客路风霜晓,郊原春兴余。
>
> 平芜不可望,游子去何如?
>
> 烟水乘湖阔,云山适越初。
>
> 旧都怀作赋,古穴觅藏书。
>
> 碑缺曹娥宅,林荒逸少居。
>
> 江湖无限意,非独为樵渔。
>
> (《无锡东郭送友人游越》)
>
> 访旧山阴县,扁舟到海涯。
>
> 故林嗟满岁,春草忆佳期。
>
> 晚景千峰乱,晴江一鸟迟。
>
> 桂香留客处,枫暗泊舟时。
>
> 旧石曹娥篆,空山夏禹祠。
>
> 剡溪多隐吏,君去道相思。
>
> (《送荀八过山阴旧县兼寄剡中诸官》)

曹娥作为一个孝女的形象,曹娥碑作为一个文化的印记,对于唐代诗人来说,有着比较特殊的意义,而且,曹娥传说的所在地属于浙东的重要区域是诗人们行游浙东通常会经过的地点①。

当然,在这条路上,最为重要的传说,还是要数刘阮遇仙。刘阮遇仙的故事,最早见于干宝的《搜神记》②:

> 刘晨、阮肇,入天台采药,远不得返,经十三日饥。遥望山上有桃树子熟,遂跻险援葛至其下,啖数枚,饥止体充。欲下山,以杯取水,见芜菁叶流下,甚鲜妍。复有一杯流下,有胡麻饭焉。乃相谓曰:"此近人矣。"遂渡山。出一大溪,溪边有二女子,色甚美,见二人持杯,便笑曰:"刘、阮二郎捉向杯来。"刘、阮惊。二女遂忻然如旧相识,曰:"来何晚耶?"因邀还家。南东二壁各有绛罗帐,帐角悬铃,上有金银交错。各有数侍婢使令。其馔有胡麻饭、山羊脯、牛肉,甚美。食毕行酒。俄有群女持桃子,笑曰:"贺汝婿来。"酒酣作乐。夜后各就一帐宿,婉态殊绝。至十日求还,苦留半年,气候草木,常是春时,百鸟啼鸣,更怀乡。归思甚苦。女遂相送,指示还路。乡邑零落,已十世矣。(《天台二女》)

这是一个非常美丽的传说,也可以充分体现出天台山所具有的神秘的特点,这对于唐代的诗人们来说,是非常具有吸引力的。

唐诗中以刘阮遇仙来入诗的情况极多,比如权德舆的诗即非常具有代表性,对该传说进行了比较直接的使用:

> 小年尝读桃源记,忽睹良工施绘事。
> 岩径初欣缭绕通,溪风转觉芬芳异。
> 一路鲜云杂彩霞,渔舟远远逐桃花。
> 渐入空濛迷鸟道,宁知掩映有人家!
> 庞眉秀骨争迎客,凿井耕田人世隔。
> 不知汉代有衣冠,犹说秦家变阡陌。
> 石髓云英甘且香,仙翁留饭出青囊。
> 相逢自是松乔侣,良会应殊刘阮郎。

---

① 比如,在李白著名的描写浙东之游的长诗《送王屋山人魏万还王屋》就有"笑读曹娥碑,沉吟黄绢语",由此亦可见曹娥碑在唐代诗人心目中的重要地位。

② 此外,葛洪的《神仙记》、刘义庆的《幽明录》对该故事均有记载,说明关于刘阮遇仙的神话在魏晋以来就比较流行并定型了。

> 内子闲吟倚瑶瑟，玩此沉沉销永日。
>
> 忽闻丽曲金玉声，便使老夫思阁笔。

（《桃源篇》）

又如徐铉的诗，也非常直接地使用上述传说：

> 问君孤棹去何之？
>
> 玉笥春风楚水西。
>
> 山上断云分翠霭，林间晴雪入澄溪。
>
> 琴心酒趣神相会，道士仙童手共携。
>
> 他日时清更随计，莫如刘阮洞中迷。

（《送彭秀才南游》）

类似的诗，在唐人那里是非常多见的，这说明，基于传说而来的影响，使得浙东区域在唐代诗人的心目中有了一种神秘的特点，而这种神秘性也对于诗人来说充满着诱惑，以至于具有了不断吸引诗人接踵而来的魅力。

四、佛教天台宗与浙东唐诗之路

在唐代，浙东区域虽然有京杭运河、浙东运河等相继开发完成[①]，但是从总体上来说，浙东地区还是处于交通相对不便的地域，浙东山区更是如此。如前文所言，正是因为东晋名士风流的影响，浙东地区成为一个极其重要的文化符号，对唐代的读书人有着天然的吸引力，从而也在一定程度上激发了唐人行游浙东。但是，对于唐代人来说，他们之所以走向浙东，最重要的原因还是宗教意义上的朝圣。楼劲先生研究曾经指出：

> 六朝时期浙东人文的又一突出积累，是道教、佛教在此的盛行及其与玄

---

① 根据陈桥驿、邹逸麟等先生对运河史的相关研究，江南运河与浙东运河从春秋末年吴越争霸时已有若干雏形，至秦始皇南巡，开凿、疏通了丹徒道（亦称曲阿道）以及陵水道，吴地旧有水道得以进一步连通。到六朝建都建康，江南运河作为建康通向其南方腹地的交通干线愈受关注。孙吴凿破岗渎，萧梁开上容渎，均是为了解决建康至丹阳这一丘陵地段的水路运输。至于丹阳向南至杭嘉湖及于宁绍平原，六朝各时期又陆续作堰设堪、蓄陵修堤，改善了江南运河的航行条件，维护了从西兴渡东至余姚一带，贯通钱塘江、钱清江、曹娥江、姚江流域的浙东运河，使之在六朝江东地区的发展中起到了重要作用。至隋炀帝全面修治南北大运河，江南运河自此得以与江北邗沟、通济渠、永济渠及漕渠一起，构成了南达余杭，北经河洛抵于燕蓟，西至长安的完整水运干线。这对此后历史和各相关区域的发展均有重大而深远的影响，唐宋时期浙东地区的迅速发展和浙东运河重要性持续提升，与此有着密切的关系。

学、儒学的多重交流。这就使得此期的浙东,弥漫着采药求仙、修道长生、崇佛觉悟、解脱俗谛、谈玄论儒、扬弃名教的浓厚氛围,涌现了众多修为深湛、世所推重的名道、高僧,他们与当地信众的多重联系,与大批风流名士的酬唱往还,可以说是六朝浙东人文传统中极为夺目的一页。①

从楼先生的这一段描述来说,我们可以很清楚地看到宗教因素在浙东这一区域所具有的重要影响,或者甚至可以说,宗教文化是浙东区域的深刻的印记,尤其是在佛、道二教的发展过程中,浙东都起到了极为关键的作用。

我们首先以佛教为例。东晋时代无论是对于浙东还是对于佛教的发展来说,都是具有重要意义的。东晋之际,浙东是名士活动的重要区域,这个我们在前文已经提及。而就佛教来说,东晋开始,佛教进入了名士的生活空间,尤其是成为了清谈的重要内容②。这实际上就意味着佛教由此前在民间流传而进入了知识分子的领域,从而在义学上获得极大的发展,成为知识精英所接受的一种精神传统,为佛教的中国化以及在中国的深刻影响奠定了基础。浙东区域对于中国佛教的发展有着重要的意义,尤其是天台山,更是中国佛教第一宗天台宗的祖庭所在。

严耕望先生在《魏晋南北朝佛教地理稿》中依据慧皎《高僧传》所载东晋高僧的驻锡地,北方最多的是长安,达17人(多数为前后秦时期);南方最多的是建康与会稽,皆10人,其中剡县即达6人,而浙东地区还有始丰(即天台)2人,这样就有12人,为南方之冠。其他地方绝大部分皆仅1人,最多的如庐山、荆州也都只有5人。③ 严氏又统计《高僧传》所载的东晋高僧游止之地,人数最多的也是在长安、建康和会稽,分别达27人次、23人次和17人次,其中剡县一地达8人次,浙东地区加始丰(天台)2人次为19人次,数据也是非常可观的。④ 从这个简单的数据中,我们可以很直观地看到浙东在东晋时期之于佛教的重要性。⑤

当然,此外我们仍需要一提的是浙东对于佛教义学发展所具有的意义。如前文所言,东晋以来佛教与玄学的结合,对于佛教义理的发展,尤其是对于其被知识

① 楼劲:《六朝浙东人文与"浙东唐诗之路"》,《绍兴文理学院学报》,2019年第1期,第8页。
② 正是因为如此,我在《般若学之作为第四玄——般若学与魏晋清谈之关系考》(《船山学刊》,2018年第6期)中提出,佛教(尤其是般若学)对于东晋士人来说具有极为重要的意义,可以称作在传统所言老、庄、《周易》"三玄"之外的"第四玄"。
③ 严耕望:《魏晋南北朝佛教地理稿》,上海古籍出版社2007年版,第33—34页。
④ 严耕望:《魏晋南北朝佛教地理稿》,第37—40页。
⑤ 当然,我们不能说浙东是当时佛教发展最为重要的中心。就客观而论,当时南方的佛教中心是建康和庐山,但浙东作为一个次中心是毫无疑问的,而且也在具体的历史中体现出了它的积极意义。

精英的接纳来说,有着特殊的重要意义。而玄学与佛教的结合,在当时表现出来最为重要的形式就是般若学的兴盛,而六家七宗的出现,则很直观地表明当时般若学的兴盛。关于其基本情况,我们可以简单示意如表 2-1①:

表 2-1　东晋六家七宗基本情况

六家	七宗	代表人物	基本观念
本无	本无宗	道安	一切诸法,本性空寂,故云本无。
	本无异宗	竺道潜	本无者,未有色法,先有于无,故从无出有,即无在有先,有在无后,故称本无。
即色	即色宗	支道林	夫色之性也,不自有色,色不自有,虽色而空,故曰色即为空,色复异空。
识含	识含宗	于法开	三界为长夜之宅,心识为大梦之主,今之所见群有,皆于梦中所见,其于大梦既觉,长夜获晓,即倒惑识灭,三界都空,是时无所从生,而靡所不生。
幻化	幻化宗	道壹	一切诸法,皆同幻化;同幻化故,名为世谛,心神犹真不空,是第一义。若神复空,教何所施,谁修道,隔凡成圣,故知神不空。
心无	心无宗	支愍度	心无者,无心于万物,万物未尝无。
缘会	缘会宗	于道邃	明缘会故有,名为世谛,缘散即无,称第一义谛。

从上述六家七宗的基本情况中,我们可以看到两个非常重要的现象。首先,六家七宗的般若学思想实际上都是以老庄的词汇(如有、无)为依据而展开的,这就是通常所言的格义佛教,这对于佛教进入知识精英的层面来说是极为重要的,正如汤用彤先生所指出的:

> 释家性空之说,适有似于《老》《庄》之虚无。佛之涅槃寂灭,又可比《老》《庄》之无为(安世高、支谦等俱以"无为"译涅槃)。而观乎本无各家,如释道安、法汰、法深者,则尤善内外。如竺法深之师刘元真,孙绰谓其谈能雕饰,照足开朦。盖亦清谈之人物。故其弟子法深,能或畅"方等",或释《老》《庄》。而支公盖亦兼通《老》《庄》之人。因此而六朝之初,佛教性空本无之说,凭借《老》《庄》清谈,吸引一代文人名士。于是天下学术文化之大柄,盖渐为释子所篡夺也。②

---

① 关于东晋以来般若学兴盛的情况,僧肇的《肇论》有所涉及,僧睿的《毗摩罗诘提经义疏》提到了"六家"的说法,但无具体人物,刘宋昙济撰《六家七宗论》(此论已佚),随后梁宝唱的《续法论》中曾引此论,并列出名称:本无、即色、识含、幻化、心无、缘会,又在本无中分出本无异。至于每宗代表人物,可见陈慧达《肇论疏》、唐元康《肇论疏》及吉藏《中观论疏》。

② 汤用彤:《汉魏两晋南北朝佛教史》,北京大学出版社 2011 年版,第 136 页。

格义对于佛教的流行有着重要的意义,但是,对于佛理本身也是具有破坏性的。然而,从当时的情境来说,正是这种格义的方式,使得佛教在中国被知识阶层广泛接受,这对于佛教真正中国化而言是一个重要的准备阶段。[①]

其次,我们也可以很清楚地看到,六家七宗的代表人物,除了道安,均跟浙东尤其是剡县有着密切的关系,都曾经栖游在这一区域,并且与名士有着非常频繁的交游往来。这个现象充分说明了在东晋佛教般若学发展的阶段,浙东有着非常活跃的关于佛教义理的讨论,对佛教在中国的发展有着独特的重要作用。

浙东自东晋以来的这种良好的佛教文化的氛围,为中国佛教的发展提供了重要的基础,尤其是陈隋之际智者大师的出现,更是将佛教在中国的发展推向了一个新的高度。作为外来宗教,佛教要在中国发展,其所面临的首要问题就是如何解决佛教义理和中国传统之间存在的冲突,从而真正实现与中国社会的融合,也就是佛教的中国化。而天台宗的出现,即是佛教中国化完成的标志,这对于佛教在中国的发展具有标志性意义。因此,被誉为"东土小释迦"的智者大师和有"中国佛教第一宗"之称的天台宗,无疑是中国佛教发展的一个高峰,也是浙东对于中国佛教发展的重要贡献。

智颛(538—598),俗姓陈,字德安,祖籍颖川(今河南许昌),晋室南渡后,寓居荆州华容(今湖北潜江)。十八岁出家,礼湘州(今湖南长沙)果愿寺法绪和尚出家,授以十戒,并依慧旷律师学律,兼习《方等》。后隐居大贤山(在今湖南衡阳)读诵"法华三部"(《法华经》《无量义经》与《普贤观经》),"历涉二旬,三部究竟"。二十受具足戒。既已通律藏而常思禅悦,然苦于江东无可问者,"律藏精通,先世萌动而常乐禅悦,快快江东无足可问"。陈文帝天嘉元年(560),智颛二十三岁,听闻南岳慧思(515—573)从北方南下,居于光州(河南光山县)大苏山,"遥飡风德,如饥渴矣",遂涉险前往依止之。在慧思门下,智颛极受重视,慧思以为"说法第一",常令其代讲《大品般若经》,"思师手持如意,临席赞曰:'可谓法付法臣,法王无事者也'",智颛之义学之境界及其在慧思门下之地位,由此可以想见。

后慧思欲往南岳,乃以其为传法人,命其前往金陵弘扬佛法:"吾久羡南衡,恨法无所委,汝粗得其门,甚适我愿,解不谢汝,缘当相揖。今以付嘱汝,汝可秉法逗

---

① 这个阶段主要停留在对佛教义理的传播和接受,即如何让中国的知识阶层能够接受、理解佛教的义理,因而采用格义的方式,虽然对义理有所破坏,但是从总体上来说,促进了佛教的义理被知识精英接受。而佛教的真正中国化,则与佛教宗派的产生有着密切的关系,即后文我们所要涉及的智者大师与天台宗的创立。

缘,传灯化物,莫作最后断种人也。"故陈光大元年(567),智颉率领法喜等三十余人到了金陵(南京)弘扬禅法。两年后,受请住瓦官寺,开讲《法华经》《大智度论》等,极受当时的僧俗的崇敬。陈太建七年(575),智颉离开金陵,入天台山实修止观九年,于定慧之学体会尤为深切。陈后主至德三年(585),受陈后主的七番恳请,智颉又回到金陵,住于灵曜寺,旋被迎至太极殿讲《大智度论》《仁王般若经》等,后主亲往听法。后因灵曜寺偏隘而移居光宅寺,至德四年(586),为皇太子授菩萨戒,设千僧法会。祯明元年(587),于光宅寺讲《法华经》,由弟子灌顶随听随记,录成《法华文句》。此后,师所说经义,多由灌顶笔录成书。

次年陈亡,智颉离开金陵,杖策荆湘。隋开皇十一年(591),晋王杨广为扬州总督,非常崇敬智颉,欲从师受戒,遂频频致书遣使礼请。智颉三次婉辞,都推辞不掉,乃请王许其四愿(一、勿以禅法相期;二、勿以世俗应酬相求;三、随时可以自由行动;四、应允随时能回归林野山泽中),则同意前往。杨广一心求净戒,便毫不犹豫答应。智颉遂为杨广授菩萨戒,取法名"总持",杨广则号智颉为"智者大师"。开皇十三年(593),智颉回到故乡荆州,在玉泉山创立玉泉寺,宣讲《法华经玄义》和《摩诃止观》。开皇十五年(595)春天,智颉受杨广之请,再到扬州弘法,并为撰《净名经疏》。开皇十六年(596)春,重归天台,重整山寺,习静林泉,并于病中对弟子们口授《观心论》。开皇十七年(597)十月,杨广又遣使入山迎请下山弘法。于十一月二十四日(公元598年1月7日)圆寂于石城寺(今新昌大佛寺),世寿六十,僧腊四十。①

智者大师生平造寺三十六所,圆寂后,杨广依照智颉的遗愿在天台山创建佛寺,于大业元年(605)即帝位时赐名为国清寺,其法脉绵延至今。因智颉久住于天台山,后又圆寂于天台山,故其所形成之佛教宗派学者称为天台宗,而国清寺亦被后世视为佛教天台宗之祖庭。

智者大师弘法三十余年,著作非常丰富,然其平生不蓄章疏,除了《童蒙止观》《六妙门》等少数作品是其亲自撰写之外,大部分均由弟子灌顶笔录成书,有《净名经疏》《觉意三昧》《小止观》《法华三昧行法》等数十种。灌顶(561—632),俗姓吴,字法云,临海章安人,故亦称章安大师,自二十二岁追随智颉,直至智颉圆寂,一直在其左右,他对智颉的思想有着深刻而又全面的理解。智颉的义学阐释大多由灌顶记录而得以流传,在某种意义上,如果没有灌顶,天台宗的教义、史料就很难被如

---

① 以上对智者大师生平的描述,主要参考灌顶的《智者大师别传》(《大正藏》卷五十)。

此完整地保存下来,故灌顶亦无疑成为智顗的法脉传人,在天台宗之历史上具有重要之意义。

智顗的一系列义学作品,确立了佛教天台宗的基本教义和解行规范,其中以《法华玄义》(十卷)、《法华文句》(十卷)、《摩诃止观》(十卷)最为重要,被称为"天台三大部",又称"法华三大部""三大章疏",是天台宗的根本典籍。在三大部之外,还有《观音玄义》(二卷)、《观音义疏》(二卷)、《金光明经玄义》(二卷)、《金光明经文句》(六卷)、《观无量寿佛经疏》(一卷),称为"天台五小部"。

天台宗的创立,是佛教在中国的传播过程中,与中国固有的文化传统之间冲突、融合的结果,其创立意味着作为异质文化的佛教在经过数百年的发展之后,真正融入了中国文化,"天台宗以止观为核心的庞大而又缜密的理论体系,实际上乃集中国大乘佛学之大成"①。唐代诗人们对于天台宗有着非常普遍的关注②,比如贾岛的诗可以为证:

> 辞秦经越过,归寺海西峰。
>
> 石涧双流水,山门九里松。
>
> 曾闻清禁漏,却听赤城钟。
>
> 妙宇研磨讲,应齐智者踪。

(《送僧归天台》)

又如齐己的诗:

> 华顶危临海,丹霞里石桥。
>
> 曾从国清寺,上看月明潮。
>
> 好鸟亲香火,狂泉喷沕寥。
>
> 欲归师智者,头白路迢迢。

(《怀天台华顶僧》)

作为佛教圣地,天台山对于唐代的诗人具有非常重要的吸引力。从天台山的特点出发,我们可以看到浙东所具有的丰富的佛教资源,对于后世的诗人们来说,有着

---

① 董平:《天台宗研究》,上海古籍出版社 2002 年版,第 28—29 页。

② 在日本遣唐使那里亦有非常丰富的对于天台山的记录,这是一个非常重要的事实,它表明,基于浙东(尤其是天台山)的影响而成的诗路,可能不能仅限于唐朝的诗人们,还应该关注诸如日本这些域外僧人关于浙东的诗作。

非常具体的感召力。

五、司马承祯与浙东唐诗之路

浙东(尤其是天台山)除了是佛教圣地,也明显具有道教的特质。"楚地多巫风,江南多淫祀。"这种独特的文化地理背景,为浙东宗教信仰的发展提供了良好的基础。而在道教的发展过程当中,浙东同样有着重要的地位,发挥着积极的意义。在道教的"十大洞天"中,浙东占其三,分别为黄岩的委羽山("大有空明洞天"),天台的赤城山("上清玉平洞天"),临海、仙居之间的括苍山("神德隐玄洞天");"三十六小洞天"中,浙江占了九个,分别是四明山洞("丹山赤水天")、会稽山洞("极玄大元天")、华盖山洞("容成大王天")、盖竹山洞("长耀宝光天")、金庭山洞("金庭崇妙天")、仙都山洞("仙都祈仙天")、青田山洞("青田大鹤天")、天目山洞("天盖涤玄天")、金华山洞("金华洞元天");而在"道教七十二福地"中,浙江居十六席,分别为盖竹山、仙磴山、东仙源、西仙源、南田山、大若岩、灵墟、沃州、天姥岑、若耶溪、金庭山、陶山、三皇井、烂柯山、天柱山、司马悔山。而我们如果再去细分,就会发现浙东在其中的独特意义。

浙江的山水神秀,为历代高道所向往。在道教的始创阶段,东汉著名炼丹士会稽上虞人魏伯阳著《周易参同契》,被誉为"万古丹经王",对于早期道教理论的形成有着重要的意义。魏晋南北朝之际,浙江的道教发展迅速,特别是"五斗米道"在浙江尤为兴盛,王公贵族(如会稽的王氏家族)奉道者甚多。这时期,道教发展中的很多著名高道都与浙江有着密切的联系,葛洪在杭州宝石山西岭炼丹,葛玄在天台山创建了台州最早的道观法轮院、天台观、福圣观、峡石观,许迈在天台赤城山修道,黄大仙(赤松子)在金华修道。

1. 魏伯阳与《周易参同契》

《周易参同契》在道教的历史上具有非常重要的地位,被誉为"万古丹经王",是现存最早论述道教炼丹理论的经典著作。其产生的年代稍晚于《太平经》,约在东汉顺帝、桓帝之际,作者为魏伯阳。魏伯阳(生卒年不详),一说名翱,字伯阳,自号云牙子,会稽上虞人,其事迹正史未载,其于参同契自序中自称"邻国鄙夫,幽谷朽生,挟怀朴素,不乐权容。栖迟僻陋,忽略令名,执守恬淡,希时安平。远客燕间,乃撰斯文,歌序大《易》,三圣遗言,察其旨趣,一统共论"①。后蜀彭晓在《周易参同契通真义序》中说:"按《神仙传》:真人魏伯阳者,会稽上虞人也。世袭簪琚,惟公不仕,修真潜默,养志虚无,博赡文词,通诸纬候,恬淡守素,唯道是从,每视轩裳如糠秕焉。不知师授谁氏,得《古文龙虎经》,尽获妙旨,乃约《周易》撰《参同契》三篇。"这两段文字,可以看作对魏伯阳为人处世以及作《参同契》缘由的一个概述。所谓《周易参同契》,参,即三;同,相通;契,相合。"周易参同契"就是说将《周易》、黄老之学、外丹炉火三者互相契合。故《参同契》似解释《周易》,实则假借爻象,以论作丹之意。其基本意旨,是将《周易》、黄老、炼丹三者贯通为一,以《周易》的阴阳之道,结合黄老的自然之理,来论述炼丹之事。其对于丹法的描述,引入易象节候和黄老学说以阐述成丹原理和火候的阴阳变化;用乾、坤二卦来描述体内阴阳二气的存在和周行变化的空间范围;又以坎、离二卦代表修炼所用的精、气、神;再用除了乾、坤、坎、离四卦之外的六十卦、十二消息卦和纳甲六卦来描述体内真气运行的微妙变化。从这些论述来说,《参同契》当然是侧重于内丹方面的。但同时,该书也讨论了铅、汞等药物,并且规定了它们在炼丹过程中的分量和火候等等,这又无疑是属于传统的黄白丹法一系。所以关于魏伯阳在《参同契》中所论述的丹究竟是外丹还是内丹,学界存在一定争议,通常认为其所论兼及内外丹,甚或是以内丹为主。此书后来不仅在道教内部深受重视,在中国思想史上也受到了一定的关注,比如朱熹就曾以"空同道士邹䜣"作《周易参同契考异》,主要是从义理角度对于《参同契》进行疏证,这是否与理学的发展存在某种联系呢?

就《参同契》在历史上的流传而言,东汉桓帝时代的淳于叔通是一个非常重要的关键人物。据后蜀彭晓《周易参同契通真义序》,魏伯阳在完成《参同契》之后,"密示青州徐从事,徐乃隐名而注之。至后汉孝桓帝时,公复传授与同郡淳于叔通,遂行于事"。也就是说,当魏伯阳将《参同契》传授给淳于叔通的时候,《参同契》才得以流传于世。淳于叔通即淳于翼,上虞人,曾为洛阳市长,《开元占经》卷一百二十引《会稽典录》:"淳于翼字叔通,除洛阳市长。桓帝即位,有大蛇见德阳殿上,翼占曰,以蛇有鳞甲,兵之应也。"因淳于叔通之传播,《参同契》逐渐流行,其重要性也不断被发现,直至成为道教丹学的基本经典。在这个过程中,淳于叔通起到了不可忽视的作用。

---

① 《参同契·魏真人自序》,仇兆鳌:《古本周易参同契集注》,上海古籍出版社1989年版,第39—40页。仇兆鳌云:"邹国在河南,会稽在浙东,借邹国以寓会稽,隐身匿迹,不求人知也。"

2．东晋时期浙江道教的发展

东晋时期道教得到了迅速的发展，这主要有两个方面的表现。一方面，道教在这个时期由其早期以驱邪法术和巫术礼仪为特征的民间形式，逐步走向理论的系统化。这种系统化，也使其传播范围从民间层次扩展到了王公大臣等为代表的精英阶层。另一方面，随着道教理论的系统化和道教的迅速传播，其"三洞"经典系统也得以形成。

道教在南方的传播，与两晋的政治有着密切的关系。西晋的统一，使得盛行于北方的五斗米道获得了向南方传播的机遇；而晋室南渡、衣冠南移，促成了天师道在江南的发展。当时南移的士族中，很多是天师道的崇奉者，最著名的有前文所述及的会稽王羲之父子。琅琊王氏世奉天师道，关于此点，陈寅恪先生在其《天师道与滨海地域之关系》一文中有详细的讨论："天师道以王吉为得仙，此实一确证，故吾人虽不敢谓琅琊王氏之祖宗在西汉时即与后来之天师道直接有关，但地域风习影响于思想信仰者至深且锯。若王吉贡禹甘忠可等者，可谓上承齐学有渊源，下启天师之道术。而后来琅琊王氏子孙为五斗米教徒，必其地域熏习，家世遗传，由来已久。"[①]关于这点，《晋书·王羲之传》中实际上也有明确提及，"羲之次子凝之，为会稽内史。王氏世事张氏五斗米道，凝之弥笃"。不仅王氏如此，按照陈先生的考证，本地域其他家族亦多如此，如许迈、郗愔、郗昙、殷仲堪等皆为天师道浸染传习而盘桓于会稽、剡中。因此，我们也可以发现一个非常有趣的现象，王氏子弟名字多有一"之"字，父子皆如此，若以当时宗族内避讳的原则而言，则明显是与之相悖的。但这是天师道信仰的符号，故照常流行。从中也可以看出，天师道信仰对于王氏家族的重要性，后来王凝之因崇信天师道而至于在孙恩之乱中丧身之事也就很好理解。天师道信仰对王氏家族的文化、生活带来了多方面的影响，而其最为后人所称道的书法成就，据说也和天师道有一定的关系。"东西晋南北朝之天师道为家世相传之宗教，其书法亦往往为家世相传之艺，如北魏之崔、卢，东晋之王、郗，是其最著之例。旧史所载奉道世家与善书世家二者之符会，虽或为偶值之事，然艺术之发展多受宗教之影响，而宗教之传播，亦多倚艺术为资用。"[②]陈先生的考证中所提到的许迈，出自丹阳许氏，同样也是信奉道教的南移士族，世奉道教。许迈字叔玄，幼时名映，后自改名远游，自小修道，尝筑室于余杭悬霤山，东晋永和二年（346）

---

① 陈寅恪：《金明馆丛稿初编》，生活·读书·新知三联书店2001年版，第21页。
② 陈寅恪：《金明馆丛稿初编》，生活·读书·新知三联书店2001年版，第39页。

迁入临安西山,登岩茹芝,渺然自得,有终焉之志。许迈与同样笃信道教的王羲之有非常多的交往,根据《晋书·王羲之传》的记载,王羲之尝与许迈共修服食,采药石。王氏和许氏对于道教之累世尊崇,无疑表明了道教到了东晋之际在精英阶层所受到的欢迎程度。不仅是士族尊奉道教,就连皇帝也对道教表现出浓厚兴趣,比如晋哀帝司马丕,史书称其"雅好黄老,断谷,饵长生药",最终因服食过多,"遂中毒,不识万机"(《晋书·哀帝纪》)。简文帝司马昱同样对道教兴趣浓厚,在其尚为会稽王时,就和道士杨羲、许迈、许谧等交往甚密。由此我们也不难看出,此时道教在精英阶层,也形成了一种信仰之风气,而不再像其初年仅限于下层社会。

当然,在民间层次,东晋时期的道教依旧发展迅速,其最为著名的当数杜子恭及其道团。子恭名炅,钱塘(今杭州)人,"少参天师治箓,以之化导,接济周普。行己精洁,虚心接物,不求信施"①,故在当时深受推崇。杜子恭与其前辈传教有很大的不同,他不再局限于下层社会,而是转向了精英层次,故其信徒中,有很多是江南著名的士族,《南史·沈约传》载:"钱唐人杜子恭,通灵有道术,东土豪家及都下贵望,并事之为弟子,执在三之敬。"据说他亦曾为王羲之、谢灵运等治病,并深受这些士族的信奉,其在当时的影响也就可见一斑了。杜子恭的信徒广泛,遂形成了一个在当时非常具有势力的道团组织,"十年之内,操米户数万"(《洞仙传》)。杜子恭死后,其教权由世奉五斗米道的孙泰执掌。后孙泰与其侄子孙恩,以及恩之妹夫卢循,于隆安三年聚众起义。据《晋书·孙恩传》载:"孙恩,字灵秀,琅邪人,孙秀之族也。世奉五斗米道。恩叔父泰,字敬远,师事钱塘杜子恭。……子恭死,泰传其术。然浮狡有小才,诳诱百姓,愚者敬之如神。"孝武帝时,"稍迁辅国将军,新安太守……黄门郎孔道、鄱阳太守桓放之、骠骑咨议周勰等皆敬事之,会稽世子元显亦数诣泰求其秘术。泰见天下兵起,以为晋祚将终,乃扇动百姓,私集徒众,三吴士庶多从之。于是朝士皆惧泰为乱,以其与元显交厚,咸莫敢言。会稽内史谢輶发其谋,道子诛之。"孙泰死后,弟子孙恩继之,于隆安三年(399)袭会稽,江东八郡,"一时俱起,杀长吏以应之,旬日之中,众数十万"。"于是恩据会稽,自号征东将军,号其党曰'长生人'。……朝廷震惧,内外戒严。"后孙恩攻临海失败,赴海自沉。其妹夫卢循领其众继续战斗,又经若干年,至安帝义熙七年(411)广州战斗中失败,卢循投水死,起义最后结束。从这样的一个过程中,我们可以很直观地看到由杜子恭至孙泰、孙恩所形成的道团势力影响之巨,从另外一个侧面也反映出道教信仰之流行程度。

---

① 引自陈国符:《道教源流考·附录七·道学传辑佚》,中华书局1963年版,第461页。

　　在道教势力逐渐发展的同时,道教理论体系也在进一步完善,这一时期出现了大量的道书,其中最为重要的就是《三皇经》《灵宝经》《上清经》等三个系统的道经的成形,此即后世道教所称的"三洞真经",是后世《道藏》的基本骨干。三洞经典的形成,对道教理论的系统化有着至关重要的意义。其中《上清经》的形成,则与东晋时期浙江高道有着密切的关系。关于《上清经》的来源,《云笈七签》卷五李渤撰《真系》及陶弘景《真诰》卷十九《真诰叙录》均称:东晋兴宁二年(364),有魏华存等众仙真下降,魏华存将清虚真人王褒所授"上清"众经三十一卷并诸仙真传记、修行杂事等授弟子琅琊王司徒公府舍人杨羲(331—386),杨羲得魏华存所传,用隶书写出,传护军长史丹阳句容许穆(305—376),许穆再传子许翙(341—370)。《真诰叙录》云:"凡三君手书。今见在世者,经、传大小十余篇,多掾(许翙)写。《真授》四十余卷,多杨(羲)书。"二许去世后,翙子临沮令黄民(361—430)收集先世所写经符秘箓,于东晋元兴元年(402)奉经入剡,为马朗、马罕礼敬供养。至东晋末,有道徒王灵期等向许黄民求经。王等遂在所得几卷经书基础上,窃加损益,盛其藻丽,再次造撰,凡五十余篇。这是继杨、许扶乩降笔之后,又一次的造经活动。从此《上清经》流传甚广,道教上清派也因此形成。南朝宋元嘉六年(429),许又封其先世真经一橱留马家。后又为嘉兴殳季真所得,以付陆修静。如前所述,许氏为南迁之侨姓,寓居浙江,世奉道教,其传经的重要人物如马朗、马罕,均为剡县(今嵊县)人,而殳季真则是嘉兴人。上清一系与浙江之渊源关系也非常明了,尤其是刘宋之际陆修静的出现,对于道教发展起到了不可或缺的重要影响。

　　从东汉后期到魏晋南北朝之际,浙江的道教得到了迅速的发展,渐渐成为道教传播的重要区域,尤其是浙东区域。特别是前文所提及的洞天福地的状况,这种分布形式,直接表明了道教对于浙东的重视和喜爱。而浙东的这种道教的积累,到唐代具有更为直接的影响,尤其是司马承祯和天台仙派的形成。对于唐代诗人们来说,这有着更为直接和重要的意义。

　　司马承祯(639—735),字子微,法号道隐,河内郡温县(今河南温县)人,为陶弘景三传弟子,是唐代茅山宗最负盛名的道教学者。司马承祯出生于官宦世族,曾祖司马裔,北周晋州刺史,封琅琊公;祖父司马晟,隋亲侍都督;其父司马仁最,历任唐襄、滑二州长史。独司马承祯远弃功名,薄于为吏而崇尚道法,年二十一师事嵩山道士潘师正,得受上清经法及符箓、导引、服饵诸术;后遍游天下名山,约天授年间(690—692)隐居天台山玉霄峰,自号"天台白云子"。武则天闻其名,频诏累征不起(《续仙传》卷下)。后于圣历二年(699)奉诏入京,武则天亲降手敕,赞美他道行高操。及将还,敕麟台监李峤饯于洛桥之东(《旧唐书·司马承祯传》)。司马承祯归天台途中顺访出道之地嵩山,为其师潘师正书《书潘尊师碑碣》。长安三年(703)并居于天台华峰灵墟(《素琴传》)。此后,睿宗、玄宗二朝,分别于景云二年(711),开元九年(721)、十年(722)、十二年(724)、十五年(727)五次从天台赴京面圣,应对修身治国之道,其间曾分往南岳衡山、句容茅山、济源王屋山等地,创建了天台桐柏观、王屋山阳台观。我们曾经在前文提到的道教洞天福地之说,是司马承祯确立的。司马承祯在其《天地宫府图》中首次明确了中国道教十大洞天、三十六小洞天、七十二福地的洞天福地的划分。其中十大洞天中,台州委羽山洞、赤城山玉京洞、括苍洞就占了近三分之一。作为茅山宗传人的司马承祯,天授年间选择止于天台修真,开元十五年受唐玄宗召入京师,终居王屋山。以此可见,司马承祯几乎有四十年时间都与天台山密不可分。而其绝大多数的道学著作,如《天隐子》《坐忘论》《天地宫府图》《服气精义论》《素琴传》等名篇,均在天台山完成。这说明天台山对于司马承祯来说,是一个具有着重要意义的符号。林家骊先生对此曾经有一段评价:

> 在道教盛行的唐朝,如嵩山、王屋山和终南山等皆远比天台山受欢迎,这些距京畿不远的名山,更有利于随时与政治中心保持互动。司马承祯也曾修道嵩山,也曾终老王屋,但是他将自己最辉煌的道学生涯落脚于天台。天台山是他"道"的象征,也是他的仕隐选择。司马承祯在有唐一朝所受的追捧在道学家中无出其右,然而他面对诸位统治者示好时,都展示出一样的姿态:接受,但是并不沉迷。因此,在朝廷有召之时,司马承祯皆会应召入京,但他没有如其他隐逸名士一样借此平步青云,在入京不久之后,他就会请还天台。若非唐玄宗以王屋山置观固留,可以想见司马承祯亦当如前次一般请还天台。司马承祯的"天台"选择,是对唐代文人仕隐观念的一次形塑,他这与众不同的"真隐"姿态,使之成为令人追捧的楷模。[①]

因为司马承祯的重要影响,桐柏观在唐睿宗的敕令下得以重新修建,"台州始丰县界天台山废桐柏观一所……更于当州取道士三五人,选择精进行业者,并听将侍者供养。仍令州县与司马炼师相知,于天台山中辟封内四十里,为禽兽草木长生之福庭,禁断采捕者"(《复建桐柏观敕》)。[②] 由司马承祯而来,我们看到了非常鲜明的

---

① 林家骊、何玛丽:《司马承祯及天台派道教对浙东唐诗之路的影响》,《浙江树人大学学报》,2021年第1期,第97页。

② 此事当发生在景云二年,当时唐睿宗追召司马承祯入京以问阴阳术数,司马承祯应对以后"固辞还山"。

道教传承,其弟子薛季昌、再传弟子田虚应一脉,多居住于南岳、天台山,或在南岳、天台山受道,被后世称为上清派南岳天台系。该系道徒众多,涌现了如徐灵府、杜光庭等修道于天台的高道。道教南岳天台系的说法,源于近人刘咸炘。刘先生在《道教征略》中认为"司马承祯,又传南岳天台一派,多有名者,事见《真仙通鉴》"[1]。根据刘先生的整理,该系的图示大致如下:

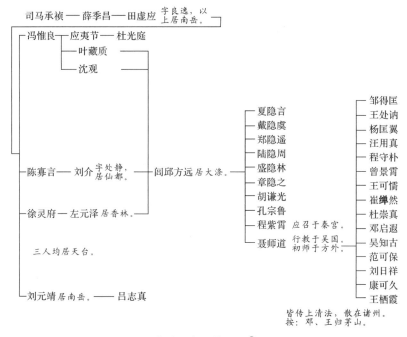

南岳天台系传承图[2]

据以上图示,自司马承祯以来,南岳天台系在中国道教史中的地位也是可见一斑,当然,至于这一系道教传统的称谓,个人认为当以天台仙派为妥。[3] 当然,不管称呼如何,司马承祯及其所带来的天台山道教的影响,是毋庸置疑的。

---

① 刘咸炘:《道教征略》(外 14 种),上海科学技术文献出版社 2010 年版,第 12 页。
② 刘咸炘:《道教征略》(外 14 种),上海科学技术文献出版社 2010 年版,第 12 页。
③ 南岳天台系的称法并不一定完全准确。司马承祯的道教思想是在天台成型的,其隐居天台山近四十年,如前文所言,这是他的道教思想成熟的关键点,而且司马承祯是离开天台之后再去南岳的,所以从这个角度来说,称南岳天台系并不是特别准确,或者说,天台仙派的称法更为准确一些,而且这样的称谓可以把天台山的道教因素整体融合在一起。从桐柏真人王子乔镇守天台山到葛玄在天台受《灵宝经》的传说,再到顾欢、陶弘景、徐则、王轨等隐士高道纷至沓来,天台山具有了极为深厚的道教渊源,而司马承祯则是将这一道教传统发挥壮大者,可以说,至司马承祯出现,天台仙派最终形成。当然,从司马承祯的道教渊源来说,天台仙派亦当属于上清派,称上清天台派,是最为准确的。

因为唐初的道教氛围以及司马承祯的形象独特、博学多才,使得司马承祯成为当时读书人的偶像,具有重要的影响意义。所谓"方外十友"(即陆余庆、赵贞固、卢藏用、陈子昂、杜审言、宋之问、毕构、郭袭微、司马承祯、释怀一,见《新唐书·陆余庆传》)以及"仙宗十友"(即陈子昂、卢藏用、宋之问、高适、毕构、李白、孟浩然、王维、贺知章、司马承祯,见《益州名画录》),实际上都是以司马承祯为中心而形成的。司马承祯因其道教造诣,先后被武则天、唐睿宗、唐玄宗共五次征至京师,乃名动朝野的一代宗师,对于当时的读书人来说,毫无疑问是一个具有巨大吸引力的形象。[①] 而唐玄宗对于司马承祯的推崇,自然更是对司马承祯作为文化核心形象的强化。

> 紫府求贤士,清溪祖逸人。
>
> 江湖与城阙,异迹且殊伦。
>
> 间有幽栖者,居然厌俗尘。
>
> 林泉先得性,芝桂欲调神。
>
> 地道逾稽岭,天台接海滨。
>
> 音徽从此间,万古一芳春。

唐玄宗送别司马承祯,以皇帝之尊赋诗《王屋山送道士司马承祯还天台》,可见司马承祯在其心目中的地位,由此,也自然会形成大批文人的仿效。所以,司马承祯在当时的影响力可见一斑,很多人就是因为司马承祯而来到浙东,来到天台,比如李白。

开元十三年(725),司马承祯出游南岳衡山,路过江陵,恰与李白相遇。关于这件事情,李白有非常详细的记录:

> 余昔于江陵,见天台司马子微,谓余有仙风道骨,可与神游八极之表。因著《大鹏遇希有鸟赋》以自广。此赋已传于世,往往人间见之。悔其少作,未穷宏达之旨,中年弃之。及读《晋书》,睹阮宣子《大鹏赞》,鄙心陋之。遂更记忆,多将旧本不同。今复存手集,岂敢传诸作者?庶可示之子弟而已。其辞曰:
>
> 南华老仙,发天机于漆园。吐峥嵘之高论,开浩荡之奇言。徵至怪于齐谐,谈北溟之有鱼。吾不知其几千里,其名曰鲲。化成大鹏,质凝胚浑。脱鬐鬣于海岛,张羽毛于天门。刷渤澥之春流,晞扶桑之朝暾。煇赫乎宇宙,凭陵

---

① 这种吸引力,不仅是出于神仙道教的方外层面,也是基于"终南捷径"的特殊需求。

乎昆仑。一鼓一舞,烟朦沙昏。五岳为之震荡,百川为之崩奔。

乃蹴厚地,揭太清。亘层霄,突重溟。激三千以崛起,向九万而迅征。背嶪太山之崔嵬,翼举长云之纵横。左回右旋,倏阴忽明。历汗漫以夭矫,恣闶阆之峥嵘。簸鸿蒙,扇雷霆。斗转而天动,山摇而海倾。怒无所搏,雄无所争。固可想象其势,仿佛其形。

若乃足萦虹蜺,目耀日月。连轩沓拖,挥霍翕忽。喷气则六合生云,洒毛则千里飞雪。邈彼北荒,将穷南图。运逸翰以傍击,鼓奔飙而长驱。烛龙衔光以照物,列缺施鞭而启途。块视三山,杯观五湖。其动也神应,其行也道俱。任公见之而罢钓,有穷不敢以弯弧。莫不投竿失镞,仰之长吁。

尔其雄姿壮观,块轧河汉。上摩苍苍,下覆漫漫。盘古开天而直视,羲和倚日以旁叹。缤纷乎八荒之间,掩映乎四海之半。当胸臆之掩画,若混茫之未判。忽腾覆以回转,则霞廓而雾散。

然后六月一息,至于海湄。欻翳景以横翥,逆高天而下垂。憩乎泱漭之野,入乎汪湟之池。猛势所射,馀风所吹。溟涨沸渭,岩峦纷披。天吴为之怵栗,海若为之躑躅。巨鳌冠山而却走,长鲸腾海而下驰。缩壳挫鬣,莫之敢窥。吾亦不测其神怪之若此,盖乃造化之所为。

岂比夫蓬莱之黄鹄,夸金衣与菊裳?耻苍梧之玄凤,耀彩质与锦章。既服御于灵仙,久驯扰于池隍。精卫殷勤于衔木,鶢鶋悲愁乎荐筋。天鸡警晓于蟠桃,踆乌晰耀于太阳。不旷荡而纵适,何拘挛而守常?未若兹鹏之逍遥,无厌类乎比方。不矜大而暴猛,每顺时而行藏。参玄根以比寿,饮元气以充肠。戏旸谷而徘徊,冯炎洲而抑扬。

俄而希有鸟见谓之曰:伟哉鹏乎,此之乐也。吾右翼掩乎西极,左翼蔽乎东荒。跨蹑地络,周旋天纲。以恍惚为巢,以虚无为场。我呼尔游,尔同我翔。于是乎大鹏许之,欣然相随。此二禽已登于寥廓,而斥鷃之辈,空见笑于藩篱。

对于李白来说,跟司马承祯的相遇,乃是少年才士与名重寰宇的司马承祯的相遇,而且司马承祯显然也是非常赞赏李白的,所谓"谓余有仙风道骨,可与神游八极之表",这对于李白来说,是莫大的肯定,可以想象,李白当时的内心是极为激动的,由此,也就写下来这篇《大鹏遇希有鸟赋》。李白对于该赋创作过程的追溯,所谓"悔其少作,未穷宏达之旨,中年弃之。及读《晋书》,睹阮宣子《大鹏赞》,鄙心陋之。遂更记忆,多将旧本不同。今复存手集",则更是直观地表达了李白对于此次见面的重视。而以"大鹏"自况,以"希有鸟"喻司马承祯,可见在李白的心目中,司马承祯具有着极为特殊的地位。[①]

此后在开元十五年和天宝六年,李白两入天台山。由此,我们也可以很直接地看到,在司马承祯的影响之下,天台山虽然浙东偏居一隅,但是,对于唐代的诗人们来说,这里却是非来不可的圣地。

> 闻道稽山去,偏宜谢客才。
> 千岩泉洒落,万壑树萦回。
> 东海横秦望,西陵绕越台。
> 湖清霜镜晓,涛白雪山来。
> 八月枚乘笔,三吴张翰杯。
> 此中多逸兴,早晚向天台。

李白的这首《送友人寻越中山水》,可以很好地代表当时诗人们对于浙东(尤其是天台山)这片土地的看法。"此中多逸兴,早晚向天台",则更是直接地道出了当时诗人们的内心世界。

---

① 当然,这也体现了少年李白对自己才华的自信,可以说,此时的李白有着大鹏展翅的宏大志向。

第三章　作为和合之路的浙东唐诗之路

浙东唐诗之路的形成，从总体上来说，是基于一种文化的独特性（或者说吸引力）而来的，而这种独特的文化性格就形成了一种具有独特思想的传统。如我们前文所讨论的朝圣，究其本质来说，也是一种思想特质上的独特性。当然，就朝圣的意义来说，它强调的乃是这一区域在具体的历史语境中形成的具有圣地特点的内涵。而这一章，我们主要立足于对这一区域思想特性的讨论，以呈现这样的一种思想传统对于唐代诗人所具有的独特意义。

我们认为从思想特质上来说，浙东区域的特征就是和合。从中国传统思想来说，和合是一种非常重要的特征。钱穆先生在《中国文化精神》中曾经这样说道：

> 全世界各民族、各体系的文化，都逃不掉此"冲突"与"调和"之两面。把西方和中国来讲，一样都有冲突，都要调和。不过大概说来，似乎西方文化的冲突性更大；而中国文化则调和力量更强。这不是说中国文化无冲突，不过没有像西方那样，冲突之大；也不是说西方文化无调和，可是它的调和，没有像中国文化那样的强。①

钱穆先生的说法很具有代表性，这也是自中西文化接触、交流以来，我们对于两者特质的一个基本的认识，也就是说，在中国传统文化中，和合是一个重要的特质，尤其是相对于西方文化来说，这个特点尤为明显。在钱穆先生看来，这种和合性格实际上是中国人的性格，是深入中国人的血脉之中的。在这个意义上，钱先生用"分别性"和"和合性"分别标识中西两种不同的文化传统：

> 怎么叫"分别性"呢？我们从先天自然方面来讲，人有男性、女性的分别，这是最基本的。不仅人是这样，动物，乃至于植物，有生命的，除掉最低等的微生物部分雌雄性别外，都是分性别的。中国人称一阴一阳，男女就有阴性、阳性的分别，没有人不懂这个分别的。我们也可以说，严格讲来，男人、女人各是

---

① 钱穆：《中国文化精神》，《钱宾四先生全集》38，台湾联经出版事业股份有限公司 1988 年版，第 56 页。

人的一半,必待男婚女嫁,始合成一个完整的人生。所以说"男大当婚,女大当嫁"。可见人生在"分别性"之上,还有一个"和合性"。当然,也有独身不结婚的,但这只是人类中间的极少数。……西方人好分,是近他的性之所欲。中国人好合,亦是近他的性之所欲。①

由此,我们可以很清楚地看到和合性与分别性这两者在中西方文化中的基本特质的表达。对于中国人来说,和合是最为基本的,而对于西方人来说,可能分别才是最为根本的。这种分别无论是在人性上还是在文化上,都有非常直观的表达。

而这种和合的思想特征,在浙东的传统中也有着非常直观的表现。这主要跟浙东的地理特征和文化形成有着密切的关系。从地理特质来说,浙东地区以山水作为根本性的地理特质。如前文所言,从本质上来说,山水的神秀就是一种地理意义上的和合,即既具有山的坚毅,又具有水的包容。这种特点,其实我们从东晋以来士人徜徉于浙东山水的这一事实中就可以得到非常直接的体认。从文化形成来说,浙东区域在中国文化版图上的凸显,是和前文所言的东晋建立、衣冠南渡这一事实密切相关的。也就是说,移民是浙东文化得以迅速彰显的重要缘由,而既然是移民,自然存在着和本土之间的和合问题。这表明,从浙东文化特点的形成来说,和合是一个基本的要素。当然,在地理特质和文化形成这两个要件的基础上,我们可以很清楚地看到,和合对于这一区域所具有的重要意义。无论是就宗教精神还是就地域文化特征来说,和合作为这一区域的代表性特征,是可以成立的。在本章,我们希望通过对于浙东区域所具有的和合的思想特质的分析和梳理,彰显此和合精神对于唐代诗人重要而又独特的意义,从而在某种程度上揭示出浙东唐诗之路乃是基于和合这样的思想内涵展开的,或者说,浙东唐诗之路的思想基础就是和合。

一、什么是和合?

当我们试图以和合来概括浙东的思想特质的时候,我们首先得对于什么是和合有一个清楚的把握。如前文所言,和合乃是中国思想的特质,中国思想文化从本质上来说,就是和合文化。当我们讨论和合文化的时候,或者说当我们用和合来概括中国传统思想,并把它视为中国传统文化的精髓的时候,我们必须对和合的内在

---

① 钱穆:《从中国历史来看中国民族性及中国文化》,《钱宾四先生全集》40,1988 年版,第 24—30 页。

含义有比较清晰的把握。由于汉字发展以及字形特点，在汉语的表达中，单音节字基本上是最初出现的，因此，当我们要清楚地理解和合的含义时，首先要分别理解"和"与"合"的含义。

首先，我们来看"和"。"和"字出现很早，在甲骨文、金文中都已经出现。按照许慎《说文解字》的解释，"𧤛（和），相应也，从口，禾声"（《说文·口部》）[①]，这说明"和"是一个形声字，无论是在甲骨文还是金文的字形中都是如此。"和"字的形部是"口"，说明"和"的含义最初应当是跟口相关的[②]。所谓相应，其实就是指口发出的声音相互应和。这样的意思在早期文献中其实是非常常见的，比如"蘀兮蘀兮，风其吹女。叔兮伯兮，倡予和女"（《诗·郑风·蘀兮》），"鸣鹤在阴，其子和之"（《易·中孚·九二》），"倡和清浊"（《礼记·乐记》）。当然，口发声，从我们认识的一般规律来看，首先是人自己发出的声音——这应当是相应的第一个层面的意思，然后再是动物的声音，最后甚至可以泛指各种声音（金属相碰的声音、自然界的种种声音）。

既然"和"最初指的是声音之间的相应，那么很自然，声音之间的相应会有不同的状态（比如完美的应和，或者曲高和寡等），这也意味着相应会有不同的具体表达。由此，在相应的基础上，古人把那种相应得恰到好处的状态、完满的状态叫作"和"，这也就是和谐的意思。比如"籥舞笙鼓，乐既和奏"（《诗·小雅·宾之初筵》），"声应相保曰和"（《国语·周语下》），"声依永，律和声"（《书·舜典》）等，都很直接地是相应而又完满的状态，即为和谐。所以，《广雅》在解释"和"的时候，就直接解释为和谐，所谓"和，谐也"（《广雅·释诂三》）。从这个意思来说，"和"以和谐作为其最为基本的含义，这是可以从古代的经典中得到很多佐证的。张岱年先生曾经在《中国古典哲学概念范畴要论》中对"和"的范畴做了比较全面的梳理，他在最后提到"太和"的观念之后说，"世界上万事万物之间虽然存在着相反相争的情况，但相反而相成，相灭亦相生，总体来说，相互的和谐是主要的，世界上存在着广大的和谐。这是儒家哲学的一个根本观点。"[③]诚然，当和谐之义作为"和"的基本内涵被确立之后，它的所指也是非常丰富的，并非囿于声音之间的和谐而已，正像

[①]　《国语·周语下》称"声应相保曰和"，这个解释跟许慎的解释基本是一致的，可以说这就是"和"字的本义。

[②]　这一点无论是从"和"的异体字"咊"或者"詠"来看，都是可以确认的，"和"的意义是跟口的发声有关系。

[③]　张岱年：《中国古典哲学概念范畴要论》，《张岱年全集》第四卷，河北人民出版社 1996 年版，第 586 页。

张先生所说的,有广大的和谐。这个广大的和谐,从义理的角度来说,可以涉及以各种相互关系来指称两种不同对象之间所达到的关系完满的状态。因为中国古典的哲学思想,更多是以人为中心展开的,关注的焦点是人的现实生活。在这里,我们尝试以人为中心,对古人所论述的和谐的内涵做一番简要的梳理。

第一个层次,是人自身的和谐。由于中国古代思想的特质是关注个体的,因此,围绕人自身展开的关于和谐的传统论述也是最为丰富的,身、形、气、心、德等诸多层面,都可以借以表达这种和谐的意涵。比如"衣服节而肌肤和"(《墨子·辞过》),"老臣今者殊不欲食,乃自强步,日三四里,少益嗜食,和於身"(《战国策·赵策四》),这些都是在讲身和。如果说"和"的意义由相应演变成和谐时,指的是不同对象之间的一个调和恰当的状态,那么,"身和"实际上就是指身体各个组成部分之间关系的完美的状态,即健康的状态;当然,如果不和,那就是生病了。后来中医多用"和"与"不和"来进行病情诊断,从这个角度,我们可以很直接地看到和谐的含义在个体身上的反映。形和与身和,有着类似的意义,都是基于个体的形体之上的表达。比如,"和于形容,见于肤色"(《管子·内业》),"齐王和其颜色"(《战国策·齐策三》),"夫望人而笑,是和也"(《战国策·赵策四》)等等,都是在形和的意思上来说的。虽然形和与身和大体相似,指的就是人的形体的和,但是,两者还是有略微差异。身和强调的是身体内部的和谐状态(身体健康),形和反映的则更多是形体给予他者的感觉(和气、温和);一个是形体的内在状况,一个是形体的外在呈现。气和,即血气调和、和谐,这实际上是对于身和的解释。人之所以可以是身和,其关键原因就在于气血的和谐。"食饮足以和血气"(《管子·禁藏》),"不精则气佚,气佚则不和"(《国语·周语下》),"耳聪目明,血气和平"(《礼记·乐记》),这些都很直接地说明了血气之和对于人的身体的直接意义。而心和相对于身和来说,其影响就更为重要和关键,这自然和古人对于心的重视是有关的。"彼心之情,利安以宁。勿烦勿乱,和乃自成"(《管子·内业》),"形莫若就,心莫若和"(《庄子·人间世》),"心中斯须不和不乐,而鄙诈之心入之矣"(《礼记·乐记》),这些都是对于心和的描述。什么是心和?其实心和就是内心平和、安宁的一种状态。这样的状态,当然就不会仅仅只是物理性质的,或者仅仅是局限于具体的事物的,而是很明显具有精神性的含义,或者说道德的含义,于是乎,也就有了德和的说法。"夫德,和也"(《庄子·缮性》),"感条畅之气,而灭平和之德"(《礼记·乐记》),这里的和,是就个体的德性而言的,完全是个体在精神层面所达到的境界。由身和、形和、气和,而至于心和、德和,从表现的形式来说,是个体所达致的不同层面的和谐,由形体、气血而至于心、至于德。这也说明,古人对于和谐的理解在不断地扩大,而且不断地抽象化。但不管如何,这些都是用来描述个体的形体或者精神所具有的和谐美好的状态。

第二个层面是人与外在事物之间的和谐。人生活在现实社会之中,与外在事物有着非常直接的依赖关系,诸如衣食住行等等,都离不开外部事物,那么,人应当怎么处理自身与外部事物之间的关系呢?和谐无疑又成为最佳方案。"辀注则利准,利准则久,和则安"(《考工记》),"察五味之和"(《战国策·赵策二》),"从其宜,则酸醎和焉,而形色定焉"(《管子·侈靡》),"安居和味"(《礼记·王制》)等,都说明了人对于外物的"和"的要求。只有和谐,才是使人的生活获得满足的最佳状态。那么,为什么要强调对于外物使用的这种和谐呢?按照古人的说法,那是因为自然界本身就是一个和谐的存在。"岁掌和,和为雨"(《管子·四时》),"以十有二风,察天地之和"(《周礼·春官·保章氏》),"动己而天地应焉,四时和焉"(《礼记·乐记》),这些"和"都说明,和谐是天地的基本特点,是自然的本性,因此,人在与自然之物发生关系的时候,也一定要遵循和谐的原则。和谐的就是最美的、最佳的。

第三个层面就是人的行为也必须满足和谐的要求。人的行为则涉及人与人之间的关系处理问题。如何来处理人所遭遇的各种关系呢?和谐是最为根本的要求。比如古人对于家庭和睦的强调,就以和谐的人际关系作为最根本的原则。当然,在所有的行为关系中,社会关系　　或者对于古人来说,更重要的是政治关系——也必然以和谐作为基本的原则。政通人和、协和万邦等说法,都很直接地表达出古人将和谐作为个体行为的基本要求,并贯彻于各种不同维度的行为方式之中。

我们从以上三个层面,简单地梳理了和谐在古人生活世界中的重要性、基础性。实际上这三个层面中,最为关键的还是个体本身的和谐。因为无论是对于外部事物的处理,还是对于各种人际行为关系的处理,其所依赖的基点都是个体自身,所以,一个完善的、和谐的个体,在古代的生活世界中,从根本上具有重要意义,因此"自天子以至于庶人,壹是皆以修身为本"(《大学》)。以修身为本,就是以个体自我的和谐为本。

说完了"和",我们再来看"合"字。"合"字也早在甲骨文、金文中就已出现,可谓历史悠久。"合"字的含义,按照许慎的说法:"合口也,从亼,从口。"(《说文·亼部》)许慎的这个解释,给后来很多人以误导,因为把"合"解释为"合口"的时候,那"合"的意思就成了上下唇的相合。可是,"合"毕竟是一个会意字,我们似乎很难从字的形象得出这样的解释。段玉裁在注解《说文解字》的时候,就对这个说法提出了质疑："合，亼口也，各本亼作合，误，此以其形释其义也。三口相同是为合，十口相传是为古，引申为几会合之偁。"按照段玉裁的说法，三口以相同为合，那就不是简单的"合口"了。从这个意义来说，把"合"理解成上下唇的相合，事实上是不太恰当的，至少不符合"合"字的原意。在中国文化中，三也有多的含义，也就是说，所谓的"合"，是多方聚合、聚集的意思。

如果将"合"作为聚集相合的意思来看，它强调的更多是一种外在的行为结果，即因相聚而相合。最直观地看，这种行为都直接指向外在，强调的是两个不同个体之间的相合。如果从中国文化以个体为核心来说，"合"大概就是两个层面的相合：外在的对象或者行为与主体之间的相合。就对象来说，这种对象可以是人，也可以是一般的事物。比如，"合诸侯亦如之"（《周礼·天官·掌次》），"君子因睦以合族"（《礼记·坊记》），"合男女，颁爵位"（《礼记·礼运》），"乃合累牛腾马"（《礼记·月令》），"夫大人者，与天地合其德，与日月合其明，与四时合其序，与鬼神合其吉凶"（《易·文言》），"雷电合而章"（《易·噬嗑》），"天地欣合，阴阳相得"（《礼记·乐记》）等等，这都说明"合"发生在人与人之间，或者是天地万物之间。"以礼乐合天地之化"（《周礼·春官·大宗伯》），"合于利而动，不合于利而止"（《孙子·九地》）等等，这些都是对人的行为的相合与否的论述，表明作为一种行为的结果，"合"是非常重要的一个标准。

从"和"和"合"两个字的意思来看，"和"更多强调其作为一种状态、境界的含义，也就是和谐，这是古人对于自然和人事的美好境界的描述，也是古人渴望达成的理想境地，而"合"，更多是一种行为上的符合，强调的是众多不同对象相聚集的结果。习近平总书记曾对此有过比较精到的概括："我们的祖先曾创造了无与伦比的文化，而'和合'文化正是其中的精髓之一。'和'指的是和谐、和平、中和等，'合'指的是汇合、融合、联合等。这种'贵和尚中、善解能容，厚德载物、和而不同'的宽容品格，是我们民族所追求的一种文化理念。自然与社会的和谐，个体与群体之间的和谐，我们民族的理想正在于此，我们民族的凝聚力、创造力也正基于此。"[①]

二、南北学风之交会与浙东思想和合特性的形成

如前文所言，对于浙江（尤其是浙东地区）思想文化的发展来说，衣冠南渡起到

---

① 习近平：《之江新语》，浙江人民出版社2007年版，第150页。

了极为重要的作用。当时大批文化精英进入会稽,使得浙东地区迅速成为了文化中心。衣冠南渡带来的文化精英,对于浙东区域文化的发展有着极为重要的意义,葛剑雄先生曾以绍兴为例,讨论过移民对于绍兴文化所具有的重要意义:

> 东晋和南朝的首都一直在建康(今江苏南京),不在建康的时间很短。当时南京周边的地区还没有得到很好的开发,水利设施缺乏,平原地区地势低洼,特别是长江以北和沿海。西汉时候在今天的扬州是可以看到潮水的,扬州以东的平原成陆时间不长,还来不及开发,今上海市区也是如此。倒是杭州湾的南岸,特别是处于宁绍平原的绍兴一带开发时间早,自然环境相当稳定,所以大批移民就在这一带定居。东晋、南朝人将会稽(以绍兴为中心)与首都建康的关系比喻为以往的首都长安与关中的关系,当作最重要的政治基地。这既说明了绍兴的重要性,也揭示了绍兴聚集了大批高层次移民的事实。
>
> 东晋举足轻重的两个大家族是王氏和谢氏。王氏门第最高贵是两家,一家是太原王氏,不过太原王氏人少;另一家就是琅琊王氏。琅琊王氏人丁兴旺,政治地位很高。王导与族兄王敦等帮助司马睿建立东晋,王家的人几乎垄断了朝廷的要职,当时有句话叫"王与马,共天下","王"就是指琅琊王氏,"马"就是指司马氏——皇帝家,晋元帝登位的时候居然邀请王导和他坐在一起,证明实在离不开他,实际上怕得罪他。还有来自河南陈郡的谢氏,谢氏也是因为官大人多,不过更主要的是由于后来谢氏对东晋有重要贡献,淝水之战的总指挥就是谢安。王、谢两家人口众多,其中相当一部分散居在各地,绍兴就是他们的一个重要据点,而且好多人就在会稽做官,比如会稽内史王羲之等。永和九年王羲之在兰亭雅集,参加者十之八九是北方移民的后代。我在《中国移民史》第二卷中曾将史料中能找到的北方移民及其后裔的名单列了一张表,由于当时史籍只用北方的原籍,不记录在南方的入籍地或居住地,所以很难反映移民实际的定居地点,但其中相当一部分人有在会稽当官或活动的事迹,绍兴作为一个重要的移民定居地区是可以肯定的。[①]

从葛先生的论述中,我们可以很直接看到,来自北方的文化精英移民对于会稽(绍兴)的重要意义。实际上这样的情形不仅仅只是在绍兴一地,整个浙东都有着类似的特点,比如台州。自东汉末,尤其是永嘉之乱以来,大量北方文化精英迁入

---

① 葛剑雄:《移民与文化传播——以绍兴为例》,《绍兴文理学院学报》2010 年第 4 期,第 3—4 页。

台州,对台州当地的文化发展起到了重要的推动作用。台州最早见于史载的著名家族屈氏,即是南迁而来的。汝南人屈晃汉末避乱南下,三国吴时寓居章安,官至尚书仆射。屈晃志匡社稷,耿直忠诚。时吴主孙权幽闭太子和,晃与骠骑将军朱据,"率诸将吏泥头自缚,连日诣阙请和"(《三国志》卷五九:吴书一四),权欲废和立亮,据、晃又固谏不止,"权大怒……据、晃牵入殿,杖一百"(《三国志》卷五九:吴书一四)。孙皓即位,封晃子绪为东阳亭侯,弟干、恭为立义都尉,绪后亦至尚书仆射。(《三国志》卷五九:吴书一四)屈晃之弟屈坦为临海太守,事亲尽孝,临民忠厚,并尝为地方驱除毒蛇猛兽,惠政甚多。另两弟屈幹、屈恭官至立义都尉。屈晃为临海屈氏第一代移民,连续出现了几位著名人物,奠定了屈氏在临海的世家大族地位。[①]屈氏家族对台州礼教进步及其文化影响起到了榜样与推动作用。"台以濒海草昧之区之数公者相继踵起,竟以忠义廉洁、仁孝礼让互相倡导,台人士沐其化,感其恩,濡其德泽岂浅鲜也哉!"(《临海屈氏宗谱·屈氏三贤祠记》)为感念屈氏家族恩泽,台州以屈氏故居为州治,祀屈坦为城隍神。(陈耆卿:《赤城志》卷之三十二)会稽著姓孔氏孔愉,则因永嘉之乱而入临海山中,尝位左仆射,故土人曰相公。(陈耆卿:《赤城志》卷之三十一)据陈耆卿《赤城志·祠庙门》载:临海县东一十八里有孔相公庙,旧传祀晋孔愉。临海百姓为孔愉立庙并奉祀,可见其在临海影响较大。此外,临海长石谢氏,为会稽晋太傅安石之后,故太师大丞相益公深甫,即其六世祖之流派,五季末徙台定居,其家族"世儒学,欲以文墨奋,厉志读书"[②]。这样的例子是非常常见的,据学者统计,六朝时有49姓由北方迁入台州。[③]

可以说,浙东在这一时期成为全国的文化中心,对于该区域思想文化的发展有着积极的意义。衣冠南渡的直接结果,是大大促进了浙东地区文化的发展,使得浙东成为一个重要的文化区域。

　　一开始,东晋在南方设立侨州、侨郡、侨县,一方面是为了使北方移民得到安置,另一方面也是表明南迁是临时性的,他们的身份是"侨",随时等着打回老家去。但到了刘宋时大家都明白了,北方的老家是回不去了,侨州郡县再存在下去已经没有意义,因此实行"土断"——就地入籍,北方移民及其后裔

①　滕雪慧:《瓜瓞绵延山海间——临海传统宗祠研究》,文物出版社2015年版,第169页。

②　《宋·谢烨墓志》,引自马曙明、任林豪主编,丁伋点校:《临海墓志集录》,宗教文化出版社2002年版,第16页。

③　杨供法:《文化精神价值——以台州文化为例》,中央编译出版社2012年版,第47页。

在法律上完成了定居手续。像王家、谢家在朝廷那么有势力，要是政府真的迁回北方，他们就会跟着迁回去。但这次分裂的时间那么长，就只能在南方定居了。

中国人历来珍惜自己的文化，在发生战乱的时候，一些有责任心的文人、学者包括统治者中的有识之士，都会尽最大可能，将重要的典籍、档案、文物、礼器、乐器和乐师、艺人、工匠等迁往安全的地方，使之免于战火。永嘉乱后的迁移同样如此，因而使此前在中原长期积累起来的文化得以在南方绵延。例如，西晋的宫廷乐师南迁后，带去了原来的乐谱、乐器，在南方传播，培养新的乐师。到隋文帝灭陈后，保存在南方的宫廷音乐又被迁到长安，隋文帝听到后，不禁赞叹：这才是华夏正音！①

虽然文化精英的移民并非出于内心的愿望，但是，从客观上来说，这些移民把文化带到了江南，使得浙东具有了非常重要的文化积淀，从而跻身于文化中心的位置。同时，也正是因为大量文化精英的迁入，浙东区域的思想特性也由此而逐步形成，这种特性，从本质上来说，就是和合，亦即建立在南北融合基础上的思想包容性。魏晋南北朝之间，由于特殊的历史原因，尤其是永嘉之乱，晋室南渡，此后两百余年间在政治格局上形成了南北分治之状态。这种政治氛围，对于思想文化产生了非常重要的影响，形成了南北迥异的学风。近代著名经学家皮锡瑞（1850—1908）在《经学历史》中认为，两汉为"经学极盛时代"②；魏晋为"经学中衰时代"，中衰的原因，一是政治变迁，"经学盛于汉；汉亡而经学衰"③，二是学术走向，"郑学出而汉学衰，王肃出而郑学亦衰"④；南北朝是"经学分立时代"，究其原因是国家的分裂，"自刘、石十六国并入北魏，与南朝对立，为南北朝分立时代，而其时说经者亦有'南学''北学'之分"⑤。

此种差异，东晋时代的人就已经明显察觉到了，据《世说新语·文学》所载，孙盛与褚裒、支道林，就曾论述过南北学风之不同：

褚季野语孙安国云："北人学问渊综广博。"孙曰："南人学问清通简要。"支

①　葛剑雄：《移民与文化传播——以绍兴为例》，《绍兴文理学院学报》2010 年第 4 期，第 4 页。
②　皮锡瑞：《经学历史》，中华书局 1959 年版，第 101 页。
③　皮锡瑞：《经学历史》，中华书局 1959 年版，第 141 页。
④　皮锡瑞：《经学历史》，中华书局 1959 年版，第 155 页。
⑤　皮锡瑞：《经学历史》，中华书局 1959 年版，第 170 页。

道林闻之，曰："圣贤固所忘言，自中人以还，北人看书如显处视月，南人学问如牖中窥日。"

后来学者如章太炎等都曾撰专文讨论过这一问题。北学渊综广博，南学清通简要，这是对南北学风的最概括的描述。所谓渊综广博，指的是以北学继承的是郑玄为主的汉代经学传统，强调章句、训诂之学。而清通简要，则意指南学继承王弼以来玄学的简约形式来治经。这样的治学风气转变，应该说与政治格局的变化有着重要的关系。在晋室南渡之前的孙吴统治时期，浙江因居于江东一隅，其思想文化保持了良好的两汉经学传统，出现了虞翻、阚泽等经学大家。到了东晋南北朝，经学研究传统在浙江得到了良好的保存，吴兴沈氏即为一例。同时，永嘉之乱，衣冠南渡，将盛行于关中一带的玄谈之风也带入了江南，对于江南的学风产生了很大的影响，也塑造了浙江思想文化的基本特性。浙江思想所具有的包容的特点，由此而确立。

上文提到的南渡大族琅琊王氏与陈郡谢氏，他们不仅是侨姓士族的冠冕，也是清谈的领袖。《世说新语·文学第四》记载："王丞相过江左，止道《声无哀乐》《养生》《言尽意》三理而已，然宛转关生，无所不入。"[①]王导以善谈"清言"在士族中享有威望，即使像桓温那样有野心的人物也为之折服。这对于他推行镇之以静的政策，稳定东晋政权有着一定的作用。

王导的从兄王敦也喜欢清谈，与谢鲲、庾敳、阮脩"号为四友"。卫玠好言玄理，渡江后到达豫章。"是时大将军王敦镇豫章，长史谢鲲先雅重，相见欣然，言论弥日。敦谓鲲曰：'昔王辅嗣吐金声于中朝，此子复玉振于江表，微言之绪，绝而复续。不意永嘉之末，复闻正始之音，何平叔若在，当复绝倒。'"王敦认为，卫玠玄谈胜过王弼、何晏。王导支持清淡，镇之以静。庾亮也善谈论，性好《庄》《老》，风格峻整。他们的施政，均以宽容为要。可见此时善谈玄言之学风对施政者一些政策的影响是潜移默化的。当然，这种方式对晋室于江东立国未稳之际笼络士族、维系人心也有着重要作用。

正是北方中原世族的衣冠南渡，加上他们对南方文化的积极吸收和适应，使得南北学风在两晋之际得到一次深度的交融。一方面，浙江思想文化坚持了良好的经史之学的传统，同时以强调学术研究的实用性为其依归，主要体现在浙江经学家

---

① 徐震堮：《世说新语校笺》，中华书局1984年版，第114页。

们对于《易》《礼》的讨论。尤其是他们对三《礼》之学的研究,实际上直接指向了对于现实的典章制度的关注。这在浙江学术后来的发展中也有非常明显的表现。另一方面,玄风南渡带来的是一种开放、包容的心态和崇尚义理的学术风气,这对于浙江思想文化后来的发展也有深远的影响。这两方面,前者主要受到北学,即两汉经学传统的影响,后者则主要受南学的影响。南北学风在浙江的交会,铸就了浙江思想文化的基本特征。

在这次南北学风交会的过程中,有一点值得关注,那就是玄风南渡后以浙江为载体所呈现出的玄、儒、佛交往与合流趋势。这一点对浙江思想文化以后的发展,对浙人文化特征的形成,产生了不可估量的影响,从浙江后来佛、道文化的繁荣以及民间宗教信仰的流盛即可见一斑。

一个明显的现象是僧人参加清谈,这在东晋时期是非常普遍。僧人参加玄谈,一方面,僧人得以接近士族,进而取得士族对佛教的支持;另一方面,援佛入玄,玄谈得以增添新的内容。其时,长于清谈的名僧竺道潜、支道林、慧远等人,尤为世人所重。

竺道潜,字法深,俗姓王,本就出身士族。永嘉初渡江,为元、明二帝及丞相王导、太尉庾亮所尊重。后来隐居剡山三十余年,在宣讲佛经的同时,也述及《老》《庄》。在琅琊王司马昱(即后来的简文帝)座上,名士刘惔问竺道潜:"何以游朱门?"他回答说:"君子见其朱门,贫道如游蓬户。"[1]后来东晋玄言诗人郭璞《游仙诗》中就有"朱门何足荣,未若托蓬莱"之句。竺道潜虽是僧侣,但对道家的思想却了解很深,所以能以巧妙的谈锋来对付清谈的名士。

支遁字道林,本姓关。永嘉中随家人渡江,后出家为僧。他在玄学清谈方面所达到的精微程度,不亚于王弼,士族王濛曾称赞他"造微之功,不减辅嗣"。他撰有《庄子内篇注》《即色即玄论》,特别善于玄谈。据《世说新语·文学第四》记载:"《庄子·逍遥篇》,旧是难处,诸名贤所可钻味,而不能拔立于郭、向之外。支道林在白马寺中,将冯太常共语,因及《逍遥》。支卓然标新理于二家之表,立异义于众贤之外,皆是诸名贤寻味之所不得。后遂用支理。"[2]有一次,支道林与许询、谢安共集王濛家,言及《庄子·渔父篇》,"支道林先通,作七百许语,叙致精丽,才藻奇拔,众咸称善"。他写的《即色论》,阐发了"色即为空,色复异空"的理论,有力地促进了佛

---

① 徐震堮:《世说新语校笺》,中华书局 1984 年版,第 60 页。

② 徐震堮:《世说新语校笺》,中华书局 1984 年版,第 119—120 页。

学与玄学的交融。

再如东晋后期的殷仲堪,"精核玄论,人谓莫不研究",是一位善以玄理来释经的人物。有一次,他与释慧远清谈,问:"《易》以何为体?"答曰:"《易》以感为体"。殷曰:"铜山西崩,灵钟东应,便是《易》耶?"释慧远"笑而不答"。殷仲堪最喜欢老子的《道德经》,曾说:"三日不读《道德经》,便觉舌本间强。"从殷仲堪与慧远的交往中,我们亦可以看出当时玄、儒、佛的交往与合流的趋势。这种融合的状态,正是在文化移民而形成南北交融的背景下出现。就浙东思想来说,和合包容正是在这种前提下形成的。

因此,我们实际上也可以说,如果衣冠南渡对于浙东思想文化具有极为关键的影响的话,那么,这种关键影响不仅表现在其文化中心的确立过程中,更表现在和合思想特质的确立过程中。[①]

三、山水神秀与自然和合、精神和合

谈及浙东区域,山水神秀这一特点显然是无法被忽视的。东晋人士对于浙东的接受与认同,很大程度上是因为浙东的山水,而山水也成为东晋士人的精神生命之所在。徜徉于山水,这是东晋名士风流的一种典型表达[②]。葛剑雄先生显然注意到了浙东山水对于东晋文化精英的影响:

> 还有一个吸引移民的因素就是这一带的山水风景。中国历史上讲文学会讲到山水诗,山水诗派。北方的山水不像南方这么风景秀美,像黄土高原都是土坡,高原地区原来的一些优美的风景、岩石基本都被覆盖了,而真正的深山,因为人口稀少还没有开发出来。北方移民到南方以后,发现山虽然不很高,但风景优美,又不难登临游历。浙江很多山水跟居民点距离比较近,所以像很有名的诗人谢灵运就遍访这些地方,他大概也是中国历史上比较早的一个旅游家。有一次,他带了一帮人一路砍树除草开路前行,当地太守还以为是来了盗贼,赶快戒备,后来才发现是邻郡长官出游。应该承认,原来诗歌发达的地方

---

① 从后来浙东思想的发展来说,和合包容的特点是非常明显的。所谓和合包容,即少有门户之见,而更多立足于一种大的文化理念、情怀来看待诸家思想。这不仅表现在宗教思想的层面,比如浙东的天台宗、禅宗,也表现在儒家思想的内部,比如永嘉学派以及阳明心学。这些思想传统都不是狭隘的、限制性的传统,而是非常明显地具有和合的特质。

② 就名士风度来说,相对于西晋时期放浪形骸的种种极端表现,东晋士人更加注重在山水之中、由山水而获得一种精神上的提升。这也是浙东能给予魏晋名士的一种特殊的氛围,也是东晋名士风度的重要表现。

是北方,谢灵运等诗人继承的是北方的诗歌传统。但南方的山水使他们开阔眼界,激发起灵感,最终形成了新的诗派,丰富了传统诗歌,这也是一种文化传播的方式。①

如果从山水诗的兴起说起,这一现象并不难理解。在前文中,我们已经非常具体地讨论了浙东山水与东晋士人的关系。这里,我们将以天台山为例,具体探讨山水神秀的天台山所包含的自然和合的意义,以及这种内在的特质对于后人的重要吸引力。

山水神秀,这是天台山最为直接的定位。② 山水神秀的天台山,主要是就天台山的自然环境上而言的。天台山作为一座名山,它的出现总是与其所处的自然环境交织在一起。这里无意于讨论地理环境决定论的相关问题,但是,在谈及天台山时,其自然环境上的特征总是与其在文化意义上的特征紧密相连。也可以说,正是自然环境上的天台山和文化意义上的天台山相互成就,给天台山带来了名气,使其成为一座拥有独特特征的名山,进而孕育出天台山和合文化,为社会生活中的人们提供智慧、意义与价值。

在中国文化史的早期,天台山作为偏远一隅,实际上并不为人们所关注。天台山最初的名气由来,也与天台山的自然环境有密切关系。大自然赋予天台山的神秀山水,吸引了一批古代隐士、文人的视线。尤其是在东晋孙绰的《游天台山赋》之后,天台山的神秀山水,成为当时文人的心之所往。在孙绰看来,"天台山者,盖山岳之神秀者也。涉海则有方丈、蓬莱,登陆则有四明、天台。皆玄圣之所游化,灵仙之所窟宅。夫其峻极之状嘉祥之美,穷山海之瑰富,尽人神之壮丽矣。所以不列于五岳、阙载于常典者,岂不以所立冥奥,其路幽回。或倒景于重溟,或匿峰于千千岭;始经魑魅之涂,卒践无人之境;举世罕能登陟,王者莫由湮祀;故事绝于常篇,名标于奇纪。然图象之兴,岂虚也哉!非夫遗世玩道、绝粒茹芝者,乌能轻举而宅之?非夫远寄冥搜、笃信通神者,何肯遥想而存之? 余所以驰神运思,昼咏宵俯仰之间,

---

① 葛剑雄:《移民与文化传播——以绍兴为例》,《绍兴文理学院学报》2010 年第 4 期,第 4 页。

② "山水神秀,佛宗道源"是对天台山最常见的、最具代表性的评价,也非常直接地表达出天台山的自然地理特征和人文精神特质。据浙江省社科联原副主席连晓鸣先生的回忆,这个说法应当是 1984 年国家土地资源局在天台召开专家论证后得出的结论。从这个角度来说,这是一个具有共识性的定位。相比较来说,目前天台所强调的"十个地"(即"佛教天台宗发源地、道教南宗创立地、济公活佛出生地、徐霞客游记开篇地、唐诗之路目的地、诗人寒山隐居地、五百罗汉应真地、王羲之书法悟道地、刘阮桃源遇仙地、和合文化发祥地")既显得繁复,也不如"山水神秀,佛宗道源"说法之简单明了、定位准确。

若已再升者也。方解缨络，永迁兹兹岭，不任吟想之至、聊奋藻以散怀"（孙绰《游天台山赋序》）。从孙绰的文字中，我们可以看出，天台山自然环境和文化意义的两层内涵交织在一起。山水神秀的天台山，同时也是"玄圣之所游化，灵仙之所窟宅"的地方。山水的自然神秀，与宗教意义的神圣，显然具有某种意义上的天然关联。关于这一点，我们如果去考察整个中国思想史，大概可以略见一二。所谓"天下名山僧占多"，即非常直接地揭示出了这种事实上的关联。

从自然地理而言，历史上的天台山所指更为广泛，而不仅仅是今天严格确立的地理范围。唐李善注引孔灵符《会稽记》指出："此山旧名五县之余地。五县：余姚、鄞、句章、剡、始宁。"雍正《浙江通志》卷十六中指出，天台山"山有八重，四面如一，当斗牛之分，上应台宿，故曰天台"。天台山脉自天台县始丰溪、仙居县永安溪间发脉，由天台苍山、华顶山主脉延伸开来，覆盖宁海、象山、奉化、鄞县之境，并径直过海连接舟山群岛。所以，历史上天台山有大小天台山之分，也经常与其他邻近山脉一并提起。例如，葛洪在《抱朴子·内篇·金丹第四》中提到的全国 27 座最适合道教炼丹的名山中，罗列了大小天台山，四望（明）山、括苍山、盖竹山等山名。唐代大诗人李白有《天台晓望》诗："天台邻四明，华顶高百越！"又有《早望海霞边》诗："四明三千里，朝起赤城霞。"明黄宗羲也在《四明山志》卷一《名胜》中云：四明山因"中峰最高上有四穴，若开户牖，以通日月之光，故号四明。司马子微（承祯）曰：'第九四明山洞，名曰丹山赤水天，真人刁道林治之。'其初总名天台山。故孔灵符《会稽记》云：'天台山旧居五县之余地。五县者，余姚、鄞、剡、（天）台、宁（海）也！'"清宋定业《四明山志序》云："四明山初总属于天台！自晋谢遗尘启四明山九题之目，唐陆鲁望（龟蒙）、皮袭美（日休），有依题倡和之诗……于是四明山遂与台荡鼎峙为东南名山之冠。"而陈桥驿先生主编的《浙江古今地名词典》，对天台山的地理范围进行了如下界定："系仙霞岭向东北延伸的分支，西南—东北走向。南接大盘山与括苍山，西连四明山，向东北入海为舟山群岛。"可见，历史上的天台山所覆盖的地理范围要大于今天的天台山所覆盖的地理范围。在历史上，天台山广大的覆盖范围及其地理与人文相结合所带来的名气，使得天台山成为浙东地域中的一个独特存在。

正是天台山的独特气质，使对其的地理考察成为了《徐霞客游记》的开篇之作。在该篇天台山游记中，徐霞客讲道："雨后新霁，泉声山色，往复创变，翠丛中山鹃映发，令人攀历忘苦。"可见徐霞客对于天台山环境的喜爱之情。在徐霞客的笔下，除了"令人攀历忘苦"的欣喜之外，还记载了筋竹岭"岭旁多短松，老干屈曲，根叶苍

秀,俱吾闾门盆中物也";弥陀庵"上下高岭,深山荒寂,恐藏虎,故草木俱焚去","泉
轰风动,路绝旅人";天封寺经历"卧念晨上峰顶,以朗霁为缘,盖连日晚霁,并无晓
晴","五更梦中,闻明星满天,喜不成寐";华顶见闻"荒草靡靡,山高风冽,草上结霜
高寸许,而四山回映,琪花玉树,玲珑弥望","岭角山花盛开,顶上反不吐色,盖为高
寒所勒限制耳";从华顶下山途中"溪回山合,木石森丽,一转一奇,殊慊所望";石梁
飞瀑"忽在天际","梁阔尺余,长三丈,架两山坳间","两飞瀑从亭左来,至桥乃合以
下坠,雷轰河隤,此处指河水奔流迅猛,百丈不止";断桥、珠帘峡谷探险"越一岭,沿
涧八九里,水瀑从石门泻下,旋转三曲","上层为断桥,两石斜合,水碎迸石间,汇转
入潭;中层两石对峙如门,水为门束,势甚怒;下层潭口颇阔,泻处如阈,水从坳中斜
下","三级俱高数丈,各级神奇,但循级而下,宛转处为曲所遮,不能一望尽收,又里
许,为珠帘水,水倾下处甚平阔,其势散缓,滔滔泪泪";寒山、拾得隐身地明岩"四周
峭壁如城","洞深数丈,广容数百人","洞外,左有两岩,皆在半壁;右有石笋突耸,
上齐石壁,相去一线,青松紫蕊,翁苁于上,恰与左岩相对,可称奇绝";寒岩"石壁直
上如劈,仰视空中,洞穴甚多","岩半有一洞,阔八十步,深百余步,平展明朗","循
岩石行,从石隙仰登。岩坳有两石对耸,下分上连,为鹊桥,亦可与方广石梁争奇",
"循溪行山下,一带峭壁巉崖,草木盘垂其上,内多海棠紫荆,映荫溪色,香风来处,
玉兰芳草,处处不绝";桃花坞"涧随山转,人随涧行。两旁山皆石骨,攒簇拥峦夹
翠,涉目成赏,大抵胜在寒、明两岩间","涧穷路绝,一瀑从山坳泻下,势甚纵横";琼
台、双阙"下视峭削环转,一如桃源,而翠壁万丈过之","峰头中断,即为双阙;双阙
所夹而环者,即为琼台","台三面绝壁,后转即连双阙"。正是在这神秀山水中,文
化意义上的天台山也拥有了特殊的韵味。在此基础上,天台山的文化意蕴既具有
地理环境上大范围的基础,又有其自身的独特性。天台山的独特韵味,就是自然和
合。天台山的山水,给人一种谐和别致、深邃幽深的感觉,遁迹其中,恍若仙境,故
而寒山有诗云:"登陟寒山道,寒山路不穷。溪长石磊磊,涧阔草濛濛。苔滑非关
雨,松鸣不假风。谁能超世累,共坐白云中。"这样自然和谐的情境,对于读书人来
说,无疑是一种巨大的诱惑,所以寒山可以长期隐居在此,忘却了自我,最后人以山
名。① 由此,我们可以很直接地看到,天台山是诸多士人隐逸的首选之地,我们也

---

① 关于寒山与寒山诗,可以参考拙著《隐逸诗人——寒山传》(浙江人民出版社 2006 年版)以及《荒野寒
山》(江西人民出版社 2015 年版)的相关讨论,从某种意义上来说,寒山代表的就是和合精神,而寒山眼中的
天台山,毫无疑问是一个自然谐和的仙境,是可以寄托其精神生命的地方。

就不能不看到天台山水所具有的独特的魅力。①

在中国传统社会,名山胜水伴之而来的往往就是宗教,即佛与道。从这个角度来说,浙东山水的独特性是佛道二教选择浙东的重要理由。天台山是可以反映出这种特点的典型案例。天台山因其山水神秀,吸引众多佛教僧徒造庙修行。早在赤乌二年(239),天台县东四十五里就建有资福寺,旧名清化②,其后善兴寺、崇善寺、国清寺等50多座寺庙在天台山麓依次建造。③ 中国土生土长的道教也将目光瞄准了天台山,于赤乌元年(238)在桐柏宫西建法轮院,赤乌二年在桐柏山南瀑布岩下建天台观(宋大中祥符四年改名福圣观)、桐柏山王乔仙坛旧址建妙乐院,其后桐柏宫、元明宫、洞天宫、法莲院、昭庆院等18座宫、观、院在天台山建立。④ 从这些简单的数据中,我们可以很清楚地看到佛、道在天台山的盛行程度。⑤ 佛道二教的盛行当然也可以从属于隐逸传统,这首先就体现出对天台山山水神秀的推崇。而作为传统宗教形式,无论是佛教还是道教,二者都表达出个体对于和合这一自我精神境界的追求。由此,天台山具有了佛宗道源的地位,而其表达的和合意涵,也就更为深刻了。

对于唐代的诗人来说,自然的和合以及精神的和合中,后者是具有更为深刻的影响力的东西。因此,我们在唐诗中也可以经常看到天台山相关的宗教活动、宗教行为的描述,比如白居易《和元微之送刘道士游天台》:

> 闻君梦游仙,轻举超世雰。握持尊皇节,统卫吏兵军。
> 灵旗星月象,天衣龙凤纹。佩服交带篆,讽吟蕊珠文。
> 阆宫缥缈间,钧乐依稀闻。斋心谒西母,暝拜朝东君。
> 烟霏子晋裾,霞烂麻姑裙。倏忽别真侣,怅望随归云。
> 人生同大梦,梦与觉谁分。况此梦中梦,悠哉何足云。
> 假如金阙顶,设使银河濆。既未出三界,犹应在五蕴。

---

① 从这个角度来说,不仅是天台山,浙东区域的很多名山都有类似的意义。士人选择浙东山水,隐逸是其非常重要的目的之一。

② 张联元:《天台山全志》卷六,上海古籍出版社2016年版,第181页。

③ 参见张联元:《天台山全志》卷六,上海古籍出版社2016年版。

④ 参见张联元:《天台山全志》卷五,上海古籍出版社2016年版。

⑤ 实际上,整个浙东的情形基本类似。这表明,浙东山水对于佛道来说,是一个极为重要的修行之地选择。而佛道的修行,从本质上来说,是为了追求内心的和合,以内心的平静来超越世俗的欲望,从而提升自我的身心境界。由此而论,无论是佛教还是道教,本质上反映的也是一种和合的境界,我们亦可以称之为精神的和合。而于天台山修行,则无疑是佛道追求身心和合境界的一个典型代表。

> 饮咽日月精,茹嚼沆瀣芬。尚是色香味,六尘之所熏。
>
> 仙中有大仙,首出梦幻群。慈光一照烛,奥法相细缊。
>
> 不知万龄暮,不见三光曛。一性自了了,万缘徒纷纷。
>
> 苦海不能漂,劫火不能焚。此是竺乾教,先生垂典坟。

又如孟浩然的《寻天台山》:

> 吾友太乙子,餐霞卧赤城。
>
> 欲寻华顶去,不惮恶溪名。
>
> 歇马凭云宿,扬帆截海行。
>
> 高高翠微里,遥见石梁横。

再如李白的《天台晓望》:

> 天台邻四明,华顶高百越。
>
> 门标赤城霞,楼栖沧岛月。
>
> 凭高登远览,直下见溟渤。
>
> 云垂大鹏翻,波动巨鳌没。
>
> 风潮争汹涌,神怪何翕忽。
>
> 观奇迹无倪,好道心不歇。
>
> 攀条摘朱实,服药炼金骨。
>
> 安得生羽毛,千春卧蓬阙?

台州人方干的《送孙百篇游天台》亦有类似的描述:

> 东南云路落斜行,入树穿村见赤城。
>
> 远近常时皆药气,高低无处不泉声。
>
> 映岩日向床头没,湿烛云从柱底生。
>
> 更有仙花与灵鸟,恐君多半未知名。

而其《赠天台叶尊师》亦曾云:

> 莫见平明离少室,须知薄暮入天台。
>
> 常时爱缩山川去,有夜自携星月来。
>
> 灵药不知何代得,古松应是长年栽。
>
> 先生暗笑看棋者,半局棋边白发催。

这类诗歌在浙东唐诗之路上(或者在描写天台山的唐诗中)是比较多见的。很多诗句都是基于天台山的独特山水特征而引发的对于道教修炼的赞叹。诗中常常提到天台山出产所谓"灵药",而服食"灵药"是道家子弟求取长生的重要途径,因此天台山承载着唐人的长生之梦。而同样,具有佛教倾向的诗句也是极为常见的,这里就不再一一列举。这表明,诗人们对于天台山(浙东)的向往,并不仅仅是单纯的对于自然和合的向往(即并不只是源于浙东山水的神秀),更重要的是一种对于和合精神境界的向往和追求。由此,我们看到通向天台山的浙东唐诗之路在精神文化意义上的逐渐形成。

由此,我们可以很直接地感受到,基于浙东地区山水神秀的自然和合,是各朝各代文人推崇浙东地区直接的、表面的原因。不过,我们不能就此说山水的神秀是次要的,毕竟山水神秀对于人们的吸引是最为直接和有效的。不过,作为文化精英,他们来浙东除了出于对此地山水的欣赏和推崇之外,更为重要的自然是因为他们对浙东佛道精神价值的认同,即这种精神上的和合之境,契合了他们心灵的需求。

四、诗人内心世界的和合

在谢灵运山水诗、孙绰《游天台山赋》感召之下,诗人接踵来游浙东山水,其间吟咏感怀、唱和应酬,留下了大量的诗篇,由此形成了一条浙东唐诗之路。那么,这条唐诗之路是一条什么样的路呢?我们可以毫无疑问地说,这是浙东山水的文化之路,因为大多数的诗篇都是对于浙东山水的描画。但是,我总觉得只强调浙东的山水神秀这一点,无法凸显出浙东唐诗之路所具有的文化内涵。鉴于此,我倾向于将浙东唐诗之路视作一条和合之路:浙东唐诗之路上充满和合的因素,有着丰富的和合内涵。在前文中,我们已经非常清楚地揭示了浙东地区思想文化的和合特质,浙东山水的自然和合以及浙东佛道的精神和合,都对诗人有着非常重要的吸引,从而促成了浙东唐诗之路。就浙东唐诗之路之作为一条路来说,和合(不管是自然的还是精神的)是这条路的重要吸引力所在,那么我们需要进一步追问的是,走上这条路的诗人最终获得了和合吗?即这种和合是否在诗人们的精神生命中得到了体现呢?这个回答应该是肯定的。

从诗人的收获来说,浙东之旅给予他们的是一种内心的安宁、内心的和合。无论是山水的怡情,还是宗教的慰藉,其实都是对人心绪的很好的调节,我们在很多诗人的诗篇中都可以直接体会到这样的感觉。以孟浩然为例。孟浩然走上浙东唐诗之路,跟他仕途失意有着密切的关系(有这种情况的诗人其实也不在少数)。无论是出于对"终南捷径"的追寻也好,还是出于对佛宗道源地的山水也好,孟浩然可以说是追随着司马承祯的脚步来到了天台山,当然很遗憾,那个时候司马承祯已经不在天台山了。[①] 所以,虽然孟浩然的天台山之行对于他的仕途可能没有什么实质性的帮助,但是,从他的诗文当中可以看出,此行对于他内心状态的改变,有着明显的作用。比如《宿天台桐柏观》写道:

> 海行信风帆,夕宿逗云岛。
>
> 缅寻沧洲趣,近爱赤城好。
>
> 扪萝亦践苔,辍棹恣探讨。
>
> 息阴憩桐柏,采秀弄芝草。
>
> 鹤唳清露垂,鸡鸣信潮早。
>
> 愿言解缨绂,从此去烦恼。
>
> 高步凌四明,玄踪得三老。
>
> 纷吾远游意,学彼长生道。
>
> 日夕望三山,云涛空浩浩。

或者《越中逢天台太乙子》有描述:

> 仙穴逢羽人,停舻向前拜。
>
> 问余涉风水,何处远行迈。
>
> 登陆寻天台,顺流下吴会。
>
> 兹山夙所尚,安得问灵怪。
>
> 上逼青天高,俯临沧海大。
>
> 鸡鸣见日出,常觌仙人旆。
>
> 往来赤城中,逍遥白云外。
>
> 莓苔异人间,瀑布当空界。
>
> 福庭长自然,华顶旧称最。
>
> 永此从之游,何当济所届。

从"愿言解缨绂,从此去烦恼。高步凌四明,玄踪得三老。纷吾远游意,学彼长生道"

---

① 司马承祯隐居天台山,而孟浩然在政治失意的背景下走上天台山,因此不管如何解释,孟浩然对于类似"终南捷径"的追寻,大概不可能被完全撇除。

以及"往来赤城中,逍遥白云外。莓苔异人间,瀑布当空界。福庭长自然,华顶旧称最。永此从之游,何当济所届"等诗句的描述中,我们可以非常清楚地感受到天台山在孟浩然内心世界中的意义。如果说孟浩然来天台山时怀揣的是一种仕途失意的沧桑的话,那么天台山明显对他有情感上的抚慰作用,所以,他才会在《舟中晓望》中直言:

> 挂席东南望,青山水国遥。
>
> 舳舻争利涉,来往接风潮。
>
> 问我今何去,天台访石桥。
>
> 坐看霞色晓,疑是赤城标。

很显然,天台作为一种精神家园的意象,在这里比较清楚地得到了表达。尤其是"问我今何去,天台访石桥"一句,更是直接体现了天台山作为内心精神和合之象征的意义。

如果内心和合境界的实现对于像孟浩然这样的诗人来说实际上只是一个暂时的过程,那么对于远游而来并隐居、终老于天台山的寒山来说,这种和合则有着更为重要的意义。自从选择隐居天台寒石山之后,在寒山的眼中,这里一切生物都充满着灵性,都是自己情感的投射。在寒山这里,自然成了审美的存在,寒山也因此获得了自由和解脱。这种和合的感受不仅仅是自然的,也是精神世界的。"一住寒山万事休,更无杂念挂心头。"(《一住》一八三)此时的寒山已经没有了任何世事的牵绊。"我向前溪照碧流,或向岩边坐盘石。心似孤云无所依,悠悠世事何须觅。"(《我向》二〇三)在无拘无束之中,他的精神达到了极度的自由和逍遥。这在他的诗歌中都得到了很好的体现,他极力地赞美着寒石山的清幽之美:

> 登陟寒山道,寒山路不穷。
>
> 溪长石磊磊,涧阔草濛濛。
>
> 苔滑非关雨,松鸣不假风。
>
> 谁能超世累,共坐白云中。
>
> (《登陟》二十八)
>
> 杳杳寒山道,落落冷涧滨。
>
> 啾啾常有鸟,寂寂更无人。
>
> 淅淅风吹面,纷纷雪积身。
>
> 朝朝不见日,岁岁不知春。
>
> (《杳杳》三十一)

鸟语情不堪，其时卧草庵。
樱桃红烁烁，杨柳正毿毿。
旭日衔青嶂，晴云洗绿潭。
谁知出尘俗，驭上寒山南。

（《鸟语》一三〇）

寒山多幽奇，登者皆恒慑。
月照水澄澄，风吹草猎猎。
凋梅雪作花，机木云充叶。
触雨转鲜灵，非晴不可涉。

（《寒山》一五四）

可重是寒山，白云常自闲。
猿啼畅道内，虎啸出人间。
独步石可履，孤吟藤好攀。
松风清飒飒，鸟语声官官。

（《可重》一六五）

自乐平生道，烟萝石洞间。
野情多放旷，长伴白云闲。
有路不通世，无心孰可攀。
石床孤夜坐，圆月上寒山。

（《自乐》二二七）

寒山栖隐处，绝得杂人过。
时逢林内鸟，相共唱山歌。
瑞草联溪谷，老松枕嵯峨。
可观无事客，憩歇在岩阿。

（《寒山》二五八）

寒岩深更好，无人行此道。
白云高岫闲，青嶂孤猿啸。
我更何所亲，畅志自宜老。
形容寒暑迁，心珠甚可保。

（《寒岩》二七八）

寒山唯白云，寂寂绝埃尘。

草座山家有,孤灯明月轮。

石床临碧沼,虎鹿每为邻。

自美幽居乐,长为象外人。

(《寒山》二九二)

寒山无漏岩,其岩甚济要。

八风吹不动,万古人传妙。

寂寂好安居,空空离讥诮。

孤月夜长明,圆日常来照。

虎丘兼虎溪,不用相呼召。

世间有王傅,莫把同周邵。

我自遁寒岩,快活长歌笑。

(《寒山》三〇三)

寒山深,称我心。

纯白石,勿黄金。

泉声响,抚伯琴。

有子期,辨此音。

(《寒山》三〇九)

寒山道,无人到。

若能行,称十号。

有蝉鸣,无鸦噪。

黄叶落,白云扫。

石磊磊,山奥奥。

我独居,名善导。

子细看,何相好。

(《寒山》三〇六)

寒山寒,冰锁石。

藏山青,现雪白。

日出照,一时释。

从兹暖,养老客。

(《寒山》三〇七)

　　寒山笔端的寒石山有如仙境,溪涧蜿蜒,山峦层叠,古木参天,白云萦绕。杳杳寒山道,难闻车马声,唯有鸟鸣和松涛在侧。在这里,寒山心如秋水,自得其乐,幽居山林之中,但看春去秋来,花开花落,寒山习惯了这里的一切:

> 粤自居寒山,曾经几万载。
>
> 任运遁林泉,栖迟观自在。
>
> 寒岩人不到,白云常叆叇。
>
> 细草作卧褥,青天为被盖。
>
> 快活枕石头,天地任变改。

(《粤自》一六四)

> 我家本住在寒山,石岩栖息离烦缘。
>
> 泯时万象无痕迹,舒处周流遍大千。
>
> 光影腾辉照心地,无有一法当现前。
>
> 方知摩尼一颗珠,解用无方处处圆。

(《我家》二〇四)

> 栖迟寒岩下,偏讶最幽奇。
>
> 携篮采山茹,挈笼摘果归。
>
> 蔬斋敷茅坐,啜啄食紫芝。
>
> 清沼濯瓢钵,杂和煮稠稀。
>
> 当阳拥裘坐,闲读古人诗。

(《栖迟》二九五)

　　细草作褥,青天为被,在寒山的精神世界里,唯有青山与绿水,苍松与白云。徜徉其间,任随天地变化。他枕石而眠,快活自在,似乎在与自然的融合中,已经化作寒岩的灵魂,而进入了永恒的境界。寒山因寒石山而得名,寒石山因寒山而具有灵性。此后,寒山就没有再离开过寒石山,他的生活就在这里,终日与清风白云为伴,或读古人书,或观四时景,寒石山种种美丽尽在寒山的眼中。故而这一时期,寒山在其诗歌中融入了对寒石山的深深的情感,后人对于寒山描写寒石山的山水诗给予了很高的评价,认为其诗"吟到寒山句便工"①。这是很自然的结果,因为这就是他的生命,他的情感。美国"垮掉的一代"代表作家史奈德曾翻译了寒山诗二十四首,其

---

①　赵滋蕃:《寒山子其人其诗》,《寒山子传记资料》第二辑,1973年版。

中二十首诗是与寒石山相关的,史奈德在译者序中说:"当寒山在诗中提及'寒山'的时候,他是指他自己、他的家以及他的心境。"[①]

　　寒山与天台寒石山融为一体,其人亦是以山为名的,由此,我们区分不出诗中的寒山,哪个是作为人的寒山,哪个又是作为山的寒山。而这一切区分真的重要吗? 其实未必,而寒山在此间获得了对自己自然生命的超越,由此进入了一种意味隽永的和合精神境界,这才是最为重要的。

　　其实无论是像李白、孟浩然、杜甫等唐代著名诗人,出于各种各样的原因,走上了浙东之路,行游在天台山水之间,还是像寒山这样,因为对于生命的执着追求,最终来到了浙东,来到了天台山,从此终身隐逸其间,他们都以自己的行为告诉世人,在浙东唐诗之路上,他们除领略了浙东山水的神秀外,也在精神境界上实现了重要的提升和超越,而和合的境界,毫无疑问是他们所得到的最为直接和深刻的体验。正如李白在《送友人寻越中山水》中所言:

> 闻道稽山去,偏宜谢客才。
>
> 千岩泉洒落,万壑树萦回。
>
> 东海横秦望,西陵绕越台。
>
> 湖清霜镜晓,涛白雪山来。
>
> 八月枚乘笔,三吴张翰杯。
>
> 此中多逸兴,早晚向天台。

李白曾经两上天台山,他对浙东的山水有着浓厚的感情,此诗即是他赞扬浙东之地的一例。尤其是最后"此中多逸兴,早晚向天台"两句,更像是一句旅游推广词,向世人昭示着天台山(浙东)的重要意义。

　　由此,无论是浙东的思想、浙东的山水,还是诗人在浙东游历之后的心境,和合都是一种极为明显的特征。也正是因为和合,浙东唐诗之路才有了非常深刻和特殊的内涵。如果说因为唐代诗歌的兴盛发展,唐诗之路是一个非常普遍的现象的话,那么在所有的唐诗之路中,浙东唐诗之路是最为精彩、最为独特的一条。因为它不仅仅彰显了浙东山水的神秀,也呈现出诗歌形式所承载的更为深刻的天台山和合文化的内涵。因此我们可以说,浙东唐诗之路是一个文化的综合体,它不仅仅有诗歌本身,也有其所表现的风土人情,更有其间蕴含的精神价值。

----

　　① 转引自钟玲《寒山在东方和西方文学界的地位》,《中国诗季刊》第 3 卷第 4 期,1972 年。

附录:天台山和合文化论纲①

和合作为一种理念,是中国传统哲学最为本质的特征,体现了中国古人在解决自我存在、社会发展、国家治理等层面所具有的圆融通达的智慧。由此,中华文明在豁达开放、兼容并蓄的胸襟之下,生生不息,传承至今,成为一种独特的文明形态。和合的思维方式和价值理念被广泛接受,从这个意义上来说,中华传统文化就是一种和合文化。而因为天台山有"和合二圣"的存在,所以天台山和合文化在中华和合文化的历史脉络中,具有十分特殊的意义。天台山和合文化,是台州地域内因和合思想而产生的理论与实践的整体。它以儒、释、道三教圆融为核心,以寒山、拾得"和合二圣"为突出代表,是天台山文化的精髓与本质特征。它与台州民间生活密切相关,是中华和合文化的典型形态和活的样本。和合文化是天台山文化的本质特征和活的灵魂,这是在天台山文化的历史发展中所形成的,与天台山的自然地理环境有着密切的内在关联。

因此,当我们在讨论天台山和合文化的时候,就必须回到天台山和天台山文化这两个非常重要的文化形象中去,由此才能够获得关于天台山和合文化的最为直接的理解,并且由此确定天台山和合文化在整个中华和合文化传统中的独特内涵、意义和价值所在。

(一)天台山的文化意义和天台山和合文化的确立

天台山文化,虽然有广义、中义和狭义的区分②,但是,不管是取何种意义来讨论天台山文化,我们的所指都是围绕天台山展开的,只不过是在范围上有大小的差别而已。从这个角度来说,天台山就已经超越了作为一个自然意义上的山脉的概念,而有了非常明显的文化意义。事实上,这一点在传统的理解中也是非常清楚的,比如当年"山中宰相"陶弘景在《真诰》中就说:"山有八重,四面如一,顶对三辰,当牛女之分,上应台宿,故名天台。"(转引自徐灵府《天台山记》)对天台的这种命名

---

① 本文原刊于《浙江社会科学》,2017 年 10 月,第 85—92 页。当时笔者作为首席专家承担浙江省文化工程(二期)重大项目"天台山和合文化研究",故而撰写此文,表达对于天台山和合文化的基本立场。因为这里的讨论涉及浙东的和合特质以及天台山和合文化相关的一些内容,此文有一定参考意义,所以附录于此。

② 关于天台山的三层含义,可以参考周琦先生的说法。周琦先生认为,天台山有广、中、狭三义。广义的天台山是指天台山脉,包括支脉四明山,入海余脉舟山群岛。中义的天台山是指台州,台州因天台山而得名,故自唐代起,台州士人即以天台名州,成为郡望。狭义的天台山是指天台县内诸山之总称。具体论述可以参考周琦《天台山文化的五个"同"》(《台州晚报》,2016 年 5 月 21 日人文版)的相关论述。

方式,很明显就不是一种客观描述,不是一种在外在自然形势的意义上的讨论,而是赋予了天台山深厚的文化内涵。天台民间所谓"九龙造天台"的传说,则更是直接将一种神秘的文化意义赋予了天台山。

所以,当我们在谈及天台山时,我们更多是指向天台山的文化意义,或者说,作为文化内涵的天台山。那么,天台山的文化意义应当如何去理解?在我看来,作为文化意义的天台山,至少表达了以下三个层面的意思,或者说三个重要的维度:山水神秀、浙东的区域特征以及南北交融。山水神秀,是从天台山的自然特征来说的,此种地理特征决定了隐逸文化和宗教文化在天台山文化传统中的根本性影响;浙东的区域特征,是从浙江文化区块的版图上来说的,天台山属于浙东,具有浙东文化的基本特征;南北交融,是从天台山文化形成的意义上来说的,因为汉晋以来,北方士族的南移带来了南北交融,从而确立了天台山文化的内在特点。

山水神秀,这是大自然给予天台山的恩赐,而天台山作为一种文化形象出现在文人的视野中,大概首先也是因为它的山水神秀的特征。比如,对天台山形象在文人世界中产生了极大影响的《游天台山赋》,即是站在这个立场上给予了天台山以极高的褒扬:"天台山者,盖山岳之神秀者也。涉海则有方丈、蓬莱,登陆则有四明、天台。皆玄圣之所游化,灵仙之所窟宅。夫其峻极之状、嘉祥之美,穷山海之瑰富,尽人神之壮丽矣。所以不列于五岳、阙载于常典者,岂不以所立冥奥,其路幽迥。或倒景于重溟,或匿峰于千岭;始经魑魅之涂,卒践无人之境;举世罕能登陟,王者莫由禋祀;故事绝于常篇,名标于奇纪。然图象之兴,岂虚也哉!非夫遗世玩道、绝粒茹芝者,乌能轻举而宅之?非夫远寄冥搜、笃信通神者,何肯遥想而存之?余所以驰神运思,昼咏宵兴,俯仰之间,若已再升者也。方解缨络,永托兹岭,不任吟想之至,聊奋藻以散怀。"自此赋开始,天台山的山水神秀就逐渐成了文人雅士向往的地方,而至唐诗之路形成时,这种文化风格就显露无遗了。当然,孙绰在《游天台山赋》中除了描写山水神秀之外,更加值得注意的是,他很自然地将这种山水神秀和宗教文化联系在了一起。所谓"玄圣之所游化,灵仙之所窟宅",就是从这个角度表达出了山水神秀背后所承载的宗教文化意义。从此后天台山文化的发展来看,无论佛教还是道教,都视天台山为圣地,其佛宗道源的地位得到确立。因此,在历史上,天台山就是宗教文化的圣地,是隐逸的理想之所;宗教文化和隐逸文化的结合,构成了天台山文化最为深刻的内涵。

天台山地处浙东,具有非常明显的浙东文化的特征。两浙的区分始于唐代。自唐肃宗乾元元年(758)析江南东道为浙江东道和浙江西道起,浙东、浙西开始成为非常重要的地理概念、行政概念和文化概念。浙江境内民间流传的"上八府，下三府"，就是对这种区划的反映，而台州就是处于"上八府"之中①。浙东、浙西虽然都在浙江境内，但是两者的差别非常明显："浙西多水，除了于潜、昌化这一边，都是一苇可航。浙东呢，除了绍兴市水乡，温州、宁波沿海滨，其他各县，都是山岭重叠。严州、台州、处州各府更是崇山峻岭，仿佛太行王屋的山区。"②因此，两浙的文化差异也是非常明显的："浙东多山，故刚劲而邻于亢；浙西近泽，故文秀而失之靡。"（嘉靖《浙江通志》）"两浙东、西以江为界而风俗因之：浙西俗繁华，人性纤巧，雅文物，喜饰觳悦，多巨室大豪，若家僮千百者，鲜衣怒马，非市井小民之利；浙东俗敦朴，人性俭啬椎鲁，尚古淳风，重节概，鲜富商大贾。"（王士性《广志绎》卷四《江南诸省》）坚韧、豪迈、敦朴是浙东文化的基本品性，所谓"台州式的硬气"，大体也源于此种文化地理。天台山处浙东，"山有八重，四面如一"的这种环境特征，也使天台山文化有了山的坚毅和包容的品性，而这也构成了天台山文化的内在特点。

天台山文化意义的呈现，和西晋末年以来"衣冠南渡"的事实密切相关。就整个浙江区域文化在中国文化中的地位来说，永嘉之乱带来的第一次大规模移民具有非常重要的影响。尤其是会稽一带，因为北方士族的南迁而成为当时文化的中心，所谓"今之会稽，昔之关中"（《晋书·诸葛恢传》）。南北学风的差异，以及南北学的融合，都是在这一个历史背景下产生的。此一时期对于天台山文化的发展，尤其意义重大。孙绰的《游天台山赋》、谢灵运的"伐木开径"对于天台山文化的向外推广来说，都是非常重要的。此后，顾欢隐居天台山，开馆授徒，受业者常近百人，而其所撰《夷夏论》更是在儒释道三教融合的历史中具有重要的意义。当然，最为重要是，天台山文化的典型代表——佛教天台宗——就是在这个背景下产生的。智者大师在融合南北不同学术传统的基础上，最终创立佛教天台宗，标志着佛教在中国的发展进入新的时期。如果我们回到南北朝的具体氛围之中来考察的话，南北学风的差异，除了佛教风格之外，还有北方重经学、南方重玄学。这在魏晋时期事实上就已经形成，《世说新语》中就有非常著名的讨论："褚季野语孙安国云：'北

---

① 自唐代开始，浙江东道领新安江以南、福建道以北的原江南东道地，包括今天的浙江省除浙北之外的所有地方，即睦、越、衢、婺、台、明、处、温八州，这个范围后来没有太大改变，比如清乾隆年间的《浙江通志》称："元至正二十六年，置浙江等处行中书省，而两浙始以省称，……国朝因之，省会曰杭州，次嘉兴，次湖州，凡三府，在大江（就是钱塘江）之右，是为浙西。次宁波，次绍兴、台州、金华、衢州、严州、温州、处州、凡八府，皆大江之左，是为浙东。"大体上，浙西属于吴地，浙东属于越地。

② 曹聚仁：《我与我的世界》，人民文学出版社 1982 年版，第 42 页。

人学问,渊综广博。'孙答曰:'南人学问,清通简要。'支道林闻之曰:'圣贤固所忘言。自中人以还,北人看书,如显处视月;南人学问,如牖中窥日。'"(《世说新语·文学第二十五》)。所谓南北学风差异有广义和狭义的区别。广义的南北学风差异,指的就是南北两种学术风格不同,诸如前引褚季野、孙安国、支道林所言。狭义的南北学风差异,可以指佛教南北不同,包括禅观和义理的差异。而智者大师对南北学术传统的融合,不仅是对南北佛教的不同特点的融合,实际上也是对南北学术的不同风格的融合。从这个意义来说,天台山文化的融合特征是非常清楚的,正是在融合的基础上,才产生了天台山文化。①

由此,从自然特征、文化地理以及文化交融的事实来看,文化意义上的天台山实际上从一开始,就是同和合的特点结合在一起的。天台山文化意义的确立,就是天台山和合文化的确立。

(二)天台山和合文化的基本内涵:一体两翼三个层面

以往对于天台山和合文化的理解,大体上是沿袭张立文先生在《和合学概论》中所提出来的基本思路,就是从天人和合、社会和合、身心和合三个层面来讨论天台山文化传统中所具有的和合特质。当然,从学理上来说,这样的讨论可以把天台山文化中所包含的和合之理呈现出来,但是无法体现出天台山文化的整体性和独特性。如果我们说和合文化是天台山文化的本质特征和活的灵魂的话,那么,这样一种和合文化,其形态应该具有内在整体性,而不仅仅是说围绕它的讨论符合和合学的基本设定。

由此,我尝试提出"一体两翼三个层面"的说法,试图从总体上来把握天台山和合文化的基本内涵。所谓一体,就是以宗教文化为体,这是天台山文化最为显著的特征。智者大师所开创的佛教天台宗,道教天台仙派、龙门派南宗等等,都是天台山在宗教文化上的典型代表,也是天台山文化的重要支柱。佛宗道源的提法,事实上很清楚地显示出天台山文化的独特意义。因此,天台山和合文化,实际上是基于宗教文化的和合。

---

① 移民对于天台山文化的形成具有极其重要的影响。据1988年统计,民国前(不含民国)入迁的尚存127姓、252种。其中入迁时间可以确定的有216种:东晋1种,隋代2种,唐代15种,北宋38种,南宋58种,元代25种,明代56种,清代21种,以两宋和明代最多。入迁的氏族,往往聚族而居,从而形成了独特的宗族文化。移民大体是从北方迁入的,具有北方的文化性格,而由此使得天台山文化具有非常鲜明的南北融合的特点。这一点从智者大师那里就可以得到非常直接的表达,而智者大师之后,天台山文化的这一特性因移民的不断迁入而强化。

　　两翼,则是在天台山极为丰富的宗教文化基础上产生的两大最具有代表性的形象,即济公活佛与和合二圣,但是两者有着内涵上的差别。济公活佛是站在宗教的角度来沟通世俗生活。宗教作为一种信仰,必然要与具体信仰者的生活相联系才能够发挥其作为信仰的作用,而济公活佛信仰非常直接地表达了佛教对于民众日常生活的切实影响。正是在这样的影响中,宗教精神可以落实到现实生活中去。因此,济公的形象表达出来的是宗教的和合精神对于世俗生活的影响。而和合二圣的形象则不同,作为天台山和合文化最为典型的符号,和合二圣的出现意味着天台山作为和合圣地是一个毋庸置疑的事实。如果说济公是从宗教的意义表达来沟通世俗生活的话,和合二圣则更多是从世俗生活来体现宗教精神,其立足点在于世俗生活本身,而并非宗教精神。和合二圣的产生以及广泛流行,体现的是民间对于美好生活的期待,这种期待表现为一种宗教信仰的寄托,这也就是和合二圣作为宗教形象的意义。所以,这两翼构成了一个非常完整的整体,前者体现的是从宗教精神到世俗生活的落实,后者则反映的是世俗生活对于宗教精神的依赖。由此,宗教文化的根本地位在天台山和合文化中得到了强化。

　　三个层面,是指天台山和合文化所涉及的三个方面的内容:宗教哲学、宗教生活以及世俗生活。如果说宗教文化是天台山和合文化的根本,那么这样的宗教文化必然从宗教哲学理论的建构开始,经由宗教信仰者的宗教实践,然后在普通人的世俗生活中得到落实并产生影响,这样就非常圆融地达到了神圣和世俗之间的和合,从而成为一个有机的天台山和合文化的整体。

　　宗教哲学毫无疑问是天台山和合文化至为精致的表达,这在天台宗和道教南宗中,可以得到非常直接的说明。智者大师的天台宗哲学,在《法华经》"会三归一"的智慧启迪之下,以"一心三观""圆融三谛""一念三千""性具实相""性具善恶"等基本哲学命题,实现了对于南北朝时期佛教各种异说的融合和超越,其哲学思辨能力可以说完全超越了此前中国古代的所有哲学家(包括出世的和世俗的)。"智者大师真了不起,在谈心性的智慧方面,在融会消化佛教的方面,其学思的地位真是上上的高才大智。他的《摩诃止观》真是皇矣大哉的警策伟构。西方古代的柏拉图、亚里士多德,中古的奥古斯丁、圣多玛,与及近世的康德、黑格尔之流,在其学术传统中,都未必能有他这样的地位与造诣。"[①]"在佛教史的长河中,如果认为释迦是首先提出佛教根本原理的圣人,那么就可以说,天台(智者)是把这种佛法的根本

---

　　① 牟宗三:《中国哲学的特质》,上海古籍出版社1997年版,第86页。

原理形成一种哲学体系、理论体系的哲人。我认为佛法作为一种理论,在天台(智者)的身上已达到顶峰。"①宋代金丹派南宗之祖张伯端所著《悟真篇》,在会通三教、道禅融全的基础上,开创了道教发展史上重要的金丹派南宗传法体系,即所谓张伯端传石泰,石泰传薛道光,薛道光传陈楠,陈楠传白玉蟾的内丹传授体系,也就是道教南宗。在《悟真篇》中,张伯端立足于"天人同构"的哲学基础,所谓"大丹妙用法乾坤",即认为人与天地万物为一体,每个个体的人都是一个小宇宙;每个个体的人都可以通过修炼自身的阴阳,交媾坎离,返根复命,达到与大道的相通。而人修道就是修性与命,命是道之载体,性是道之体现;道教修行的最终目标是证得无上至真妙觉之道。近人丁福保在《道藏精华录百种》中,称《悟真篇》为"辞旨畅达,义理渊深,乃修丹之金科,为养生之玉律"。从智者大师的天台宗哲学,到张伯端的道教南宗内丹学,虽然两者在义理层次上是有差异的,但是,作为一种以和合为基础的宗教哲学的表达,两者在各自的传统中都产生了极为深远的影响,由此,也为天台山和合文化确立了最为坚实的宗教哲学基础。

宗教哲学和一般的哲学形式的最大差异在于,宗教哲学是和宗教的实践密切联系在一起的,也就是说,作为一种宗教形式,它必然要求在学理的基础上表达出宗教的行为方式,亦即必须落实在宗教生活层面。佛教天台宗和道教南宗,在这个意义上,都有着非常清晰的宗教生活层面的反映。基于智者大师在宗教哲学角度的设定,天台宗形成了极具特色的修持方式,强调止观双修,定慧并重。在天台宗,这两者就像鸟的双翼、车的双轮,想要到达目的地,必须两者兼备,缺一不可。止观双修是对天台宗人的最为根本的要求,在这个意义上,天台宗才有"教观总持"的地位,在中国佛教的历史上才表达出最为圆融的一种形态,从而能够兼容诸宗。道教南宗在修持方式方面同样极具兼容并蓄的特点。张伯端强调不离世俗、禅道兼修,这样一种极具包容的气势,使得道教南宗的内丹理论不仅义理精深,而且修持切实。特别是其"形神合一,性命双修"的具体丹法实践,对于内丹学理论在宋明之际的发展,有着根本重要的意义。正是因为如此,张伯端所著《悟真篇》在丹道史上获得了与被称为"万古丹经王"的《周易参同契》并列的地位:"是专明金丹之要,与魏伯阳《参同契》,道家并推为正宗。"(《四库全书·总目提要》)从修持方式来说,佛教天台宗和道教南宗的都具有十分明显的融合特征,儒、释、道三教的价值不仅在其宗教哲学中得到了很好的安顿,而且在具体的宗教实践、宗教生活中得到了恰当的

---

① 池田大作:《我的天台观》,卞立强译,四川人民出版社1999年版。

表达。因此,当佛教天台宗和道教南宗以天台为基础展开时,这样的宗教义理和宗教行为方式,自然会影响到世俗社会,从而在整个社会的意义上形成一种和合的宗教(文化)氛围,这是天台山的一个非常重要的文化地理特征。

由此,天台山和合文化最后一个层面的表达就是世俗生活中和合价值的实现。天台山浓郁的宗教文化传统必然会影响老百姓的世俗生活,宗教氛围的浓郁,使得民间信仰的形式极其丰富。天台山和合的宗教精神,通过民间信仰的形式在老百姓的日常生活之中具体化,使得这种基于宗教哲学高度的和合精神,成为一种非常直观的、普遍的日常生活形式。此外,按照中国社会的基本事实,儒学一直是社会生活的主导价值,在天台山也是如此。当然,天台山的儒学因为和有强大影响力的佛教、道教相互结合,成为一种特殊的表达形态,即以宗族文化为基础的准宗教形式。这种儒学的形态,首先强调的是宗族的立场,传递的是伦理的价值,由此,对于价值立场的坚守成为天台山儒学的一种质性立场,典型的代表是方孝孺、齐周华。而同时,因为三教共存的事实以及天台山宗教文化浓郁的氛围,天台山的儒学也更多地表现出圆融的特征,这一点在目前所能追溯到的天台山最早个人讲学传统开启者顾欢那里就非常清楚地得到表达,而后来北宋天台县令郑至道的"四民皆本",都是这融合理念的直接表达。当然,如果我们把视线拓展到宋明以后,那么,天台山儒学所表达出来的三教融合的特征则更加鲜明。

从宗教哲学出发,经由宗教生活(宗教实践),并因此落实到世俗生活,从而在宗教和世俗之间形成一个完整的、动态的展开系统,天台山和合文化由此具有了一个整体性的脉络。在这个系统中,宗教哲学(宗教精神)是最为根基的,而宗教生活是宗教精神的直接表达,世俗生活则是宗教精神的现实引导结果,由此既构成了一个理论上的完整表述,又在现实生活的意义上呈现出一种活的和合文化的价值。因此,天台山和合文化是一种以信仰为基础的和合文化(一种有信仰的文化),它以宗教哲学的高度和圆融通达的灵活度来构成对于人的生活的引导,从而产生它所具有的持续有效的影响力。

(三)天台山和合文化的本质特征:以三教和合为基础的社会和谐

依前所论,当我们从"一体两翼三个层面"的角度来重新理解天台山和合文化的时候,我们更加能够把握到天台山文化的特点。当然,这样的解释框架也并不妨碍我们从人与自我、人与自然、人与自身的角度来理解天台山和合文化的理论内涵,因为作为一种有信仰的和合文化,它自然要解决这些层面的问题。而对于宗教文化维度的强调,则是基于天台山文化的特质而来的。

宗教文化基础的提出,以及有信仰的和合文化的确认,都是基于把天台山和合文化作为一个活的整体来看待的要求。从而,我们可以在梳理天台山和合文化基本内涵的基础上,更加准确地把握天台山和合文化的本质特征。我认为,天台山和合文化就是以三教和合为基础的社会和谐。这样的定位,无论是从历史事实的角度,还是从学理探析的角度,都可以得到很好的解释。

首先,作为一种宗教文化,天台山文化的最为明显的特征就是三教和合。天台山文化与我们一般意义上讨论的宗教文化的最大的差异,在于天台山的宗教文化氛围与其他地方有着明显的差别。可以说,在中国诸多的名山之中,或是以佛教著称(比如普陀山),或是以道教著称(比如龙虎山),很少像天台山这样三教并存、融通发展。天台山的山水神秀,使得汉晋、南朝时期,天台山三教就先后开始兴起。及隋唐以后,三教迅速发展,尤其是释、道达到了最盛时期,天台山境内佛教寺庙、道教宫观大量兴建,而儒家的书院也是迅速发展。三教共同发展,并且和合无碍,这是天台山最为突出的特点。比如现今作为天台山标志的赤城山,既是天台宗五祖灌顶、九祖湛然讲经说法之地,又是道教高道葛洪、魏夫人(魏华存)修炼的第六洞天玉京洞之所在,还是儒师学子的教读之处,相传济公活佛出家之前就是在这里接受的儒家启蒙教育。为什么天台山儒、释、道三者可以和合共处、融通发展?我想这应当和天台山的特点有直接关联。天台山的山水神秀,无论对于佛教和道教来说,都是极为重要的圣地。在天台山的佛教传统中,关于智者大师选择天台山有诸多的解释、传说,都从不同的角度强化天台山与佛教之间的因缘;智者塔院(真觉寺)山门外照墙上写的"即是灵山",也非常直接地说明了天台山与佛教之间的内在关联。而对于道教来说,天台山自然是极为重要的修仙之所,是洞天福地所在。因此,无论是对佛教还是对道教而言,天台山都是非常重要的修炼地选项。这主要是因为天台山的特点合乎宗教修持的需求,因此,自汉晋以来,高僧大德接踵来到天台山静修地。作为一座宗教名山,天台山首先是地理特征符合宗教修行的需要,在此基础上,各种神秘传说的加入,使得它的宗教角度更加鲜明。佛、道共处天台山这样一个相对封闭的环境之中,若要获得自身修行的最大效果,相互融通也就成了必然的选择。因此,这种宗教融合氛围的形成,和天然的地理条件有着最为直接和密切的关联;而儒家则作为一种世俗意义上的准宗教形态,也是这个相对封闭的小型自然环境中不可或缺的。由此,在地理上形成的三教和谐共生,在学理上则促使三教各自特色理论形态得以形成。①

　　其次，天台山的这种融合的宗教文化，其最终的指向是社会生活。宗教理论，按照一般的方式，是以出世的形态为主导，其价值指向更多应该是超越层面的。而天台山的宗教文化，实际上具有很强的社会生活的指向。智者大师开启的天台宗，以"一心三观""三谛圆融"为基础，强调真俗不二，这事实上很好地处理了真谛（空）和俗谛（假）之间的关系，或者说，更为重要的是在真谛的基础上确立了俗谛所具有的重要意义，也就是世俗生活具有的重要意义。这在智者大师"一念无名法性心"的说法中，可以得到最为直观的表达。智者的天台宗当然是以佛教义理为基础的，而佛教的义理和世俗之间的和合是佛教中国化的一个重要议题。智者大师在佛教义理系统之中，对世俗生活种种价值进行确认，为佛教中国化的实现作出了不朽的贡献。"一色一香，无非中道。"种种世俗方便法门并不违背佛教义理，这样的和合，合乎中国人的基本思维特征和生活事实，使中国佛教获得了更为广大的发展空间。天台山的道教，也是在融通世俗的意义上确立了自己的理论系统，司马承祯"神仙即人"的说法，就可以很清楚地表达出道教与社会生活的结合。这种结合在张伯端的南宗道法中得到了更为直接的表达。张伯端强调对于世俗道德价值的遵从，修道不离世俗，反对形式上的出家离俗、归隐山林。这样的形式，也很直观呈现出张伯端对于世俗生活的重视。因此，我们说天台山的宗教文化最终指向社会生活，应当是成立的，尤其是当我们从和合的意义上来考察的时候。因为和合的最终实现，并不只是局限在宗教境界之中，而是在宗教的生活和世俗的生活之间达到了圆融无碍的状态，由此，在社会的层面展现出一种有信仰的生活形式。

　　最后，和合二圣形象的确定，更加强化了天台山宗教文化的社会生活维度。以寒山、拾得为代表的和合二圣，毫无疑问是天台山和合文化的典型代表，在和合二圣的意义上，天台山之作为和合圣地的理据是不言自明的。而和合二圣的产生，如前所言，事实上就是世俗生活对于和合理念的表达。② 所以，如果我们考察和合二圣的形成以及作用的话，事实上，社会生活是最为基本的。出于社会生活和谐的需

---

　　① 从这个角度来说，是天台山的自然地理条件，决定了三教和合共生的基本事实。由此，我们也可以很好地理解，为什么诸如刘阮遇仙（最早见于干宝的《搜神记》）之类的美妙传说会发生在天台山，因为这种地理的自然特征就包含了和合的基本氛围。

　　② 从这个角度来说，无论是以万回作为和合神，还是以和合二圣作为和合神，事实上都是民众生活的现实需求的反映，体现的是民众对于和合生活的追求。而最终以和合二圣作为和合神，则是因为二圣更能彰显和合的意义。这种彰显，不仅是因为合二为一的意蕴，更重要的是，和合二圣的背后有着非常深厚的宗教文化背景，由此可以树立一种有宗教信仰基础的社会和合生活。

要,在历史的过程中,我们逐渐形成了和合二圣的形象。而和合二圣形象确立之后,它产生作用的最为重要的范围,也是民间社会生活的层面,在社会生活的和谐引导方面,起到了极为重要的作用。当然,如果我们要讨论天台山和合文化对于社会的意义,那么,以和合二圣为代表的和合理念,就直接表达了民众对于和合美满的社会生活的渴望。而民间各种和合二圣形象的广泛使用,都表达出民众素朴的生活理想。

因此,我们认为天台山和合文化的本质特征就是以三教和合为基础的社会和谐,宗教的和合是整个天台山和合文化的根基。建立在三教互通互融基础上的天台山宗教文化,其最终的价值指向在于社会生活意义上的和谐。而正是在引导、规范现实生活的意义上,天台山宗教文化有了持续的生命力。

(四)天台山和合文化是中华和合文化的典型代表和鲜活样本

建立在宗教文化基础上的天台山和合文化,构成了天台山文化的活的灵魂和本质特征。这样一种和合文化以对社会生活的引导和规范作为根本的旨趣,最终呈现出社会生活意义上的和谐价值。而正是在沟通神圣的宗教义理和鲜活的社会生活的基础上,天台山和合文化具有了其特殊的价值。我们常常说,和合也是中华传统文化最为核心的价值,中华传统文化是一种和合文化。那么,天台山和合文化与中华和合文化之间的关系如何?或者说,天台山和合文化在中华和合文化中的地位是怎样的?这是需要最后在学理上予以确认的。

首先,应该可以确认的是天台山和合文化是中华和合文化的典型代表。中华和合文化是从整个中国文化的脉络上来说的,在中国哲学史上,和合的理念可以说是一以贯之的,并且在此基础上呈现出中华优秀传统文化的基本意蕴。习近平同志在《之江新语·文化育和谐》中也非常清楚地提到:"我们的祖先曾创造了无与伦比的文化,而'和合'文化正是其中的精髓之一。'和'指的是和谐、和平、中和等,'合'指的是汇合、融合、联合等。这种'贵和尚中、善解能容、厚德载物、和而不同'的宽容品格,是我们民族追求的一种文化理念。自然与社会的和谐,个体与群体之间的和谐,我们民族的理想正在于此,我们民族的凝聚力、创造力也基于此。"和合文化在中华传统文化中的这种定位,应该说是非常准确的。当然,如果我们要清晰地把握和合在中华文化中的特殊意义,就必须要回到中国传统文化发展的具体脉络中去考察。中国传统文化的具体内涵十分丰富,历史形态复杂,那么该如何理解中华传统文化呢?我想如果从最为基础的事实来说,中华传统文化是以儒释道三教并存作为基础的,它们构成了中华传统文化的基本内涵。儒释道三教在中国社会中发挥其应有的作用,就是中华文化在历史脉络中的具体展开,由此呈现出中华文化的丰富性和真实性。因此,有效地实现儒释道三教之间的和谐发展,就成了中华传统文化之和合性的具体表达。换而言之,中华和合文化的基本价值理念是在解决三教并存共生的问题过程中呈现出来的。天台山和合文化正是以融通三教义理为基础,形成了以宗教生活为依托,以引导世俗社会生活为依归的基本形态。而这样的形态,为中国传统文化在处理三教关系方面获得发展,提供了天台山的具体解决方案。因此,从这个角度来说,天台山和合文化,对于中华优秀传统文化来说,是一个典型代表。

其次,天台山和合文化是中华和合文化的鲜活样本。中华和合文化是在历史的脉络中逐渐形成的,是作为中华传统文化的本质特征而被确认下来的。对于当下来说,这样的和合文化具有极为重要的战略和现实的意义,对于当前中华优秀传统文化的传承和发展具有不可忽视的价值。天台山和合文化,因其最终价值是落实在现实社会生活之上,而具有极其强大的生命力和丰富的内涵。更为重要的是,社会生活是一个随着时代改变而不断丰富的事实,所以,和合文化作为天台山文化的本质特征和活的灵魂,无论是在历史上还是现实中,都发挥着应有的价值,给社会生活以应对和引导方式。从历史的角度来看,天台山和合文化正是在应对佛教文化对中国本土传统文化挑战的背景下产生出来的,由此形成了天台山和合文化所具有的以宗教文化为基础的形态。从现实的意义来说,天台山和合文化也正在现代的社会转型中发挥着更大的作用。台州市"和合圣地"的城市定位,以及天台山和合小镇的倡导,实际上也是希望天台山和合文化在规范和引导社会生活的意义上,发挥更为重要的作用。事实上,这正是天台山和合文化的活力所在。如果说,在历史上天台山和合文化因为是一种有信仰的文化而获得了长足的发展,形成了自身的特点,那么,在今天而言,我们可以将天台山和合文化的传统基础转换成符合时代的精神基础,使天台山和合文化在今天依旧能够很好地起到引导社会生活的作用。天台山和合文化之所以能够延续到今日并持续发挥作用,其内在的生命力机制,是值得重视和关注的。天台山和合文化,作为中华和合文化的鲜活样本,应当在传统文化价值的现代转换方面,进行更多尝试,作出努力,使和合的精神为当下的社会生活注入新的动力。

综上,称天台山和合文化是中华和合文化的典型代表,是指其在历史的层面确立下来的地位;而称其为鲜活样本,则赋予天台山和合文化以更多未来发展的责任。

第四章 作为文艺之路的浙东唐诗之路

　　唐诗之路,不管是浙东也好,还是其他区域也好,从这个名称本身来说,就是以唐诗为基础的,这是唐诗之路内在的、本质的要求,也是唐诗之路得以成立的基本前提。我们在前文讨论中曾经指出,唐诗之路成立,首要的是有一大批数量可观的唐诗的存在。也就是说,唐诗之路首要呈现的其实是它的文学艺术的成就,即唐诗之路首先是一条文艺之路。浙东唐诗之路显然也是如此。

　　浙东唐诗之路,首先就是由一系列唐诗组成的路。那么,这条路上究竟有多少的唐诗? 这原本应该是最为基本的事实,但是,就目前的状况来说,其实我们确实还不是特别地清楚。当然,社会上有很多非常具有吸引力的表述方式,比如"一座天台山,半部全唐诗",或者"一座天姥山,半部全唐诗"。这样的说法,从作为口号的角度来说,似乎是没什么问题的,而且这样的口号有着非常有效的吸引力,就文旅推广的意义而言,其号召力实际上是极大的。但是,我们还是要问,究竟有多少唐诗呢? 也有学者提供了看上去比较可靠的数据。天台学者安祖朝在《天台山唐诗总集》中认为"《全唐诗》中 2200 多位诗人,有 400 多位来此留下 1300 多首诗歌,150 多位 400 多首诗作语涉'天台'或'天台山'"[①],新昌学者竺岳兵先生则认为"其数量方面,以收入《全唐诗》的人名为准,根据对浙东各地历代方志的统计,共载入的诗人为 228 人,有据可查而方志漏载的 50 人,共计为 278 人,约占《全唐诗》收载的诗人 2200 余人总数的 13%。与唐代全国比较,唐时期全国国土约 1500 万平方公里,浙东的面积仅占全国的 0.13%。换句话说,只有全国 1/750 的浙东,却有唐

---

　　① 安祖朝:《天台山唐诗总集》(上下册),浙江古籍出版社 2018 年版。其前身是《唐诗风雅颂天台》(浙江古籍出版社 2013 年版)。在《唐诗风雅颂天台》中,安祖朝认为"《全唐诗》及《全唐诗续拾》收载的诗人 2200 余人中,先后有近 300 多人吟诵天台山,留下 1300 多首诗歌";在《天台山唐诗总集》中,安先生认为"发现 3000 多位唐代诗人中,写过天台的有 300 多位,全唐 5 万多首诗篇,与天台有关的达 1200 多首","到过天台的唐代诗人约占全唐诗人的 1/10,反映天台的诗作占到全部唐诗的 1/44"。

代全部诗人的 1/8 来游弋讴歌。"①当然,这些数据是否属实就不好说了②,需要从基本的文献出发,通过仔细的梳理来考证。从本质上来说,这应当也是浙东唐诗之路研究的一个基本问题。当然,因为时间和学养的限制,本书目前无法完成对整个浙东区域唐诗数目的考量,仅以天台山(台州)区域为例,来提供关于浙东唐诗之路唐诗书写状况的一个说明。

一、《全唐诗》中所见"天台"诸诗的考辨③

如前文所言,由于天台的独特意义,《全唐诗》中咏及天台的诗歌从数量上来说是相当多的,那么这些诗歌是否都是诗人行游天台所作的呢? 这是我们在考辨中需要揭示的问题。在具体的考辨中,我们将以内容为根据,结合史实以及学界的相关研究,对于每一首所涉及的唐诗,都作一番细致的考辨。

天台山在天台县北三里,临海市北一百一十里。《嘉定赤城志》卷二十一曰:"按陶弘景《真诰》,高一万八千丈,周回八百里,山有八重,四面如一。《十道志》谓之顶对三辰,或曰当牛女之分,上应台宿,故云天台。一曰大小台,以桥大小得名。亦号桐柏楼山。《登真隐诀》云,大小台处五县中央,五县谓余姚、句章、临海、天台、剡县。顾野王《舆地志》云,天台山一名桐柏,众岳最秀者也。徐灵府《记》云,天台山与桐柏接而少异。神邕《山图》又采浮图氏说,以为阎浮震旦国极东处,或又号灵越,孙绰赋所谓'托灵越以正基'是也。按诸书名称不同,惟天台乃其正号,余亦各有据。"

天台山风光奇秀,多悬岩、峭壁、瀑布,而且它还是历史文化名山,素以"佛宗道源、山水神秀"享誉海内外。早在东汉,佛教就已传入天台山,至陈隋之际,智者大师在此开创了第一个中国化佛教宗派——天台宗。除此之外,天台山又有深厚的道教文化。道教是唐朝的国教,天台山作为道教圣地之一,受到唐朝历代帝王的特别重视。天台山佛寺道观星罗棋布,俨然已成浙东宗教中心。有唐一代,来天台游赏吟咏的诗人络绎不绝,并留下了许多优秀的诗作。

---

①　竺岳兵:《剡溪——唐诗之路》,《唐代文学研究》,1996 年 9 月,第 867—868 页。

②　根据胡可先教授的统计,唐代诗人写会稽的诗有 270 首,写剡县的有 169 首,写天台山的有 214 首,写四明山的则有 35 首。从一个比较严正的学术立场出发,我认为胡可先教授的说法是比较可靠的,而这些数据与前面两位的数据形成了较为明显的差异。

③　此篇中涉及的考辨,由本人研究生张淇同学完成,特此说明。

王屋山送道士司马承祯还天台

李隆基

紫府求贤士,清溪祖逸人。

江湖与城阙,异迹且殊伦。

间有幽栖者,居然厌俗尘。

林泉先得性,芝桂欲调神。

地道逾稽岭,天台接海滨。

音徽从此间,万古一芳春。

(《全唐诗》卷 003—038)

据《旧唐书·本纪第八》,开元十一年三月庚午,唐玄宗车驾至京师长安。本诗即开元十一年三月唐玄宗赠别司马承祯之作。司马承祯乃唐朝著名道士之一,隐居天台山玉霄峰。唐玄宗曾两次召见司马承祯。为迎请方便,唐玄宗特在河南王屋山建阳台观供司马承祯修炼。司马承祯在王屋山居住一段时间后,向玄宗请求返回浙江天台山,玄宗于是作诗相赠。

由诗可知,本诗乃玄宗赠天台高道司马承祯之作,玄宗本人未至天台。

送杨道士往天台

张九龄

鬼谷还成道,天台去学仙。

行应松子化,留与世人传。

此地烟波远,何时羽驾旋。

当须一把袂,城郭共依然。

(《全唐诗》卷 048—038)

本诗作于开元二十八年(740)春。时张九龄任荆州长史,南归前,作本诗赠杨道士。张九龄守荆后,常游道教圣地紫盖山,与杨道士相识亦在此之际。[①]

杨道士其名不详,只知其慕天台而往。由诗可知,本诗乃张九龄送别杨道士之作,张九龄时在荆州。

---

① 顾建国:《张九龄年谱》,第 283 页。

寄天台司马道士

宋之问

卧来生白发，览镜忽成丝。

远愧餐霞子，童颜且自持。

旧游惜疏旷，微尚日磷缁。

不寄西山药，何由东海期。

（《全唐诗》卷052—028）

送司马道士游天台

宋之问

羽客笙歌此地违，离筵数处白云飞。

蓬莱阙下长相忆，桐柏山头去不归。

（《全唐诗》卷053—044）

此二诗具体时间不详。由诗题可知，二诗皆系宋之问赠高道司马承祯之作。

宋之问可能于中宗景龙三年(709)到访过天台。景龙三年，宋之问出任越州长史，沿汴水前往，过扬州、杭州至越州赴任。宋之问于杭州灵隐寺作《灵隐寺》，诗言"夙龄尚遐异，搜对涤烦嚣。待入天台路，看余度石桥"，大意即言宋之问向来好远游，喜奇异，此即将赴越州任，正可入天台，走一走极危窄奇险的山中石桥。又有《谒禹庙》一诗，乃宋之问下车伊始拜谒禹庙之作："揆材非美箭，精享愧生刍。郡职昧为理，邦空宁自诬。"谓作者以会稽（越州）长官身份，首先晋谒祭祀当地古圣贤之庙。诗中"下车霰已积，摄事露行濡"一句，证明宋之问以严冬岁暮抵越州。①

由此可知，宋之问若曾到访天台，必在景龙三年，但本诗不可为证。

寄天台司马先生

崔湜

闻有三元客，祈仙九转成。

人间白云返，天上赤龙迎。

尚惜金芝晚，仍攀琪树荣。

何年缑岭上，一谢洛阳城。

（《全唐诗》卷054—017）

---

① 谭优学：《唐诗人行年考续编·宋之问行年考》，第25页。

本诗具体时间不详。由诗题可知,本诗系崔湜寄送高道司马承祯之作。

崔湜生平未有至天台记载,亦无他诗可证,由此知其未曾到访天台。

送道士入天台

薛　曜

洛阳陌上多离别,蓬莱山下足波潮。

碧海桑田何处在,笙歌一听一遥遥。

(《全唐诗》卷080—021)

本诗乃作于武周圣历二年(699)。据《旧唐书·司马承祯传》:"承祯尝遍游名山,乃止于天台山。则天闻其名,召至都,降手敕赞美之。及将还,敕灵台监李峤饯之于洛桥之东。"本诗系与李峤等奉敕送司马承祯还天台山而作,时薛曜在洛阳。

寄天台司马道士

张　说

世上求真客,天台去不还。

传闻有仙要,梦寐在兹山。

朱阙青霞断,瑶堂紫月闲。

何时枉飞鹤,笙吹接人间。

(《全唐诗》卷087—065)

本诗具体时间不详。由诗题可知,本诗系张说寄送高道司马承祯之作。

张说生平未有至天台记载,亦无他诗可证,由此知其未曾到访天台。

寄天台司马道士

沈如筠

河洲花艳燩,庭树光彩蒨。

白云天台山,可思不可见。

(《全唐诗》卷114—048)

本诗具体时间不详,诗人沈如筠生平不详。由诗题可知,本诗系沈如筠寄送高道司马承祯之作,作此诗时,沈如筠不在天台。

送苏倩游天台

张子容

灵异寻沧海,笙歌访翠微。

江鸥迎共狎,云鹤待将飞。

琪树尝仙果,琼楼试羽衣。

遥知神女问,独怪阮郎归。

(《全唐诗》卷 116—004)

本诗具体时间不详,诗人张子容生平不详,苏倩其人不详。由诗题可知,本诗系张子容送别苏倩之作,作此诗时,张子容不在天台。

白龙窟泛舟寄天台学道者

常　建

夕映翠山深,余晖在龙窟。

扁舟沧浪意,澹澹花影没。

西浮入天色,南望对云阙。

因忆莓苔峰,初阳濯玄发。

泉萝两幽映,松鹤间清越。

碧海莹子神,玉膏泽人骨。

忽然为枯木,微兴遂如兀。

应寂中有天,明心外无物。

环回从所泛,夜静犹不歇。

澹然意无限,身与波上月。

(《全唐诗》卷 144—025)

本诗具体时间不详,诗人常建生平不详。作此诗时,常建不在天台。

《唐才子传》载:"建,长安人。开元十五年与王昌龄同榜登科。大历中,授盱眙尉。"据常建现存诗作,可知其到访过吴越、湖南、湖北以及边塞秦中等地。白龙窟地理位置不详,疑似杭州白龙洞。

送少微上人游天台

刘长卿

石桥人不到,独往更迢迢。

乞食山家少,寻钟野路遥。

松门风自扫,瀑布雪难消。

秋夜闻清梵,余音逐海潮。

(《全唐诗》卷 147—025)

109

《全唐诗》卷147以此题录作刘长卿诗,卷210以题《送少微上人东南游》录作皇甫曾诗,后者记"石桥"为"石梁",记"野路"为野寺,其余皆同。《文苑英华》作刘长卿诗。少微上人乃云游僧,据独孤及《送少微上人之天台国清寺序》,知少微上人在大历十年(775)游历天台,此时刘长卿在常州、义兴。① 本诗不可证刘长卿曾至天台。

入白沙渚贪缘二十五里至石窟山下怀天台陆山人

刘长卿

远屿霭将夕,玩幽行自迟。

归人不计日,流水闲相随。

辍棹古崖口,扪萝春景迟。

偶因回舟次,宁与前山期。

对此瑶草色,怀君琼树枝。

浮云去寂寞,白鸟相因依。

何事爱高隐,但令劳远思。

穷年卧海峤,永望愁天涯。

吾亦从此去,扁舟何所之。

迢迢江上帆,千里东风吹。

(《全唐诗》卷149—055)

本诗具体时间不详。按《严州图经》卷二,"津渡"有白沙渡,"在县西六十里"。天台陆山人,生平不详,疑是陆羽。② 据诗题可知,作此诗时,刘长卿不在天台。

夜宴洛阳程九主簿宅送杨三山人往天台寻智者禅师隐居

刘长卿

东林问道客,何处栖幽偏。满腹万余卷,息机三十年。

志图良已久,鬓发空苍然。调啸寄疏旷,形骸如弃捐。

本家关西族,别业嵩阳田。云卧能独往,山栖幸周旋。

垂竿不在鱼,卖药不为钱。藜杖闲倚壁,松花常醉眠。

顷辞青溪隐,来访赤县仙。南亩自甘贱,中朝唯爱贤。

---

① 储仲君:《刘长卿诗编年笺注》,中华书局1996年版,第538页。
② 储仲君:《刘长卿诗编年笺注》,中华书局1996年版,第455页。

仍空世谛法，远结天台缘。魏阙从此去，沧洲知所便。

主人琼枝秀，宠别瑶华篇。落日扫尘榻，春风吹客船。

此行颇自适，物外谁能牵。弄棹白蘋里，挂帆飞鸟边。

落潮见孤屿，彻底观澄涟。雁过湖上月，猿声峰际天。

群峰趋海峤，千里黛相连。遥倚赤城上，曈曈初日圆。

昔闻智公隐，此地常安禅。千载已如梦，一灯今尚传。

云龛闭遗影，石窟无人烟。古寺暗乔木，春崖鸣细泉。

流尘既寂寞，缅想增婵娟。山鸟怨庭树，门人思步莲。

夷犹怀永路，怅望临清川。渔人来梦里，沙鸥飞眼前。

独游岂易惬，群动多相缠。羡尔五湖夜，往来闲扣舷。

（《全唐诗》卷 150—015）

本诗乃刘长卿于天宝四载(745)洛阳作，别后杨三山人即赴天台。[1]

杨三山人，按李白有《送杨山人归嵩山》(《全唐诗》卷 176)，高适亦有《送杨山人归嵩阳》(《全唐诗》卷 213)，当为天宝四载前后二人同游梁宋时作，杨三山人当即高、李赠诗者。李白又有《送杨山人归天台》(《全唐诗》卷 175)，诗云："客有思天台，东行路超忽。涛落浙江秋，沙明浦阳月。今游方厌楚，昨梦先归越。且尽秉烛欢，无辞凌晨发。"李白诗当作于天宝六至八载(747—749)寓居金陵时，据此知杨三山人赴天台当在天宝七载(748)前后。[2] 此说与前面存在矛盾，待考，然据诗题可知，作此诗时，刘长卿不在天台。

送惠法师游天台因怀智大师故居

刘长卿

翠屏瀑水知何在，鸟道猿啼过几重。

落日独摇金策去，深山谁向石桥逢。

定攀岩下丛生桂，欲买云中若个峰。

忆想东林禅诵处，寂寥惟听旧时钟。

（《全唐诗》卷 151—036）

本诗具体时间不详，惠法师不详。由诗题可知，本诗系刘长卿赠别惠法师之作，作此诗时，刘长卿不在天台。

---

① 杨世明：《刘长卿集编年校注》，人民文学出版社 2017 年版，第 23 页。

② 储仲君：《刘长卿诗编年笺注》，中华书局 1996 年版，第 16 页。

将适天台留别临安李主簿

孟浩然

枳棘君尚栖，匏瓜吾岂系。

念离当夏首，漂泊指炎裔。

江海非堕游，田园失归计。

定山既早发，渔浦亦宵济。

泛泛随波澜，行行任舻枻。

故林日已远，群木坐成翳。

羽人在丹丘，吾亦从此逝。

（《全唐诗》卷159—015）

本诗作于唐玄宗开元十八年(730)，孟浩然离杭赴台之际。

孟浩然于开元十七年(729)秋，自洛阳经汴水往游吴越，于开元十八年登天台山，宿桐柏观，泛镜湖，探禹穴，游若耶溪，上云门寺，礼拜剡县石城寺。[①] 作此诗时，恰逢孟浩然将离杭州，欲溯浙江西上，转赴天台之际。本诗与《与杭州薛司户登樟亭楼》《与颜钱塘登樟亭望潮作》等诗为孟浩然在杭州同一时期作品。

宿天台桐柏观

孟浩然

海行信风帆，夕宿逗云岛。

缅寻沧洲趣，近爱赤城好。

扪萝亦践苔，辍棹恣探讨。

息阴憩桐柏，采秀弄芝草。

鹤唳清露垂，鸡鸣信潮早。

愿言解缨络，从此去烦恼。

高步陵四明，玄踪得二老。

纷吾远游意，乐彼长生道。

日夕望三山，云涛空浩浩。

（《全唐诗》卷159—028）

本诗作于开元十八年孟浩然游历天台之际。另有《寻天台山》《宿天台桐柏观》

---

① 孟浩然：《孟浩然诗集笺注·典藏版》，上海古籍出版社2019年版，前言。

《寄天台道士》等诗，皆为同时之作。

越中逢天台太乙子

孟浩然

仙穴逢羽人，停舻向前拜。

问余涉风水，何处远行迈。

登陆寻天台，顺流下吴会。

兹山夙所尚，安得问灵怪。

上逼青天高，俯临沧海大。

鸡鸣见日出，常觌仙人祭。

往来赤城中，逍遥白云外。

莓苔异人间，瀑布当空界。

福庭长自然，华顶旧称最。

永此从之游，何当济所届。

（《全唐诗》卷159—043）

本诗作于开元十九年（731）春季到秋季之间，作此诗时，孟浩然已经离开天台。

孟浩然自天台游览之后，西北行赴越州，经剡县沿上虞江（今曹娥江）赴越州，行抵曹娥埭，转入镜湖。[①] 孟浩然于越州游览了各地名胜，本诗与《耶溪泛舟》《云门寺西六七里闻符公兰若最幽与薛八同往》《游云门寺寄越府包户曹徐起居》《与崔二十一游镜湖寄包贺二公》《大禹寺义公禅》《同曹三御史行泛湖归越》等诗为孟浩然在越州同一时期作品。

寄天台道士

孟浩然

海上求仙客，三山望几时。

焚香宿华顶，裛露采灵芝。

屡蹑莓苔滑，将寻汗漫期。

倘因松子去，长与世人辞。

（《全唐诗》卷160—022）

本诗作于开元十八年孟浩然游历天台之际。

---

① 李景白：《孟浩然诗集校注》，中华书局 2018 年版，第 4 页。

寻天台山

孟浩然

吾友太乙子，餐霞卧赤城。

欲寻华顶去，不惮恶溪名。

歇马凭云宿，扬帆截海行。

高高翠微里，遥见石梁横。

（《全唐诗》卷 160—068）

本诗作于开元十八年孟浩然游历天台之际。

送杨山人归天台

李　白

客有思天台，东行路超忽。

涛落浙江秋，沙明浦阳月。

今游方厌楚，昨梦先归越。

且尽秉烛欢，无辞凌晨发。

我家小阮贤，剖竹赤城边。

诗人多见重，官烛未曾然。

兴引登山屐，情催泛海船。

石桥如可度，携手弄云烟。

（《全唐诗》卷 175—009）

本诗作于上元二年（761）。作此诗时，李白不在天台。

杨山人名不详，乃隐于天台山及嵩山的高士。李白《驾去温泉宫后赠杨山人》诗，当为天宝元年（742）供奉翰林时作。又有《送杨山人归嵩山》诗，当为李白于天宝三载（744）作，时高适亦有《送杨山人归嵩阳》诗。

本诗云："我家小阮贤，剖竹赤城边。"《唐诗纪事》谓小阮指李嘉祐，按李嘉祐上元中为台州刺史，则此诗当为上元中（760、761）作。高适还有《别杨山人》《宋中遇林虑杨十七山人因而有别》《武威同诸公遇杨山人》等诗，刘长卿亦有《夜宴洛阳程九主簿宅送杨山人往天台寻智者禅师隐居》等诗，诗题杨山人或为一人。

天台晓望

李　白

天台邻四明，华顶高百越。

门标赤城霞,楼栖沧岛月。

凭高登远览,直下见溟渤。

云垂大鹏翻,波动巨鳌没。

风潮争汹涌,神怪何翕忽。

观奇迹无倪,好道心不歇。

攀条摘朱实,服药炼金骨。

安得生羽毛,千春卧蓬阙?

(《全唐诗》卷 180—005)

本诗作于开元十五年(727)。

本诗是李白登临实地之作还是诗仙虚构想象的产品,历来有所争议。第一种看法是登临实地之作,如范文澜的《中国通史简编》、詹锳的《李白诗文系年》、乔象钟的《李白论》、黄锡珪的《李白年谱》、安旗的《李白年谱》、郁贤皓的《李白丛书》等;第二种是既不否定,又不肯定,阙而存疑,如郭沫若的《李白与杜甫·李白杜甫年表》等;第三种观点则认为李白从未到过天台山,《天台晓望》诗纯属想象之作,见《括苍》1981 年第二期林晖的《也谈李白与天台山》。

但除《天台晓望》诗外,李白《同友人舟行游台越作》(一作《同友人舟行》)、《赠王判官》、《普照寺》等作以及李白友人任华《杂言寄李白》均可证明李白确实到过天台山。

天台道中示同行

章八元

八重岩峤叠晴空,九色烟霞绕洞宫。

仙道多因迷路得,莫将心事问樵翁。

(《全唐诗》卷 281—009)

本诗具体时间不详,从诗题来看,当作于章八元游览天台之际。

章八元,生卒年不详,字虞贤,桐庐县常乐乡章邑里(今横村镇)人。少时喜作诗,偶然在邮亭题诗数行,严维见后甚感惊奇,收为弟子。数年间,诗赋精绝,人称"章才子"。唐大历六年(771)进士。贞元中调句容(今江苏句容县)主簿,后升迁协律郎(掌校正乐律)。

忆游天台寄道流

张 佐

忆昨天台到赤城,几朝仙籁耳中生。

云龙出水风声急,海鹤鸣皋日色清。

石笋半山移步险,桂花当涧拂衣轻。

今来尽是人间梦,刘阮茫茫何处行。

(《全唐诗》卷 281—018)

本诗具体时间不详,作者有争议。

由诗句"忆昨天台到赤城"推测,张佐应当到访过天台,本诗乃回忆之作。但本诗与张祜《忆游天台寄道流》内容完全一致,《全唐诗》分别录于二人名下,因此存疑。张佐今存诗两首,另一首《省试州府诗》,与天台无关。

寄天台秀师

司空曙

天台瀑布寺,传有白头师。

幻迹示羸病,空门无住持。

雪晴看鹤去,海夜与龙期。

永愿亲瓶屦,呈功得问疑。

(《全唐诗》卷 292—042)

本诗具体时间不详。由诗题可知,本诗系司空曙寄送秀师之作。

秀师,天台僧,生平不详。司空曙乃大历十才子之一,登进士第,曾官主簿。永泰二年(766)至大历二年(767),为左拾遗,在长安与卢纶、独孤及和钱起吟咏相和。后贬为长林丞。贞元初,以水部郎中衔在剑南四川节度使韦皋幕中任职。官至虞部郎中。其生平事迹记载较少,从现存材料来看,司空曙未曾到访过天台。

送霄韵上人游天台(一作宝韵上人)

刘禹锡

曲江僧向松江见,又到天台看石桥。

鹤恋故巢云恋岫,比君犹自不逍遥。

(《全唐诗》卷 365—020)

本诗作于大和六年(832)春至大和八年(834)秋之间,时刘禹锡在苏州。由诗题可知,本诗系刘禹锡寄送霄韵上人之作。

霄韵上人,天台道士,生平不详。

刘禹锡未曾到访天台。其现存诗作未有直接描写天台者。有部分作品引用天台典故,如《八月十五日夜桃源玩月》《八月十五日夜玩月》等诗,从武陵桃源写到天台桃源。但作诗时,刘禹锡在朗州司马任。

送超上人归天台(一作送天台道士)

孟　郊

天台山最高,动蹑赤城霞。

何以静双目,扫山除妄花。

何以洁其性,滤泉去泥沙。

灵境物皆直,万松无一斜。

月中见心近,云外将俗赊。

山兽护方丈,山猿捧袈裟。

遗身独得身,笑我牵名华。

(《全唐诗》卷379—016)

本诗具体时间不详。由诗题可知,本诗系孟郊赠别超上人之作。孟郊生平无到访天台之记载,且无其他诗作涉及天台。

司天台　引古以儆今也

白居易

司天台,仰观俯察天人际。

羲和死来职事废,官不求贤空取艺。

昔闻西汉元成间,上陵下替谪见天。

北辰微暗少光色,四星煌煌如火赤。

耀芒动角射三台,上台半灭中台坼。

是时非无太史官,眼见心知不敢言。

明朝趋入明光殿,唯奏庆云寿星见。

天文时变两如斯,九重天子不得知。

不得知,安用台高百尺为。

(《全唐诗》卷426—011)

《史记·历书》:“颛顼受之,乃命南正重司天以属神,命火正黎司地以属民。”《旧唐书·天文志下》:“旧仪:太史局隶秘书省,掌视天文历象。……乾元元年三月,改太史监为司天台。”本诗乃引古证今之作,“司天台”乃太史监,与地名天台无关。作此诗时,白居易身在长安。

和微之诗二十三首·和送刘道士游天台

白居易

闻君梦游仙,轻举超世雰。　握持尊皇节,统卫吏兵军。
灵旗星月象,天衣龙凤纹。　佩服交带篆,讽吟蕊珠文。
阆宫缥缈间,钧乐依稀闻。　斋心谒西母,暝拜朝东君。
烟霏子晋裾,霞烂麻姑裙。　倏忽别真侣,怅望随归云。
人生同大梦,梦与觉谁分。　况此梦中梦,悠哉何足云。
假如金阙顶,设使银河濆。　既未出三界,犹应在五蕴。
饮咽日月精,茹嚼沆瀣芬。　尚是色香味,六尘之所熏。
仙中有大仙,首出梦幻群。　慈光一照烛,奥法相绸缪。
不知万龄暮,不见三光曛。　一性自了了,万缘徒纷纷。
苦海不能漂,劫火不能焚。　此是竺乾教,先生垂典坟。

(《全唐诗》卷 445—002)

本诗作于大和二年(828),时白居易在长安,任刑部侍郎。又从诗题可知,此诗乃和诗,意在送别刘道士。

从白居易生平来看,白居易少年时期就已经到过江浙一带,后又任杭州刺史。根据朱金城《白居易年谱》考证,少年白居易由徐州到江南避乱的七处主要居所及其在唐代志图上的位置分别是:1.溧水(今江苏省南京市溧水区);2.於潜县(今浙江省杭州市临安区於潜镇);3.遂安县(今浙江省杭州市淳安县);4.苏州(今江苏省苏州市);5.杭州(今浙江省杭州市);6.越州(今浙江省绍兴市);7.衢州(今浙江省衢州市)。

根据杨恂烨《白居易苏杭诗文研究》考证,白居易赴杭州一共走了约两个半月时间,其间作诗39首,其中共涉诗迹54处,其中反映作诗地点31处,能确切系地的27处。在杭州刺史任上(822—824),白居易作诗歌164首,作散文7篇,能具体系地的,其中作文地点7处,涉地名21处;作诗地点92处,所涉地名136处,但无有台州相关。由此可知,白居易无论是少年时期,还是杭州刺史任期,未曾到访天台。其具体生平以及诗歌系年可以参考朱金城《白居易年谱》与杨恂烨《白居易苏杭诗文研究》。

天　台

牟　融

碧溪流水泛桃花,树绕天台迥不赊。

洞里无尘通客境，人间有路入仙家。

鸡鸣犬吠三山近，草静云和一径斜。

此地不知何处去，暂留琼珮卧烟霞。

(《全唐诗》卷 467—036)

本诗具体时间不详，作者存疑。

从本诗内容看，作者曾游历天台。但牟融其人存疑，经学者陶敏考证，唐代没有牟融其人，明代人把伪造的诗集归到牟融的名下。

天台独夜

徐　凝

银地秋月色，石梁夜溪声。

谁知屐齿尽，为破烟苔行。

(《全唐诗》卷 474—010)

本诗具体时间不详，作于徐凝游历天台之际。

唐文宗大和四年(830)至六年(832)，徐凝游历洛阳，与白居易交往，后归江南，以布衣终身。徐凝曾长居江浙一带。

春暮思平泉杂咏二十首·金松(出天台山，叶带金色)

李德裕

台岭生奇树，佳名世未知。

纤纤疑大菊，落落是松枝。

照日含金晰，笼烟淡翠滋。

勿言人去晚，犹有岁寒期。

(《全唐诗》卷 475—082)

此乃组诗，共二十首，诗题点明"春暮思平泉"，题下自注"自此并淮南作"。李德裕于开成二年(837)五月由浙西观察使改淮南节度使，直至开成五年(840)七月由淮南入相，故此组诗当作于开成三年(838)春暮，或开成四年(839)春暮，或开成五年(840)春暮。

组诗所咏之物诗题多有备注，例如《红桂树(此树白花红心，引以为号)》《月桂(出蒋山，浅黄色)》，本诗亦如是。由诗题可知，金松出自天台，而李德裕本人未曾至天台。

119

寄天台准公

鲍 溶

赤城桥东见月夜,佛垄寺边行月僧。

闲蹋莓苔绕琪树,海光清净对心灯。

(《全唐诗》卷485—048)

本诗具体时间不详。由诗题可知,本诗系鲍溶寄准公之作。

准公,生平不详。鲍溶,字德源,生卒年、籍贯不详,元和四年(809)进士。元和末,卧病淮南。关于鲍溶的生平材料较少,无到访天台之记载。

送僧择栖游天台二首

鲍 溶

身非居士常多病,心爱空王稍觉闲。

师问寄禅何处所,浙东青翠沃洲山。

金岭雪晴僧独归,水文霞彩衲禅衣。

可怜石室烧香夜,江月对心无是非。

(《全唐诗》卷487—014)

本诗具体时间不详。

送文颖上人游天台

沈亚之

露花浮翠瓦,鲜思起芳丛。

此际断客梦,况复别志公。

既历天台去,言过赤城东。

莫说人间事,崎岖尘土中。

(《全唐诗》卷493—008)

本诗具体时间不详。由诗题可知,本诗系沈亚之赠别文颖上人之作。

文颖上人,生平不详。沈亚之,字下贤,吴兴人。元和十年(815)登进士第。泾原节度使李汇辟掌书记,再转秘书省正字。长庆中,补栎阳令。历殿中丞御史、内供奉。太和初,为德州行营使柏耆判官。耆贬,亚之亦谪南康尉,终郢州司户参军。元和十一年(816),沈亚之游历会稽、杭州、嘉兴,后回湖州吴兴,未曾到访过天台。

送端上人游天台

施肩吾

师今欲向天台去,来说天台意最真。

溪过石桥为险处,路逢毛褐是真人。

云边望字钟声远,雪里寻僧脚迹新。

只可且论经夏别,莫教琪树两回春。

(《全唐诗》卷494—011)

本诗具体时间不详。由诗题可知,本诗系施肩吾赠别端上人之作,作诗时,施肩吾不在天台。

施肩吾科举及第之后选择归隐,往来于山阴(今绍兴)、天台、四明(今宁波)之间,活动范围主要在江浙一带,且行踪多出没于名山之间。本诗虽不能证施肩吾曾至天台,但另有《瀑布》等诗可证。

游天台上方

姚　合

晓上上方高处立,路人羡我此时身。

白云向我头上过,我更羡他云路人。

(《全唐诗》卷500—016)

本诗作于开成元年(836)左右,时姚合游历天台。

姚合,陕州峡石人,于宪宗元和十一年(816)中进士,初授武功县主簿,调富平、万年尉。宝历中,先后任监察御史、户部员外郎,出为荆州、杭州刺史。后为给事中、陕虢观察使,官终秘书监。姚合刺杭具体时间,历来众说纷纭。据曹方林《姚合年谱》考证,定为大和九年乙卯(835)春,姚合由刑部郎中出任杭州刺史,时姚合56岁。游历天台之时,当为开成元年。姚合与僧韬光游,韬光赠以百龄藤杖,冬,罢官游越,郑巢有《送姚合郎中罢郡游越》。姚合游历天台山、剡溪等地,有《游天台上方》《咏雪》等作品。

送陟遐上人游天台

姚　合

万叠赤城路,终年游客稀。

朝来送师去,自觉有家非。

石净山光远,云深海色微。

此诗成亦鄙,为我写岩扉。

(《全唐诗》卷 496—064)

本诗具体时间不详。由诗题可知,本诗系姚合赠别陟遐上人之作。作诗时,姚合不在天台。姚合另有诗作可证其曾游览过天台,详见《游天台上方》。

天台晴望

李敬方

天台十二旬,一片雨中春。

林果黄梅尽,山苗半夏新。

阳乌晴展翅,阴魄夜飞轮。

坐冀无云物,分明见北辰。

(《全唐诗》卷 508—030)

本诗作于武宗会昌末(846)。时李敬方坐事贬台州司马,在台州任期间游历天台作此诗。

游天台山

张 祜

崔嵬海西镇,灵迹传万古。群峰日来朝,累累孙侍祖。

三茅即拳石,二室犹块土。傍洞窟神仙,中岩宅龙虎。

名从乾取象,位与坤作辅。鸾鹤自相群,前人空若瞽。

巉巉割秋碧,娲女徒巧补。视听出尘埃,处高心渐苦。

才登招手石,肘底笑天姥。仰看华盖尖,赤日云上午。

奔雷撼深谷,下见山脚雨。回首望四明,蠢若城一堵。

昏晨邈千态,恐动非自主。控鹄大梦中,坐觉身栩栩。

东溟子时月,却孕元化母。彭蠡不盈杯,浙江微辨缕。

石梁屹横架,万仞青壁竖。却瞰赤城颠,势来如刀弩。

盘松国清道,九里天莫睹。穹崇上攒三,突兀傍耸五。

空崖绝凡路,痴立麋与麈。邈峻极天门,觑深窥地户。

金庭路非远,徒步将欲举。身乐道家流,悼儒若一矩。

行寻白云叟,礼象登峻宇。佛窟绕杉岚,仙坛半榛莽。

悬崖与飞瀑,险喷难足俯。海眼三井通,洞门双阙拄。

琼台下昏侧,手足前采乳。但造不死乡,前劳何足数。

(《全唐诗》卷 510—001)

　　本诗作于长庆三年（823）至大和二年（828）之间。此间张祜在江东多有题咏，天台即其中之一。张祜南之湖州（《晚次荆溪馆垒崔明府》："舣舟阳羡馆，况是无三害。"阳羡即湖州之古称）、海盐（《题海盐南馆》）、余杭（《题余杭县龙泉寺》）、杭州（《杭州晚眺》），渡钱塘江至越州（《越州怀古》："昔游不可见。"盖两次游越），南登天台（《游天台山》），溯浙江而上至富阳（《富阳道中送王正夫》）、桐庐（《夕次桐庐》）、信州上饶（《旅次上饶馆》："更想曾题壁，凋零可叹嗟"）、弋阳（《题弋阳馆》："猿声断客肠"）、贵溪（《早秋贵溪南亭晚眺》："回首故乡人未去，乱蝉声噪不堪闻"）、余干（《题干越亭》："扁舟亭下驻烟波，十五年游重此过"）。[①]

忆游天台寄道流

张　祜

忆昨天台到赤城，几朝仙籁耳中生。

云龙出水风声急，海鹤鸣皋日色清。

石笋半山移步险，桂花当涧拂衣轻。

今来尽是人间梦，刘阮茫茫何处行。

（《全唐诗》卷511—010）

　　见张佐《忆游天台寄道流》，作者存疑。

送虚上人游天台

朱庆馀

青冥通去路，谁见独随缘。

此地春前别，何山夜后禅。

石桥隐深树，朱阙见晴天。

好是修行处，师当住几年。

（《全唐诗》卷515—020）

　　本诗具体时间不详。由诗题可知，本诗系朱庆馀赠别虚上人之作，作诗时，朱庆馀未至天台。

　　朱庆馀生平足迹曾至杭州、温州、处州、吴兴等浙江各地，还曾一路南下漫游，经湖南，到今天的广州一带。但未有朱庆馀到天台的直接记载，亦无相关诗作。

---

　　① 参见谭优学：《唐诗人行年考·张祜考》。

送元处士游天台

朱庆馀

青冥路口绝人行,独与僧期上赤城。

树列烟岚春更好,溪藏冰雪夜偏明。

空山雉雊禾苗短,野馆风来竹气清。

若过石桥看瀑布,不妨高处便题名。

(《全唐诗》卷 515—025)

本诗具体时间不详。由诗题可知,本诗系朱庆馀赠别元处士之作,作诗时,朱庆馀未至天台。

元处士,其人不详。其余参见《送虚上人游天台》。

早发天台中岩寺度关岭次天姥岑

许　浑

来往天台天姥间,欲求真诀驻衰颜。

星河半落岩前寺,云雾初开岭上关。

丹壑树多风浩浩,碧溪苔浅水潺潺。

可知刘阮逢人处,行尽深山又是山。

(《全唐诗》卷 533—036)

本诗具体时间不详,当作于许浑居天台中岩寺之时。

许浑,大和六年(832)进士及第,开成元年(836)受卢钧邀请,赴南海幕府,后先后任当涂、太平令,因病免。大中年间入为监察御史,因病乞归,后复出仕,任润州司马。历虞部员外郎,转睦、郢二州刺史。晚年归润州丁卯桥村舍闲居。许浑曾至天台,另有诗作《思天台》等。

送郭秀才游天台

许　浑

云埋阴壑雪凝峰,半壁天台已万重。

人度碧溪疑辍棹,僧归苍岭似闻钟。

暖眠鸂鶒晴滩草,高挂猕猴暮涧松。

曾约共游今独去,赤城西面水溶溶。

(《全唐诗》卷 533—041)

本诗具体时间不详。由诗题可知,本诗系许浑赠别郭秀才之作,诗下有自注:

"余尝与郭秀才同玩朱审画《天台山图》,秀才因游是山,题诗赠别。"本诗不可作为许浑到访天台之证明。许浑曾至天台,参见《早发天台中岩寺度关岭次天姥岑》。

思天台

许　浑

赤城云雪深,山客负归心。

昨夜西斋宿,月明琪树阴。

(《全唐诗》卷538—003)

本诗具体时间不详,当作于许浑居天台之时。其余参见《早发天台中岩寺度关岭次天姥岑》。

病中怀王展先辈在天台

项　斯

枕上用心静,唯应改旧诗。

强行休去早,暂卧起还迟。

因说来归处,却愁初病时。

赤城山下寺,无计得相随。

(《全唐诗》卷554—019)

本诗具体时间不详。由诗题可知,本诗系项斯记怀王展之作。本诗不可作为项斯到访天台之证明,但项斯其人曾至天台。

项斯,字子迁,唐台州乐安(今浙江仙居)人,生卒年月不详。他是中晚唐著名诗人,也是当时台州见于唐文坛的最出色的文学家。关于他的籍贯,历来说法不一。《一统志》和《临海县志》说他是台州临海人,《台州府志》和《仙居县志》说是仙居人。《台州府志》说他的故居"三十八都有项斯坑",项斯坑沿袭至今;《浙江通志》载:"离县城十五里,距三学寺五里,有项斯坑。"大约在唐宪宗元和十年(815),项斯二十多岁,赴京参加进士考试。落第后,开始流落他乡,足迹遍及当时中国的南北。其间曾回过家乡,杭州、绍兴、衢县、永嘉、天台皆有其行踪。

送道友入天台山作

马　戴

却忆天台去,移居海岛空。

观寒琪树碧,雪浅石桥通。

漱齿飞泉外,餐霞早境中。

125

终期赤城里,披氅与君同。

(《全唐诗》卷 556—088)

本诗具体时间不详。由诗题可知,本诗系马戴赠别道友之作,道友其人不明。

马戴早年屡试落第,困于场屋垂三十年,客游所至,南极潇湘,北抵幽燕,西至沂陇,久滞长安及关中一带,并隐居于华山,遨游边关。直至武宗会昌四年(844)与项斯、赵嘏同榜登第。宣宗大中元年(847)为太原幕府掌书记,以直言获罪,贬为龙阳(今湖南省汉寿)尉,后得赦还京。懿宗咸通末,佐大同军幕。咸通七年(866)擢国子太常博士。从其生平来看,马戴曾至浙江,但未到访天台。

送天台僧

贾　岛

远梦归华顶,扁舟背岳阳。
寒蔬修净食,夜浪动禅床。
雁过孤峰晓,猿啼一树霜。
身心无别念,余习在诗章。

(《全唐诗》卷 572—041)

本诗具体时间不详。由诗题可知,本诗系贾岛赠别僧友之作,僧友其人不明。贾岛生于范阳,入长安应试不第。开成二年(837),贾岛责授遂州长江县主簿,三年后转迁普州司仓参军,后来于会昌三年(843)在任上去世。根据其生平经历,并无直接证据可以证明其曾游览台州。

送僧归天台

贾　岛

辞秦经越过,归寺海西峰。
石涧双流水,山门九里松。
曾闻清禁漏,却听赤城钟。
妙宇研磨讲,应齐智者踪。

(《全唐诗》卷 573—011)

本诗具体时间不详。由诗题可知,本诗系贾岛赠别僧友之作,僧友其人不明。其余参见《送天台僧》。

二、关于安祖朝《天台山唐诗总集》的考辨①

安祖朝先生作为天台文化研究者,也是一位令人敬重的学者。纯粹出于研究兴趣,他花费了 20 余年时间,痴迷于古籍、志书、谱牒,潜心钻研天台与唐诗的渊源,撰写了《唐诗风雅颂天台》(2013)以及《天台山唐诗总集》(2018),展现了他对天台山唐诗的总体考证。不管如何,这样的工作确实不易,值得我们敬重。当然,安先生的所有考证并非没有瑕疵,本文的考辨试图在安先生考证的基础上,以图表的形式,直接呈现出唐代诗人与天台山的关系(主要关注是否到过天台山,以及其行游天台山的代表作等),试图为相关的研究提供一个比较直观的基础,相关考证如下。

表 4-1 《天台山唐诗总集》(上册)诗人诗篇考证

作者共计 158 人(括号内为作品数目)	是否到访以及到访时间(共计到访 33 人)	到访代表作	其他补充(任职或猜测时间)
李旦(1)	否		
李隆基(5)	否		
上官昭容(1)	否		
宋之问(7)	否		
陈陶(6)	是,具体时间不可考	《夏日怀天台》	
刘孝孙(1)	否		
许敬宗(1)	否		
王绩(5)	否		
卢照邻(2)	否		
张九龄(2)	是	《登南岳事毕谒司马道士》	开元十四年登天台山所作(刘斯翰考),又有此诗作于衡山一说(顾建国考)。
杨炯(2)	否		
崔湜(2)	否		
李峤(2)	否		

---

① 安祖朝先生的《天台山唐诗总集》(上、下册,浙江古籍出版社,2018 年)是在其《唐诗风雅颂天台》基础上完善的,是目前天台学者对于天台山唐诗考辨的最具代表性的作品。本节考辨由本人研究生张淇同学完成,特此说明。

续表

作者共计158人（括号内为作品数目）	是否到访以及到访时间（共计到访33人）	到访代表作	其他补充（任职或猜测时间）
崔融（1）	否		
苏颋（1）	否		
徐彦伯（1）	否		
薛曜（2）	否		
刘希夷（1）	否		
陈子昂（1）	否		
张说（3）	否		
李乂（2）	否		
沈佺期（1）	是	《同工部李侍郎适访司马子微》	唐中宗时期曾迁台州录事参军，直至神龙三年、景龙元年末丁未十二月，从台州入京上计，得召见，后拜起居郎。
郑愔（1）	否		
蔡隐丘（1）	否		
沈如筠（1）	否		
张子容（1）	否		
张旭（2）	否		
孙逖（4）	是，开元二年赴任山阴县途中曾路过天台境内	《夜宿浙江》	
王维（1）	否		
綦毋潜（2）	否		
储光羲（1）	否		
王昌龄（2）	否		
常建（3）	否		
陶翰（1）	否		
刘长卿（17）	是，刘长卿当为上元二年左右至国清寺	《送台州李使君兼寄题国清寺》	

续表

作者共计158人（括号内为作品数目）	是否到访以及到访时间（共计到访33人）	到访代表作	其他补充（任职或猜测时间）
孟浩然（13）	是，具体时间有争议：开元十三年、开元十五年和开元十八年	《宿天台桐柏观》《舟中晓望》	
李白（33）	是，李白曾于开元十五年、天宝六载两游天台山	《天台晓望》	
韦应物（1）	否		
岑参（1）	否		
李嘉佑（3）	是，上元二年到台州	《和袁郎中破贼后经剡县山水上李太尉》	上元二年出为台州刺史，任上发生了袁晁农民起义。
皇甫曾（4）	否		
杜甫（10）	是，具体时间不可考	《壮游》《观李固请司马弟山水图三首》	根据陈贻焮《杜甫评传》，杜甫在青年时的吴越之行曾经登过天台山。
钱起（7）	是，具体时间不可考	《过桐柏山》《雨中望海上怀郁林观中道侣》	《过桐柏山》一说是指湖南桐柏山。
张继（3）	是，具体时间不可考	《剡县法台寺灌顶坛诗》	
韩翃（1）	否		
皇甫冉（4）	否		
秦系（2）	否		
任华（1）	否		
李阳冰（1）	否		
顾况（9）	是，寓居时间大约在至德二载至贞元三年左右	《临海所居三首》《从剡溪至赤城》	曾长时间寓居临海，临海有《顾氏宗谱》。
耿湋（1）	是，其到访天台境内大致在大历八年至十一年左右。	《登沃洲山》	
戎昱（1）	否		
窦庠（1）	否		

续表

作者共计158人（括号内为作品数目）	是否到访以及到访时间（共计到访33人）	到访代表作	其他补充（任职或猜测时间）
戴叔伦（3）	否		
卢纶（2）	否		
章八元（1）	是，具体时间不可考，	《天台道中示同行》	
张佐（1）	是	《忆游天台寄道流》	该诗有争议，或为张祜所作。
李益（4）	否		
李端（4）	否		
司空曙（1）	否		
崔峒（1）	否		
王建（1）	是，游览台州的时间极有可能在贞元末，在入主魏博节度使田季安幕府后第一次奉命出使淮南（治所在今扬州）时	《题台州隐静寺》	
刘商（3）	否		
朱湾（1）	否		
于鹄（4）	否		
武元衡（2）	否		
柳公绰（1）	否		
权德舆（4）	否		
杨於陵（1）	否		
羊士谔（1）	否		
杨巨源（1）	否		曾任浙东观察使。
令狐楚（2）	否		
韩愈（2）	否		
范传正（1）	否		
刘禹锡（15）	否		
胡证（1）	否		

作者共计 158 人（括号内为作品数目）	是否到访以及到访时间（共计到访 33 人）	到访代表作	其他补充（任职或猜测时间）
张仲素(1)	否		
郑澣(1)	否		
李程(1)	否		
李翱(1)	否		
卢储(1)	否		
孟郊(2)	否		
张籍(7)	否		
李贺(1)	否		
元稹(4)	否		曾任浙东观察使。
白居易(13)	否		曾任杭州刺史。
王起(1)	否		
杨嗣复(1)	否		
杨衡(3)	否		
李君何(1)	否		
张仲方(1)	否		
沈传师(1)	否		
牟融(1)	是,具体时间不可考	《天台》	其人存疑,经学者陶敏考证,唐代没有牟融其人,明代人把伪造的诗集归到牟融的名下。
刘言史(6)	否		
长孙佐辅(1)	否		
李宗闵(1)	否		
徐凝(2)	是,具体时间不可考	《送寒岩归士》《天台独夜》	其曾长居江浙一带。
李德裕(4)			
李涉(3)	是,具体时间不可考	《寄河阳从事杨潜》	
杨敬之(1)			

续表

作者共计158人（括号内为作品数目）	是否到访以及到访时间（共计到访33人）	到访代表作	其他补充（任职或猜测时间）
李绅（9）	是，贞元十六年东游天台，并结交僧人修真	《新楼诗二十首·琪树》《题北峰黄道士草堂》	
鲍溶（4）	否		
沈亚之（1）	否		
施肩吾（12）	是，具体时间不可考	《送人归台州》	科举及第（元和十五年）之后往来于山阴（绍兴）、天台、四明（宁波）之间。另张籍有诗《送施肩吾东归》相赠。
姚合（3）	是，游历天台之时当为大和十年	《送陟遐上人游天台》《游天台上方》	曾任杭州刺史。
周贺（3）	否		
郑巢（7）	是，具体时间不可考	《泊灵溪馆》《瀑布寺贞上人院》	大中年间，曾长期寓居天台。
柳泌（2）	是	《琼台》	元和二年任台州刺史。
章孝标（3）	是，宝历元年至大和二年左右，入浙东元稹幕时曾至天台	《瀑布》《僧院松》	
崔郾（1）	否		曾任浙西观察使。
李敬方（3）	是，会昌中曾至台州	《天台晴望（时左迁台州刺史。题一作喜晴）》	会昌中被贬台州司马（一言刺史）。
顾非熊（1）	否		
张祜（5）	是，具体时间不可考	《游天台山》	游历天台当在长庆年间。
欧阳衮（1）	否		
朱庆馀（6）	否		
钟辂（1）	否		
杨发（1）	否		
雍陶（1）	否		

作者共计158人（括号内为作品数目）	是否到访以及到访时间（共计到访33人）	到访代表作	其他补充（任职或猜测时间）
杜牧（2）	否		其诗《宿东横山濑》当为许浑之作。
许浑（20）	是，具体时间不可考	《思天台》《早发中岩寺别契直上人》《宿东横山》	
李商隐（8）	是，大中二年曾至台州	《过郑广文旧居》	大中二年冬桂幕罢归，过郑虔旧居。
许灄（1）	否		
潘咸（1）	否		
崔元略（1）	否		
喻凫（2）	否		
刘得仁（1）	否		
薛逢（4）	否		
赵嘏（12）	否		大和元年丁未在浙东元稹幕下，其居六年左右。
项斯（4）	是，具体时间不可考	《病中怀王展先辈在天台》	元和十年赴京进士考试，落第后流落他乡，曾至天台。
马戴（10）	否		
郑畋（1）	否		
薛能（3）	否		
南卓（1）	否		
李群玉（2）	否		
贾岛（15）	否		
温庭筠（4）	否		
段成式（1）	否		
刘驾（1）	否		
刘沧（4）	否		
李频（3）	否		
李郢（8）	是，具体时间不可考	《重游天台》	游天台大概在寓居杭州（大中十年左右）之时。曾辟浙东从事。

续表

作者共计158人（括号内为作品数目）	是否到访以及到访时间（共计到访33人）	到访代表作	其他补充（任职或猜测时间）
曹邺(1)	否		
储嗣宗(2)	否		
于武陵(1)	否		
司马扎(1)	否		
高骈(1)	否		
李昌符(1)	否		
许棠(2)	是，具体时间不可考	《赠天台僧》	多次下第东归，某次东归途中曾至天台，疑似在咸通年间。
皮日休(23)	否		
陆龟蒙(14)	否		
张贲(2)	否		
李毅(1)	否		
魏朴(1)	否		
郑璧(1)	否		
司空图(4)	否		
张乔(4)	否		
曹唐(14)	是，疑在会昌年间，约会昌五年至六年	《刘阮洞中遇仙子》	因向往浙江天台桃源仙女，曾长期客居天台山。
李山甫(2)	否		

表4-2 《天台山唐诗总集》（下册）诗人诗篇考证

作者共计150人（括号内为作品数目）	是否到访以及时间（共计到访56人）	到访代表作	其他补充（任职或猜测时间）
方干(27)	是，具体时间不可考	《送孙百篇游天台》	
罗隐(9)	否		曾任钱塘令。
罗虬(1)	是	《比红儿诗》	乾符六年为台州刺史。
章碣(1)	否		

作者共计150人（括号内为作品数目）	是否到访以及时间（共计到访56人）	到访代表作	其他补充（任职或猜测时间）
周朴（5）	是，具体时间不可考	《桐柏观》《题赤城中岩寺》	曾寓居天台。
崔涂（1）	否		
韩偓（3）	否		
吴融（1）	否		
陆宸（1）	否		
李昭象（1）	否		
王涣（1）	否		
林嵩（1）	否		
杜荀鹤（7）	是，曾在咸通十二年或十三年前往台州拜访台州中丞姚鹄	《春日行次钱塘却寄台州姚中丞》	
褚载（2）	否		
韦庄（6）	否		
王贞白（3）	否		
张蠙（1）	否		
黄滔（6）	是，具体到访时间或在中和二年左右	《游山》《题陈山人居》	
徐夤（4）	否		
崔道融（1）	否		曾任永嘉令（温州）。
曹松（3）	是，具体时间不可考	《天台瀑布》	
李洞（6）	否		
于邺（1）	否		
孙棨（1）	否		
张为（2）	否		
任翻（3）	是，具体时间不可考	《桐柏观》《赋台州早春》	曾多次到达台州。曾登台州府巾山且写有三首巾山诗，但诗作时间不可考，只知道第一首和第二首间隔近三十年。

续表

作者共计150人（括号内为作品数目）	是否到访以及时间（共计到访56人）	到访代表作	其他补充（任职或猜测时间）
陈光(1)	否		
卢士衡(4)	是,具体时间不可考	《僧房听雨》	
熊皎(2)	否		
张泌(2)	否		
李中(2)	否		
徐铉(3)	否		
许坚(2)	否		
王感化(1)	否		
张令问(1)	否		唐末唐兴人（非浙江天台县,当为四川蓬溪县）。
欧阳炯(10)	否		
刘昭禹(4)	是,具体时间不可考	《冬日暮国清寺留题》《忆天台山》《灵溪观》	
廖融(2)	否		
杨夔(1)	否		
谭用之(1)	否		
刘兼(3)	否		
赵湘(1)	是,具体时间不可考	《题天台石桥》	仅存诗一首。
安守范(1)	否		曾至天台禅院,该禅院在四川彭县。
潘雍(1)	否		
葛氏女(1)	是,具体时间不可考	《和潘雍》	有诗《赠葛氏小娘》,其中有"曾闻仙子住天台"一句。
殷琮(1)	否		
景龙文馆学士(1)	否		
无名氏(1)	否		
颜真卿(2)	否		大历七年除湖州刺史。
步非烟(1)	否		

作者共计 150人(括号内为作品数目)	是否到访以及时间(共计到访 56 人)	到访代表作	其他补充(任职或猜测时间)
薛涛(1)	否		
李冶(1)	否		
元淳(1)	否		
寒山子(320)	是,天宝元年左右开始隐居浙江天台(唐兴县)翠屏山,长达七十余年	《诗三百三首》	
拾得(58)	是,具体时间不可考	《诗》	贞观中,与丰干、寒山相次垂迹于国清寺,与案山为同章人,曾长居天台。
丰干(2)	是	《壁上诗》	贞观年间天台国清寺高僧。
景云(1)	否		
灵一(2)	是,具体时间不可考	《妙乐观(一作题王乔观传傅道士所居)》《宿天柱观》	
灵澈(1)	是,具体时间不可考	《大姥岑望大台山》	
法照(2)	是,具体时间不可考	《寄钱郎中》	天宝长庆年间,久居天台大慈寺。
护国(1)	否		江南诗僧。
无可(3)	是,具体时间不可考	《禅林寺》	
皎然(13)	是,疑似曾在天宝七载至天宝八载之间到天台山	《咏小瀑布》《忆天台》	
广宣(1)	否		
栖白(1)	否		
僧鸾(1)	否		
贯休(25)	是,具体时间不可考	《寄天台道友》《避寇入银山》	从江东流亡到荆湘的途中经过天台县银山。
齐己(18)	是,大约在龙纪元年前后	《怀天台华顶僧》	游览台州期间,游览江东一带,留下诗作十余首。

续表

作者共计150人（括号内为作品数目）	是否到访以及时间（共计到访56人）	到访代表作	其他补充（任职或猜测时间）
修睦（2）	是，具体时间不可考	《岳上作》	
隐求（1）	是，具体时间不可考	《石桥琪树》	其人是否真实存在存疑。
文鉴（1）	否		
延寿（8）	是	《金鸡峰》《武宿王有旨石桥设斋会进诗共六首》	曾前往天台山学佛，被法眼宗第二祖德韶大师收为门徒。
司马承祯（40）	是，约于调露元至天台，长居天台桐柏观	《山居洗心》	
司马退之（1）	否		有诗《洗心》，《浙东唐诗之路》诗集将此诗景物描写对象归为天台桐柏玉霄峰。但此诗与司马承祯《山居洗心》极为相似，当为司马承祯之作。
陈寡言（2）	是，于元和中住天台桐柏山	《山居》	
徐灵府（3）	是	《天台山记》《三洞要略》	常年隐居天台桐柏山云盖峰，又居天台虎头岩长达十余年，约在大和开成年间。
吴筠（2）	是	《游仙》《步虚词》	大历年间曾至天台山。
杜光庭（8）	是，具体时间不可考	《题北平沼》《题仙居观》	唐懿宗时，考进士未中，后到天台山入道。
吕岩（8）	是，具体时间不可考	《题桐柏山黄先生庵门》	为传说中的吕洞宾，诗句多为后人附会。
叶法善（1）	是	《留诗》	开元初奉命修《黄箓》，斋于天台山桐柏观。
裴航（1）	否		
许碏（1）	是，具体时间不可考	《醉吟》	晚年由荆湘至天台山，曾在天台山修道。
嵩岳诸仙（2）	否		
湘妃庙（2）	否		
怪（无名氏）（1）	否		
卢绛（1）	否		

作者共计 150人（括号内为作品数目）	是否到访以及时间（共计到访 56 人）	到访代表作	其他补充（任职或猜测时间）
无名氏(1)	是	《天台观石简记》	
萧颖士(1)	否		
李存勖(1)	否		
李煜(5)	否		
皇甫松(2)	否		
牛峤(4)	否		
毛文锡(2)	否		
和凝(2)	否		
薛昭蕴(13)	否		
顾敻(5)	否		
鹿虔扆(2)	否		
李珣(3)	否		
阎选(1)	否		
冯延巳(3)	否		
耿玉真(1)	否		
周元范(1)	否		
张萧远(1)	否		
清观(1)	是，具体时间不可考	《句》	天台山国清寺僧。
庄翱(1)	否		
李适(1)	否		
李翔(1)	否		
王荟(1)	是，具体时间不可考	《奉和元孚大德》	大中时人，曾为台州司马。
元孚(1)	是，具体时间不可考	《元孚五十年前游天台宿建公院登华顶攀琪树观石桥之险绝缅怀昔游因为绝句寄知建长老兼呈台州王司马》	
郑薰(1)	是	《桐柏观》《冬暮挈眷宿桐柏观》	会昌六年任台州刺史。

续表

作者共计 150 人（括号内为作品数目）	是否到访以及时间（共计到访 56 人）	到访代表作	其他补充（任职或猜测时间）
姚鹄(1)	是	《送陟遐上人游天台》《游天台上方》	咸通十一年任江南东道台州刺史。
小白(1)	是	《宿金庭观》	长居天台山。
嗜酒道人(1)	否		
魏征(1)	否		
严向(1)	否		
元结(1)	否		
李华(1)	否		
崔子向(1)	否		
陆质(1)	是	《送最澄阇梨还日本诗》	曾于唐宪宗时任台州刺史。
澄观(1)	是，大历十年从天台宗九祖荆溪大师学天台止观	《答复礼禅师真妄偈》	
吴顗(1)	是	《台州送诗首·送最澄上人还日本国并叙》	贞元二十一年任台州司马。
孟光(1)	是	《送最澄上人还日本国》	贞元二十一年任台州录事参军。
毛涣(1)	是	《送最澄上人还日本国》	贞元二十一年任台州临海县令。
崔谟(1)	是	《送最澄上人还日本国》	贞元二十一年在台州。
全济时(1)	是	《送最澄上人还日本国》	贞元二十一年在台州。
行满(1)	是	《送最澄上人还日本国》	天台山高僧，大历后期至天台修行，栖华顶峰下二十余年。
许兰(1)	是	《送最澄上人还日本国》	贞元二十一年在台州，自称"天台归真弟子"。
幻梦(1)	是	《送最澄上人还日本国》	贞元末天台僧，贞元二十一年在台州。
林晕(1)	是	《送最澄上人还日本国》	贞元二年在台州。

作者共计150人（括号内为作品数目）	是否到访以及时间（共计到访56人）	到访代表作	其他补充（任职或猜测时间）
日本嵯峨天皇（3）	否		
李达（1）	否		
黄璞（1）	否		
秀登（3）	否		
陶榖（1）	是，具体时间不可考	《石桥》	
江为（1）	否		
泰钦（10）	否		
德韶（1）	是，后唐清泰三年曾至天台通玄峰	《颂》	天台山高僧。
永安（1）	否		
义存（1）	否		
孟昶（1）	否		
孙誧（1）	否		
陈端（1）	否		
逸人不顾（1）	否		
葛玄（无名氏托）（1）	否		
蔡辅（2）	是，具体时间不可考	《大德唐归伏承苦忆天台敢奉诗二首》	
高奉（1）	否		
道玄（1）	否		
钱昱（1）	是	《留题巾山明庆塔院》	唐末曾任台州刺史。
骆宾王（1）	是	《久客临海有怀》	永隆二年辛巳被贬临海丞，七月便道过义乌葬母，约于八月到临海上任。
郑虔（2）	是，至德二载至台州	无	无直接代表作可证明。但杜甫有《有怀台州郑十八司户》，即记叙郑虔于至德二载被贬为台州司户参军之事。

三、《全唐诗》中所见台州相关唐诗考辨^①

如前文所言,天台山是浙东唐诗之路的重要目的地,很多唐代诗人都是直接冲着天台山而走上了浙东唐诗之路,这表明天台山在浙东唐诗之路中的重要意义。由天台山而台州,这也是一个极为自然的过程,本节希望通过对于《全唐诗》中关于台州的诗歌进行一个综合的考辨,以见其在整个浙东唐诗之路中的基本状态。

经对《全唐诗》的梳理,到过天台的诗人共计 89 人,诗人及其代表作(按照诗人姓氏首字母排序)如下。

表 4-3 《全唐诗》诗人诗篇考证

诗人	代表作	备注
蔡辅	《大德唐归伏承苦忆天台敢奉诗二首》	具体时间不可考,与日僧圆珍有交往。
曹松	《天台瀑布》	具体时间不可考。
曹唐	《刘阮洞中遇仙子》	因向往浙江天台桃源仙女,曾长期客居天台山,疑在武宗会昌年间(会昌五年至六年)。
陈寡言	《山居》	元和中住天台桐柏山。
陈陶	《夏日怀天台》	具体时间不可考。
澄观	《答复礼禅师真妄偈》	大历十年从天台宗九祖荆溪大师学天台止观。
崔谟	《送最澄上人还日本国》	贞元二十一年在台州。
德韶	《颂》	天台山高僧。后唐清泰三年曾至天台通玄峰。
杜甫	《壮游》《观李固请司马弟山水图三首》	根据陈贻焮《杜甫评传》,曾于青年时的吴越之行途中登过天台山。
杜光庭	《题北平沼》《题仙居观》	唐懿宗时,考进士未中,后到天台山入道。
杜荀鹤	《春日行次钱塘却寄台州姚中丞》	曾在咸通十二年或十三年前往台州拜访台州中丞姚鹄。
法照	《寄钱郎中》	天宝、长庆年间,久居天台大慈寺。
方干	《送孙百篇游天台》	具体时间不可考。
丰干	《壁上诗》	中唐天台国清寺高僧,与寒山、拾得相处。
葛氏女	《和潘雍》	具体时间不可考。潘雍有诗《赠葛氏小娘子》,其中有"曾闻仙子住天台"一句。

---

① 本节具体的考辨内容,由本人研究生张淇同学完成,特此说明。

诗人	代表作	备注
耿湋	《登沃洲山》	其到访天台境内大致在大历八年至十一年。
顾况	《临海所居三首》《从剡溪至赤城》	曾长时间寓居临海,寓居时间大约在至德二载至贞元三年。
贯休	《寄天台道友》《避寇入银山》	从江东流亡到荆湘的途中经过天台县银山。
寒山	《诗三百三首》	天宝元年左右开始隐居浙江天台,长达七十余年。
幻梦	《送最澄上人还日本国》	贞元末天台僧。
黄滔	《游山》《题陈山人居》	具体到访时间或在中和二年左右。
皎然	《咏小瀑布》《忆天台》	根据《皎然年谱》考证,疑似曾在天宝七载至八载之间到过天台山。
李白	《天台晓望》	曾于开元十五年、天宝六载两游天台山。
李嘉祐	《和袁郎中破贼后经剡县山水上李太尉》	上元二年出任台州刺史,任上发生了袁晁农民起义。
李敬方	《天台晴望(时左迁台州刺史。题一作喜晴)》	会昌中被贬台州司马(一言刺史)。
李商隐	《过郑广文旧居》	大中二年冬桂幕罢归,过郑虔旧居。
李涉	《寄河阳从事杨潜》	具体时间不可考。
李绅	《新楼诗二十首·琪树》《题北峰黄道士草堂》	贞元十六年东游天台,并结交僧人修真。
李郢	《重游天台》	游天台大概在寓居杭州之时(大中十年左右),具体时间不可考。
林晕	《送最澄上人还日本国》	贞元二十一年在台州。
灵澈	《天姥岑望天台山》	具体时间不可考。灵澈(746—816),字澄源,唐代浙江会稽云门寺僧。
灵一	《妙乐观(一作题王乔观传傅道士所居)》《宿天柱观》	具体时间不可考。
刘长卿	《送台州李使君兼寄题国清寺》	当在上元二年左右至国清寺。
刘昭禹	《冬日暮国清寺留题》《忆天台山》《灵溪观》	具体时间不可考。
柳泌	《琼台》	元和二年任台州刺史。
卢士衡	《僧房听雨》	具体时间不可考。
陆质	《送最澄阇梨还日本诗》	曾于宪宗时任台州刺史。
罗虬	《比红儿诗》	乾符六年为台州刺史。

续表

诗人	代表作	备注
骆宾王	《久客临海有怀》	永隆二年辛巳被贬临海丞,七月便道过义乌葬母,约于八月到临海上任。
吕岩	《题桐柏山黄先生庵门》	具体时间不可考。
毛涣	《送最澄上人还日本国》	贞元二十一年任临海县令。
孟光	《送最澄上人还日本国》	贞元二十一年任台州录事参军。
孟浩然	《宿天台桐柏观》《舟中晓望》	具体时间有争议。①
牟融	《天台》	具体时间不可考(其人存疑,经陶敏考证,唐代没有牟融其人,明代人把伪造的诗集归到牟融的名下)。
齐己	《怀天台华顶僧》	游览台州的时间大致在龙纪元年前后,在此期间,游览江东一带,留下诗作十余首。
钱起	《过桐柏山》《雨中望海上怀郁林观中道侣》	具体时间不可考。
钱昱	《留题巾山明庆塔院》	唐末曾任台州刺史。
清观	《句》	天台山国清寺僧。
全济时	《送最澄上人还日本国》	贞元二十一年在台州。
任翻	《桐柏观》《赋台州早春》	多次到达台州。曾登台州府巾山且写有三首巾山诗,但三首诗作时间不可考,只知道第一首和第二首间隔近三十年。
沈佺期	《同工部李侍郎适访司马子微》	唐中宗时期曾迁台州录事参军,直至神龙三年、景龙元末丁未十二月,从台州入京上计,得召见,后拜起居郎。
施肩吾	《送人归台州》	元和十五年科举及第之后,往来于山阴(绍兴)、天台、四明(宁波)之间,但到访天台的具体时间不可考。
拾得	《诗》	孤儿,为丰干所拾,故名拾得。与寒山相处融洽。
司马承祯	《山居洗心》	司马承祯约于调露二年至天台山,长居天台柏观。
孙逖	《夜宿浙江》	开元二年赴任山阴县途中曾路过天台境内。
陶毂	《石桥》	具体时间不可考。

① 陈贻焮《唐诗论丛·孟浩然事迹考辨》认为孟浩然游越时间在开元十八年(730),此次东下,就是孟集中所记载的"自洛之越"。谭优学《唐诗人行年考·孟浩然行止考实》认为孟浩然游天台山似在开元十五年(727)夏秋,即从永嘉回到越州之后。徐鹏《孟浩然集校注·作品系年》认为孟浩然在开元十七年(729)"自洛之越"。王辉斌《孟浩然越剡之旅考实》认为孟浩然一生三次游越剡,其始程时间分别为开元十三年(725)春、开元二十一年(733)秋、开元二十三年(735)春,而游览天台是在第一次,即开元十三年之时。

续表

诗人	代表作	备注
王建	《题台州隐静寺》	游览台州的时间极有可能在贞元末(805—806),在入主魏博节度使田季安幕府后第一次奉命出使淮南(治所在今扬州)时。
王翥	《奉和元孚大德》	大中时期人,曾为台州司马。
无可	《禅林寺》	具体时间不可考。
无名氏	《天台观石简记》	
吴顗	《台州送诗一首·送最澄上人还日本国并叙》	贞元二十一年任台州司马。
吴筠	《游仙》《步虚词》	大历年间曾至天台山。
项斯	《病中怀王展先辈在天台》	仙居人,元和十年赴京进士考试,落第后流落他乡。具体时间不可考。
小白	《宿金庭观》	长居天台山。
行满	《送最澄上人还日本国》	天台山高僧,大历后期至天台修行,栖华顶峰下二十余年。
修睦	《岳上作》	具体时间不可考。
徐灵府	《天台山记》《三洞要略》	常年隐居天台桐柏山云盖峰,又居天台虎头岩长达十余年,约在大和、开成年间。
徐凝	《送寒岩归士》《天台独夜》	其曾长居江浙一带,具体时间不可考。
许浑	《思天台》《早发中岩寺别契直上人》《宿东横山》	具体时间不可考。
许兰	《送最澄上人还日本国》	贞元二十一年在台州,自称"天台归真弟子"。
许碏	《醉吟》	晚年由荆湘至天台山,具体时间不可考。
许棠	《赠天台僧》	多次下第东归,某次东归途中曾至天台,疑似在咸通年间。
延寿	《金鸡峰》《武宿王有旨石桥设斋会进一诗共六首》	曾前往天台山学佛,被法眼宗第二祖德韶大师收为门徒。
姚鹄	《行桐柏山》	咸通十一年,任江南东道台州刺史。
姚合	《送陟遐上人游天台》《游天台上方》	游历天台之时,当为开成元年。
叶法善	《留诗》	开元初奉命修《黄箓》,斋于天台山桐柏观。
隐求	《石桥琪树》	具体时间不可考(其人是否真实存在亦存疑)。

续表

诗人	代表作	备注
元孚	《元孚五十年前游天台宿建公院登华顶攀琪树观石桥之险绝缅怀昔游因为绝句寄知建长老兼呈台州王司马》	具体时间不可考。
张祜	《游天台山》	游历天台当在长庆年间。
张继	《剡县法台寺灌顶坛诗》	具体时间不可考。
张九龄	《登南岳事毕谒司马道士》	开元十四年登天台山所作（刘斯翰考），又有此诗作于衡山一说（顾建国考）。
张佐	《忆游天台寄道流》	该诗有争议，或为张祜所作。
章八元	《天台道中示同行》	具体时间不可考。
章孝标	《瀑布》《僧院小松》	宝历元年至大和二年入浙东元稹幕时，曾至天台。
赵湘	《题天台石桥》	具体时间不可考。
郑巢	《泊灵溪馆》《瀑布寺贞上人院》	大中年间，曾长期寓居天台。
郑虔		无直接代表作可证明，但杜甫有《有怀台州郑十八司户》，即记叙郑虔于至德二载被贬为台州司户参军之事。
郑薰	《桐柏观》《冬暮挈眷宿桐柏观》	会昌六年任台州刺史。
周朴	《桐柏观》《题赤城中岩寺》	具体时间不可考。

上表为《全唐诗》中到过天台山的诗人及其诗作的一个简单梳理，从该表来看，诗作数量虽然不像流传的说法中那么多，但也是极为可观的，大体上可以呈现出天台山在当时诗人心目中的地位。而下表则是以《全唐诗》中涉及的台州重点区域为线索，试图直观地呈现出唐代诗人对于台州各个区域的具体表达情况。

表 4-4　《全唐诗》所见台州区域诗歌分地区汇总表

区域	序号	卷	号	诗歌	作者	是否到过
临海（29首）	1	49	46	《城南隅山池春中田袁二公盛称其美夏首获赏果会贻言故有此咏》	张九龄	否
	2	51	14	《景龙四年春祠海》	宋之问	存疑
	3	68	6	《从军行》	崔融	否
	4	120	9	《从军行》	李昂	否

续表

区域	序号	卷	号	诗歌	作者	是否到过
临海（29首）	5	126	42	《送崔三往密州觐省》	王维	否
	6	141	12	《观江淮名胜图》	王昌龄	否
	7	146	5	《赠房侍御（时房公在新安）》	陶翰	否
	8	150	5	《旅次丹阳郡遇康侍御宣慰召募兼别岑单父》	刘长卿	是
	9	159	30	《题终南翠微寺空上人房》	孟浩然	是
	10	170	19	《赠从弟南平太守之遥二首》	李白	是
	11	183	8	《翰林读书言怀呈集贤诸学士》	李白	是
	12	193	61	《题石桥》	韦应物	否
	13	248	14	《送裴补阙入河南幕》	郎士元	否
	14	249	45	《赠郑山人》	皇甫冉	否
	15	322	20	《寄临海郡崔稚璋》	权德舆	否
	16	324	7	《送台州崔录事》	权德舆	否
	17	503	58	《早秋过郭涯书堂》	周贺	否
	18	573	44	《赠僧》	贾岛	否
	19	581	11	《送人南游》	温庭筠	否
	20	600	13	《新岭临眺寄连总进士》	欧阳玭	否
	21	670	26	《投知己》	秦韬玉	否
	22	758	21	《送江为归岭南》	孟贯	否
	23	815	47	《酬邢端公济春日苏台有呈袁州李使君兼书并寄辛阳王二侍御》	皎然	是
	24	842	25	《怀天台华顶僧》	齐己	是
	25	891	20	《更漏子》	温庭筠	否
	26	78	8	《久客临海有怀》	骆宾王	是
	27	267	52	《临海所居三首》	顾况	是
	28	475	128	《临海太守惠予赤城石报以是诗》	李德裕	否
	29	692	25	《寄临海姚中丞》	杜荀鹤	是
赤城（85首）	1	17	39	《临高台》	王勃	否
	2	29	41	《杂歌谣辞·步虚引》	陈陶	是

147

续表

区域	序号	卷	号	诗歌	作者	是否到过
赤城（85首）	3	55	11	《临高台》	王勃	否
	4	57	12	《宝剑篇》	李峤	否
	5	68	16	《嵩山石淙侍宴应制》	崔融	否
	6	83	5	《与东方左史虬修竹篇》	陈子昂	否
	7	92	13	《幸白鹿观应制》	李乂	否
	8	118	52	《立秋日题安昌寺北山亭》	孙逖	否
	9	141	12	《观江淮名胜图》	王昌龄	否
	10	148	121	《和袁郎中破贼后军行过剡中山水谨上太尉》	刘长卿	是
	11	150	15	《夜宴洛阳程九主簿宅送杨三山人往天台寻智者禅师隐居》	刘长卿	是
	12	159	28	《宿天台桐柏观》	孟浩然	是
	13	159	30	《题终南翠微寺空上人房》	孟浩然	是
	14	159	43	《越中逢天台太乙子》	孟浩然	是
	15	160	68	《寻天台山》	孟浩然	是
	16	160	109	《舟中晓望》	孟浩然	是
	17	166	10	《同族弟金城尉叔卿烛照山水壁画歌》	李白	是
	18	167	2	《当涂赵炎少府粉图山水歌》	李白	是
	19	174	4	《梦游天姥吟留别》	李白	是
	20	174	10	《留别西河刘少府》	李白	是
	21	175	3	《送王屋山人魏万还王屋》	李白	是
	22	175	9	《送杨山人归天台》	李白	是
	23	176	28	《金陵送张十一再游东吴》	李白	是
	24	180	5	《天台晓望》	李白	是
	25	180	6	《早望海霞边》	李白	是
	26	183	11	《秋夕书怀》	李白	是
	27	183	33	《莹禅师房观山海图》	李白	是
	28	236	44	《雨中望海上怀郁林观中道侣》	钱起	否
	29	249	42	《酬包评事壁画山水见寄》	皇甫冉	否
	30	267	52	《临海所居三首》	顾况	是

区域	序号	卷	号	诗歌	作者	是否到过
赤城（85首）	31	281	18	《忆游天台寄道流》	张佐	存疑
	32	282	39	《登天坛夜见海》	李益	否
	33	283	13	《同萧炼师宿太乙庙》	李益	否
	34	322	20	《寄临海郡崔稚璋》	权德舆	否
	35	360	45	《和令狐相公送赵常盈炼师与中贵人同拜岳及天台投龙毕却赴京》	刘禹锡	否
	36	379	16	《送超上人归天台》	孟郊	否
	37	428	35	《题赠郑秘书征君石沟溪隐居》	白居易	否
	38	465	24	《赠罗浮易炼师》	杨衡	否
	39	475	128	《临海太守惠予赤城石报以是诗》	李德裕	否
	40	477	14	《寄河阳从事杨潜》	李涉	是
	41	485	48	《寄天台准公》	鲍溶	否
	42	493	8	《送文颖上人游天台》	沈亚之	否
	43	496	64	《送陟遐上人游天台》	姚合	是
	44	504	1	《泊灵溪馆》	郑巢	是
	45	510	1	《游天台山》	张祜	是
	46	511	10	《忆游天台寄道流》	张祜	是
	47	515	25	《送元处士游天台》	朱庆馀	否
	48	533	41	《送郭秀才游天台》	许浑	是
	49	534	7	《乘月棹舟送大历寺灵聪上人不及》	许浑	是
	50	538	3	《思天台》	许浑	是
	51	541	79	《送从翁从东川弘农尚书幕》	李商隐	否
	52	541	97	《朱槿花二首》	李商隐	否
	53	541	101	《病中闻河东公乐营置酒口占寄上》	李商隐	否
	54	554	19	《病中怀王展先辈在天台》	项斯	是
	55	556	29	《赠禅僧》	马戴	否
	56	556	84	《中秋夜坐有怀》	马戴	否
	57	556	88	《送道友入天台山作》	马戴	否
	58	573	11	《送僧归天台》	贾岛	否

续表

区域	序号	卷	号	诗歌	作者	是否到过
赤城（85首）	59	574	21	《酬慈恩寺文郁上人》	贾岛	否
	60	590	9	《宿怜上人房》	李郢	是
	61	604	16	《赠天台僧》	许棠	是
	62	613	55	《孙发百篇将游天台请诗赠行因以送之》	皮日休	否
	63	614	35	《寒日书斋即事三首》	皮日休	否
	64	625	19	《奉和袭美怀华阳润卿博士三首》	陆龟蒙	否
	65	626	22	《送董少卿游茅山》	陆龟蒙	否
	66	652	18	《送孙百篇游天台》	方干	是
	67	655	14	《寄杨秘书》	罗隐	否
	68	663	22	《送程尊师东游有寄》	罗隐	否
	69	665	47	《寄剡县主簿》	罗隐	否
	70	685	31	《绵竹山四十韵》	吴融	否
	71	690	27	《赠天台王处士》	林嵩	否
	72	708	8	《赠董先生》	徐夤	否
	73	708	68	《画松》	徐夤	否
	74	711	7	《和尚书咏泉山瀑布十二韵》	徐夤	否
	75	737	16	《僧房听雨》	卢士衡	是
	76	745	25	《步虚引》	陈陶	是
	77	746	52	《泉州刺桐花咏兼呈赵使君》	陈陶	是
	78	761	6	《大游仙诗》	欧阳炯（一作欧阳炳）	否
	79	762	33	《赠天台逸人》	廖融	否
	80	763	5	《送日东僧游天台》	杨夔	否
	81	779	25	《登云梯》	殷琮	否
	82	803	48	《金灯花》	薛涛	否
	83	805	20	《句》	元淳	否
	84	806	1	《诗三百三首》	寒山	是
	85	267	84	《从剡溪至赤城》	顾况	是

区域	序号	卷	号	诗歌	作者	是否到过
国清寺（10首）	1	151	42	《送台州李使君兼寄题国清寺》	刘长卿	是
	2	615	46	《寄题天台国清寺齐梁体》	皮日休	否
	3	628	39	《寄题天台国清寺齐梁体》	陆龟蒙	否
	4	692	104	《送僧归国清寺》	杜荀鹤	是
	5	762	3	《冬日暮国清寺留题》	刘昭禹	是
	6	819	20	《送德守二叔侄上人还国清寺觐师》	皎然	是
	7	721	48	《颜上人房》	李洞	否
	8	150	15	《夜宴洛阳程九主簿宅送杨三山人往天台寻智者禅师隐居》	刘长卿	是
	9	820	22	《咏小瀑布》	皎然	是
	10	573	11	《送僧归天台》	贾岛	否
寒岩（2首）	1	474	11	《送寒岩归士》	徐凝	是
	2	652	7	《题龙泉寺绝顶》	方干	是
桐柏（20首）	1	159	28	《宿天台桐柏观》	孟浩然	是
	2	236	36	《过桐柏山》	钱起	否
	3	673	37	《桐柏观》	周朴	是
	4	727	33	《桐柏观》	任翻	是
	5	857	4	《题桐柏山黄先生庵门》	吕岩	是
	6	53	44	《送司马道士游天台》	宋之问	存疑
	7	69	16	《饯唐州高使君赴任》	韦元旦	否
	8	76	9	《淮亭吟》	徐彦伯	否
	9	79	24	《早发淮口望盱眙》	骆宾王	是
	10	93	4	《饯唐州高使君赴任》	卢藏用	否
	11	138	36	《登戏马台作》	储光羲	否
	12	145	12	《小山歌》	万楚	否
	13	292	2	《送永阳崔明府》	司空曙	无
	14	298	54	《东征行》	王建	是

续表

区域	序号	卷	号	诗歌	作者	是否到过
桐柏（20首）	15	337	24	《嗟哉董生行》	韩愈	否
	16	673	17	《送梁道士》	周朴	是
	17	761	6	《大游仙诗》	欧阳炯（一作欧阳炳）	否
	18	787	4	《月映清淮流》	无名氏	——
	19	829	17	《寄天台道友》	贯休	是
	20	854	8	《题北平沼》	杜光庭	是
寒山（7首）	1	48	78	《奉和圣制早发三乡山行》	张九龄	否
	2	87	74	《深渡驿》	张说	否
	3	474	11	《送寒岩归士》	徐凝	是
	4	652	7	《题龙泉寺绝顶》	方干	是
	5	762	38	《句》	廖融	否
	6	782	20	《雪夜听猿吟》	顾伟	否
	7	806	1	《诗三百三首》	寒山	是
刘阮（21首）	1	640	7	《刘阮洞中遇仙子》	曹唐	是
	2	640	8	《仙子送刘阮出洞》	曹唐	是
	3	640	9	《仙子洞中有怀刘阮》	曹唐	是
	4	640	10	《刘阮再到天台不复见仙子》	曹唐	是
	5	267	59	《寻桃花岭潘三姑台》	顾况	是
	6	281	18	《忆游天台寄道流》	张佐	存疑
	7	329	16	《桃源篇》	权德舆	否
	8	433	21	《对酒》	白居易	否
	9	437	94	《和梦游春诗一百韵》	白居易	否
	10	511	10	《忆游天台寄道流》	张祜	是
	11	533	36	《早发天台中岩寺度关岭次天姥岑》	许浑	是
	12	695	35	《渔塘十六韵(在朱阳县石岩下)》	韦庄	否
	13	754	36	《送彭秀才南游》	徐铉	否
	14	778	15	《赠葛氏小娘子》	潘雍	否

区域	序号	卷	号	诗歌	作者	是否到过
刘阮（21首）	15	857	1	《七言》	吕岩	是
	16	881	1	《蒙求》	李瀚	否
	17	885	2	《夜看樱桃花》	皮日休	否
	18	892	2	《天仙子》	韦庄	否
	19	894	10	《甘州子》	顾夐	否
	20	896	4	《女冠子》	李珣	否
	21	897	3	《浣溪沙》	阎选	否
石桥（91首）	1	26	70	《杂曲歌辞·独不见》	王训	否
	2	53	30	《灵隐寺》	宋之问	否
	3	147	25	《送少微上人游天台》	刘长卿	是
	4	151	36	《送惠法师游天台因怀智大师故居》	刘长卿	是
	5	160	109	《舟中晓望》	孟浩然	是
	6	169	17	《赠僧崖公》	李白	是
	7	175	9	《送杨山人归天台》	李白	是
	8	212	5	《睢阳酬别畅大判官》	高适	否
	9	212	37	《鲁西至东平》	高适	否
	10	246	16	《观海》	独孤及	否
	11	266	22	《经徐侍郎墓作》	顾况	是
	12	267	52	《临海所居三首》	顾况	是
	13	279	2	《题念济寺晕上人院》	卢纶	否
	14	312	1	《烂柯山四首·最高顶》	刘迥	否
	15	316	66	《送吴侍御司马赴台州》	武元衡	否
	16	359	62	《送元简上人适越》	刘禹锡	否
	17	365	20	《送霄韵上人游天台》	刘禹锡	否
	18	380	24	《烂柯石》	孟郊	否
	19	408	11	《和友封题开善寺十韵》	元稹	否
	20	435	7	《醉后走笔酬刘五主簿长句之赠兼简张大贾二十四先辈昆季》	白居易	否

续表

区域	序号	卷	号	诗歌	作者	是否到过
石桥（91首）	21	474	34	《寄海峤丈人》	徐凝	是
	22	481	36	《新楼诗二十首·琪树》	李绅	是
	23	494	11	《送端上人游天台》	施肩吾	是
	24	494	116	《山中玩白鹿》	施肩吾	是
	25	496	66	《送僧贞实归杭州天竺》	姚合	是
	26	503	41	《赠朱庆馀校书》	周贺	否
	27	511	23	《题杭州天竺寺》	张祜	是
	28	515	20	《送虚上人游天台》	朱庆馀	否
	29	515	25	《送元处士游天台》	朱庆馀	否
	30	540	98	《海上》	李商隐	否
	31	543	47	《赠张濆处士》	喻凫	否
	32	550	53	《寻僧二首》	赵嘏	否
	33	554	1	《寄石桥僧》	项斯	是
	34	555	52	《送僧归闽中旧寺》	马戴	否
	35	556	9	《山中寄姚合员外》	马戴	否
	36	556	88	《送道友入天台山作》	马戴	否
	37	557	27	《题缑山王子晋庙》	郑畋	否
	38	571	30	《寄孟协律》	贾岛	否
	39	572	25	《寄龙池寺贞空二上人》	贾岛	否
	40	574	56	《赠僧》	贾岛	否
	41	583	31	《宿一公精舍》	温庭筠	否
	42	588	23	《越中行》	李频	否
	43	590	35	《送圆鉴上人游天台》	李郢	是
	44	590	36	《送僧之台州》	李郢	是
	45	590	43	《重游天台》	李郢	是
	46	594	5	《宿玉箫宫》	储嗣宗	否
	47	594	12	《和茅山高拾遗忆山中杂题五首·山邻》	储嗣宗	否
	48	601	23	《送人入新罗使》	李昌符	否

区域	序号	卷	号	诗歌	作者	是否到过
石桥（91首）	49	603	6	《早发洛中》	许棠	是
	50	638	98	《金山寺空上人院》	张乔	存疑
	51	639	44	《赠头陀僧》	张乔	存疑
	52	660	14	《题玄同先生草堂三首》	罗隐	否
	53	701	53	《寄天台叶尊师》	王贞白	否
	54	702	12	《送董卿赴台州》	张蠙	否
	55	710	44	《苔》	徐夤	否
	56	722	34	《出山睹春榜》	李洞	否
	57	723	5	《哭栖白供奉》	李洞	否
	58	723	14	《怀张乔张霞》	李洞	否
	59	738	12	《登祝融峰》	李徵古	否
	60	746	39	《春日行》	陈陶	是
	61	761	6	《大游仙诗》	欧阳炯（一作欧阳炳）	否
	62	764	17	《幽居寄李秘书》	谭用之	否
	63	774	29	《独不见》	王训	重出
	64	788	22	《七言滑语联句》	颜真卿	否
	65	806	1	《诗三百三首》	寒山	是
	66	807	1	《诗》	拾得	是
	67	808	30	《画松》	景云	否
	68	809	40	《妙乐观》	灵一	是
	69	811	2	《题醴陵玉仙观歌》	护国	否
	70	813	42	《行汉水晚次神滩阻风》	无可	是
	71	813	49	《送喻凫及第归阳羡》	无可	是
	72	813	55	《禅林寺》	无可	是
	73	818	42	《送邢台州济》	皎然	是
	74	823	35	《和王季文题九华山》	神颖	否
	75	828	18	《送杨秀才》	贯休	是

续表

区域	序号	卷	号	诗歌	作者	是否到过
石桥（91首）	76	828	32	《观怀素草书歌》	贯休	是
	77	829	1	《春山行》	贯休	是
	78	832	24	《避地毗陵上王恺使君》	贯休	是
	79	836	19	《题兰江言上人院二首》	贯休	是
	80	837	1	《山居诗二十四首》	贯休	是
	81	839	35	《送刘秀才南游》	齐己	是
	82	840	55	《怀华顶道人》	齐己	是
	83	840	58	《送人游衡岳》	齐己	是
	84	842	25	《怀天台华顶僧》	齐己	是
	85	842	50	《欲游龙山鹿苑有作》	齐己	是
	86	845	18	《寄益上人》	齐己	是
	87	846	34	《寄南岳诸道友》	齐己	是
	88	858	4	《七夕》	吕岩	是
	89	861	44	《自吟》	徐钓者	否
	90	883	2	《曲龙山歌》	顾况	是
	91	894	3	《女冠子》	薛昭蕴	否
台州（24首）	1	73	15	《蜀城哭台州乐安少府》	苏颋	否
	2	118	20	《送周判官往台州》	孙逖	存疑
	3	151	42	《送台州李使君兼寄题国清寺》	刘长卿	是
	4	218	11	《有怀台州郑十八司户》	杜甫	否
	5	222	7	《八哀诗。故著作郎贬台州司户荥阳郑公虔》	杜甫	否
	6	225	28	《送郑十八虔贬台州司户伤其临老陷贼之故阙为面别情见于诗》	杜甫	否
	7	227	34	《所思》	杜甫	否
	8	234	40	《哭台州郑司户苏少监》	杜甫	否
	9	294	29	《润州送师弟自江夏往台州》	崔峒	否
	10	298	69	《题台州隐静寺》	王建	是
	11	316	66	《送吴侍御司马赴台州》	武元衡	否

区域	序号	卷	号	诗歌	作者	是否到过
台州（24首）	12	324	7	《送台州崔录事》	权德舆	否
	13	469	16	《闻韦驸马使君迁拜台州》	长孙佐辅	否
	14	494	161	《送人归台州》	施肩吾	是
	15	508	30	《天台晴望》	李敬方	是
	16	515	28	《台州郑员外郡斋双鹤》	朱庆馀	否
	17	549	64	《淮信贺滕迈台州》	赵嘏	否
	18	588	62	《送台州唐兴陈明府》	李频	否
	19	590	36	《送僧之台州》	李郢	是
	20	652	2	《寄台州孙从事百篇》	方干	是
	21	692	36	《春日行次钱塘却寄台州姚中丞》	杜荀鹤	是
	22	702	12	《送董卿赴台州》	张蠙	否
	23	818	42	《送邢台州济》	皎然	是
	24	831	42	《送友人及第后归台州》	贯休	是

从上述统计之中，台州（尤其是天台山）在浙东唐诗之路中的重要意义可见一斑。如果说浙东唐诗之路的形成，首先是建立在一定数量的诗歌基础之上的话，那么，以天台山为中心延及整个浙东区域，我们可以很明显看到相关诗歌数量的众多程度。虽然未必到"一座天台山，半部全唐诗"或者"一座天姥山，半部全唐诗"如是夸张的程度，但是，浙东唐诗之路的诗歌成就亦是不容小觑的。也正是在此意义上，浙东唐诗之路的称号毫无疑问是成立的。

四、浙东唐诗之路上的艺术成就

从整个浙东唐诗之路来看，它不仅仅留下了很多脍炙人口的诗篇，而且这条路上也充满了艺术气息。无论是音乐、书法、碑刻，还是茶道等等，都具有极为重要的影响。而关于这些方面，前贤已经论及颇多，本文略举一二例，以见浙东唐诗之路所具有的艺术成就。

就书法艺术而言，我们都知道以王羲之、王献之为代表的"二王"毫无疑问是中国书法史上的高峰，代表着书法艺术的成熟。"二王"明显与浙东唐诗之路有着密切关系,这是琅琊王氏南渡带给绍兴的重要成就。当然,我们在谈及书法艺术的标志性地点的时候,通常都会提及兰亭。这盛名所在,对于唐代人毫无疑问有着极为重要的吸引力。云门寺也是一个非常重要的标志点,与唐代的诗人亦有着密切的关系。云门寺坐落在绍兴县(今绍兴市内)平水镇寺里头村境内,始建于晋义熙三年(407)。传说东晋大书法家王献之隐居于此,某夜忽见屋顶降临五彩祥云,便将此事上表奏帝,晋安帝遂下诏献宅为寺,称"云门寺"。由皇帝下诏建寺,这也表明了云门寺非同一般的地位,而与书圣王羲之联系在一起,则更增添了这一古刹的文化底蕴。据说王献之曾在此隐居练字,毫无疑问,这是绍兴除兰亭之外的又一处著名书法胜地。"天下第一行书"——《兰亭序》真迹,曾长期保存在云门寺,最终唐太宗因追慕王羲之的书法杰作,特派监察御史萧翼用计从辩才手中骗取。王羲之的第七代孙智永禅师驻寺临书三十年,"退笔冢"与"铁门槛"成为书坛佳话。永淳二年(683),初唐四杰之首王勃曾在此主持了一次模仿兰亭雅集的修禊活动。王勃亦撰有《修禊于云门王献之山亭序》:

> 观夫天下四海,以宇宙为城市;人生百年,用林泉为窟宅;虽朝野殊致,出处异涂,莫不拥冠盖于烟霞,披薜萝于山水。况乎山阴旧地,王逸少之池亭;永兴新郊,许玄度之风月。琴台寂落,犹停隐遁之宾;酿渚荒凉,尚有过往之客。仙舟荡漾,若海上之槎来;羽盖参差,似辽东之鹤起。或昂昂骋骥,或泛泛飞凫,俱安名利之场,各得逍遥之地。而上属无为之道,下栖玄邈之风。

> 永淳二年暮春二月,修被禊于献之山亭也。迟迟风景出没,媚于郊原;片片仙云远近,生于林薄。杂花争发,非止桃溪;迟鸟乱飞,有余莺谷。王孙春草,处处皆青;仲统芳园,家家并翠。于是携旨酒,列芳筵,先被禊于长洲,却申文于促席。良谈吐玉,长江与斜汉争流;清歌绕梁,白云将红尘并落。他乡易感,自凄恨于兹晨;羁客何情,更欢娱于此日。加以今之视昔,已非昔日之欢;后之视今,复岂今时之会? 人之情也,能不悲乎?

> 宜题姓氏,以倾怀抱。使夫会稽竹箭,则惟我于东南;昆阜琳琅,亦归予于西北。

该文毫无疑问地表达出了唐代人对于二王的推崇。从《全唐诗》留下的咏及云门的诗篇中,可见唐代云门寺的繁荣及其对于诗人所具有的影响力,比如刘长卿的《寄净虚上人初至云门》[①]：

> 寒踪白云里，法侣自提携。
>
> 竹径通城下，松门隔水西。
>
> 方同沃洲去，不似武陵迷。
>
> 仿佛方知处，高峰是会稽。

又如赵嘏的《浙东陪元相公游云门寺》：

> 松下山前一径通，烛迎千骑满山红。
>
> 溪云乍敛幽岩雨，晓气初高大旆风。
>
> 小槛宴花容客醉，上方看竹与僧同。
>
> 归来吹尽岩城角，路转横塘乱水东。

咏及云门寺的诗歌还有很多，云门寺之所以会成为浙东唐诗之路上的一个重要节点，显然跟自"二王"而来的书法艺术的影响有着密切关系。

就音乐艺术来说，唐代道教音乐的发展，也和浙东唐诗之路尤其是天台山有着密切关系。这当然是和司马承祯有着极为密切的关系。《新唐书·礼乐志十二》称："帝（玄宗）方浸喜神仙之事，诏道士司马承祯制《玄真道曲》，茅山道士李会元制《大罗天曲》，工部侍郎贺知章制《紫清上圣道曲》。太清宫成，太常卿韦绦制《景云》《九真》《紫极》《小长寿》《承天》《顺天乐》六曲，又制商调《君臣相遇乐》曲。"司马承祯也擅长鼓琴，对于音乐的欣赏与美感有很深的感悟，他在《素琴传》写道："诸弦和附，则采采粲粲，若云雪之轻飞焉。众音谐也，则嗜嗜嘿嘿，若鸾凤之清歌焉。"这里很直接地表达出了司马承祯对于道教音乐的重要影响力。尤其是唐代法曲的创立，司马承祯对其起到了极为关键的作用。[②] 从上述《新唐书》的描述来看，司马承祯本身就有极为高超的音乐素养。唐代天台山道士精通音律的也不少，如女道士李季兰，她在《三峡流泉歌》一诗中有"巨石奔崖指下生，飞波走浪弦中起"，写水流的激湍喷涌，使诗人疑为"含风雷"，可见上清派道教音乐理论的细腻入神。于天台

---

① 一说为皇甫曾所作。

② 关于法曲名称的由来，国内学界有过深入的探讨，有学者认为是南北朝时期梁帝萧衍所作的佛曲。但是李石根在 1957 年曾在陕北佳县白云观做田野考察，那里的道长把自己的经韵称作法曲。另外，范紫东先生在《乐学通论》中提出，法曲所用歌词，确实是西安城隍庙道教音乐所用。因此，种种迹象表明，法曲与道教音乐有着较为深厚的渊源。或者我们可以说，法曲实际上就是唐代的道教音乐，跟唐代独特的政治社会氛围有着密切关系。

山学道的杜光庭,师事天台山应夷节,按应乃陶弘景七传弟子,司马承祯五传弟子,杜光庭广泛搜集道书,为道教的发展作出了卓越的贡献。经由司马承祯、叶法善至于杜光庭,事实上就形成了桐柏宫独特的道教音乐传统[①],而这也为后来中国道教音乐的发展奠定了基础。[②]

　　浙东唐诗之路上的碑刻作品,则更比比皆是,比如前文所提及的白居易的《沃洲山禅院记》,文学造诣和艺术成就都很高,对于浙东唐诗之路的历史还原也有着重要的影响。而《沃洲山禅院记》之类的碑记,在浙东唐诗之路上并非孤例,比如李邕的《国清寺碑并序》,虽然碑已不见,但其碑文及序亦难能可贵:

　　　　观夫密教将开,必有其地;灵岳将应,必降其人。是以兆发真僧,功成宏愿,以一如正受之力,致三朝大事之因:故得帝王宅心,王公摄念,国祥备至,家宝荐臻。玉宇悬空,金谷飞月。婆若之海尘不能淄,安明之山风不能振:莫与京者,其在兹乎!国清寺者,隋开皇十八年智者大师之所建也。大师强植之根,已于千万佛所;本性之照,岂于一百年间?是以相眉雪光,慈目水净,入不住地,得无上缘。五部律仪,具分金界;三昧定力,更立宝山。始入天台,居于佛陇,则知冥符事现,元感名征,构室者不立于空,托迹者必兴于物。是寺本题天台,先是大师尝梦定光禅师教曰:"寺若成,国必清。"大业元年,僧智璪启其禅以为号,炀帝从而改焉。至义宁之初,寺宇方就,事属皇运,言符圣僧。

　　　　粤若右赤城,左沧海,艮背曾阜,襟开平原,宝势雄侈于古今,奇表严净于江汉。建置崇丽,虑矩恢殊,广殿磴于重严,周廊庑于绝巘,峰台纳景于下视,雁塔排云于中休。八部来思,不孤其德;三身在此,有睟其容。亦犹妙胜之乡,乾竺之里,若即见佛,岂与登仙?曷云菩提树间,必能七日成道;忉利天上,可以三月安居而已哉!借天仙往还,神秀表里,静漠漠而山远,密微微而谷深,自然罗浮迁移,既因风雨;育王制造,载役鬼神。落落然列星陈于九天,昭昭然飞霞夹于二曜。松间豁达,祥云飞和雅之音;桥路逶迤,德水照澄清之色:伫立者神夺,散心者目明:所以信士永言,至人驰想,不远万里,有以一临。离垢道场,遇之即是;去结法意,愿之便成。净水宝珠,见者无染;高山甘露,受者有知。

---

　　① 关于此,任宗权道长有《全真正韵的兴起江浙说》(《道教之音》,2011年12月),邱国明的《天台山桐柏宫道乐与唐代法曲之渊源略考》(《当代音乐》,2019年12月)均有论述。

　　② 按照教内的说法,目前所流传的道教音乐,实际上是从天台山桐柏宫流传而来的,当然主要是宋代全真教南宗的道教音乐,此一流派在江南流传甚广,在新中国成立前流入北京白云观,最终成为中国道教音乐的代表,从这个角度也可以很清楚看到天台山道教音乐的重要影响力。

起念事功,顿超十劫之地;坐入位证,遥比千眼之天。别有放生溪源,通流朝信,鳞介千族,压海而随波;纲罟万艘,因利而兴篝。昆仑之水,天地罕经通之极;恒沙之命,溪壑无醉饱之期。

大师悯其杀因,示其宿世:父母妻子,俱是轮回;山石地方,尽归报复。百味欢喜之药,愿乐法王;五指慈悲之根,降伏师子。由是渔父易节,鲜食向风,释纶解徽,停筵去笱,畅拨剌以掉尾,恣唼喋而鼓腮。乘佛之威,入佛之境,不恐不惧,且安且怀,刬过去之罔穷,固未来之靡尽。福德轻重,等须弥之斤两;济度广大,同法界之范围。所以钦若九重,煜耀万国,光赞者五主,襟绝者数朝。仪凤二年三月十日制曰:"台州国清寺,迥超尘俗,年代或异,妙相真容,累呈感应之迹;或净居仙宇,函有征祥之效。大启良缘,实寄兹所,宜令寺内各造七级浮图一所,度僧七七人,自今有阙,随即简补。"故其智印接武,草系传薪,千叶莲华,了无异色;五彩缯荙,休有圆光。莫不清凉之泉,沃兹劫烧;定慧之力,制彼魔幢。罗汉之身,时可去矣;如来之室,岂豈留乎?昔有颢禅师者,即大师之复次也,戒珠圆明,德芽俊茂,以精进大力,运自在他心。每指堂东因如厕,奄忽泉涌,须史石开,虽炎赫旷时,而清冷弥载。又堵波岁久,根据势危,首亚西南,趾留东北,一遇瀑雨,稍浸广庭,护法阴鸷而扶持,信力潜运而平正。宜其女子不宿,荤血不臻,镇之以法似,守之以山神,永怀水月,高谢风尘:此又奇也。

于时明牧敬公名咸,忠贤相门,德礼邦镇,宣慈被物,遗直在人。邑宰李公名安之,不伎不求,有为有守,惠爱临下,贞固干时;大德行续、上座神轨、寺主道翘、都维那首那、法师法忍等,三归法空,一处心净,景式诸子,大济群生:皆赏叹幽奇,明征相事,虽裴回纵目,而仿佛画屏,岂曲尽于笔端?固悬天深造。以为孙公之赋,未究三仙;郭璞之经,罕知十地:是存刻石,以广披文。其词曰:

兆出名山,功加贤位。傛甫和令,兹焉感致。佛陇通明,国清发瑞。征名立榜,应运题寺。法寺神丽,像殿崇严。九成台阁,百丈松杉。瞰瀛列座,倚巘飞檐。风庭肃爽,雾谷沈潜。想像梵宫,超遥仙宇。目有书传,耳无浪语。不知从来,相去几许。施物及僧,唯吾与汝。外物莫际,密教自传。心净色净,有边无边。持剑岂失?喻筏能捐。若遇诸佛,已超四禅。闻者斯来,见者斯悦。果果法似,因因地岊。心境始开,知印皆发。求仁得仁,即说非说。沙弥救蚁,菩萨放生。溪流昼夜,潮水虚盈。鳞介万族,湿化千名。福河不绝,佛土常宁。郡邑才良,纪纲禅律。恭惟令始,雅尚休毕。保绥地灵,光照佛日。将播美于永代,愧当仁于雄笔。

此碑对智者大师以及天台山国清寺都予以了极高的评价,这无疑也是浙东唐诗之路上的一座丰碑。同样是跟智者大师相关的碑文,还有现存真觉寺的《修禅道场碑铭》,碑文前题字:"台州隋故智者大师修禅道场碑铭并序。右补阙翰林学士梁肃撰,朝散大夫台州刺史上柱国高平徐放书。"这是唐代高僧行满为重建修禅寺而立的石碑。碑文是智者大师圆寂后190余年,湛然大师请求梁肃所撰,并由时任台州刺史的徐放所书。撰者和书者是唐代著名的文学家和书法家,碑文堪称精品。而就天台山的佛教来说,尚存国清寺后山上的柳公权"大中国清之寺"石刻大字,当为天台山摩崖石刻中的珍品。

如果说前述碑刻均属佛教的话,那么事实上,道教也有非常重要的碑刻。由唐代诗人崔尚撰文、翰林学士韩择木书写、唐玄宗亲书碑额的《新桐柏观碑颂》现存部分残碑、拓片非常难得,而崔尚的《唐天台山新桐柏观颂并序》得到了完整的保留。

> 天台也,桐柏也,代谓之天台,真谓之桐柏,此两者同体(一作出)而异名。同契乎元,道无不在。夫如是,亦奚必是桐柏耶?非桐柏耶?因斯而谈,则无是是、无非非矣。而稽古者言之:桐柏山高万八千丈,周旋八百里,其山八重,四面如一。中有洞天,号金庭宫,即中右弼王乔子晋之所处也,是之谓不死之福乡、养真之灵境。故立观有初,强名桐柏焉耳。古观荒废,则已久矣。故老相传云:昔葛仙公始居此地,而后有道之士往往因之。坛址五六,厥迹犹在。洎乎我唐,有司马炼师居焉。景云中,天子布命于下,新作桐柏观。盖以光昭我元元之丕烈,保绥我国家之永祉者也。夫其高居八重之一,俯临千仞之余,背阴响阳,审曲面势,东西数百步,南北亦如之。连山峨峨,四野皆碧;茂树郁郁,四时并青。大岩之前,横岭之上,双峰如阙,中天豁开。长涧南泻,诸泉合漱,一道瀑布,百丈悬流,望之雪飞,听之风起。石梁翠屏可倚也,琪树珠条可攀也。仙花灵草,春秋互发;幽鸟清猿,晨暮合响,信足赏也。始丰南走,云嶂间起;剡川北通,烟岑相接。东则亚入沧海,不远蓬莱;西则浩然长山,无复人境。总揽奥秘,郁为秀绝,苞元气以混成,镇厚地而安静。非夫神与仙宅,仙得神营,其孰能致斯哉?故初构天尊之堂,昼日有云五色,浮霭其上。三井投龙之所,时有异云气,入堂复出者三。书之者记祥也。然后为虚室以鉴户,起层台而垒土,经之殖殖,成之翼翼。缀日月以为光,笼云霞以为色;花散金地,香通元极。真侣好道,是游斯息,微我炼师,孰能兴之?

炼师名承祯,一名子微,号曰天台白云。河内温人,晋宣帝弟太常馗之后。祖晟,仕隋为亲侍大都督。父仁最,唐兴为朝散大夫襄州长史。名贤之家,奕代清德;庆灵之地,生此仙才。以为服冕乘轩者,宠惠吾身也;击钟陈鼎者,味爽人口也。遂乃捐公侯之业,学神仙之事。科箓教戒,博综无所遗;窈冥夷希,微妙讵可识?无思无为,不饮不食。仰之弥峻,巍乎其若山;挹之弥深,湛乎其若海。夫其通才练识,赡学多闻,翰墨之工,文章之美,皆忘其所能也。练师蕴广成之德,睿宗继黄轩之明,齐心虚求,将倚国政,侃侃然不可得而动也。我皇孝思维则,以道理国,协帝尧之用心,宠许由之高志。故得放旷而处,逍遥而游。闻炼师之名者,足以激厉风俗;睹炼师之容者,足以脱落氛埃。以慈为宝,以善救物,神以知来,智以藏往。允所谓名登仙格,迹在人寰,奥不可测矣!夫道生乎无名,行乎有精(一作情),分而作三才,播而作万物,故为天下母。修之者昌,背之者亡,故为天下贵。况绝学无忧,长生久视也哉?道之行也,必有阶也;行道之阶,非山莫可。故有为焉,有象焉,瞻于斯,仰于斯。若舍是居,教将奚依?损之又损,以至于无为。元门既崇,不名厥功。朝请大夫使持节台州诸军事守台州刺史上柱国贾公名长源,有道化人,有德养物,尝谓别驾蒋钦宗等曰:"且道以含德,德以致美,美而不颂,后代何观?"乃相与立石纪颂,以奋至道之光。其辞曰:

逴彼天台,嵯峨崔嵬。下临沧海,遥望蓬莱。漫若天合,呀如地开。烟云路通,真仙时来。顾我炼师,于彼琼台。炼师炼师,道入元微。噏日安坐,凌霄欲飞。兴废灵观,炼师攸赞。道无不为,美哉轮奂!窈窈茫茫,通天降祥。保我皇唐,如山是常。

提到桐柏宫的碑刻,元稹的《重修桐柏观记》也是非常重要的文献,

岁太和己酉,修桐柏观讫事,道士徐灵府以其状乞文于余,曰:

有葛氏子,昔仙于吴。乃观桐柏,以神其居。葛氏既去,复荒于墟。墟有犯者,神犹祸诸。实唐睿祖,悼民之愚。乃诏郡县,历其封隅。环四十里,无得樵苏。复观桐柏,用承厥初。俾司马氏,宅时灵都。马亦勤止,率合其徒。兵执锯铝,独持斧铁。手缔上清,实劳我躯。棱棱巨幢,粲粲流珠。万五千言,体三其书。置之妙台,以永厥图。不及百年,忽焉而芜。芜久将坏,坏其反乎。神启密命,命友余徐。徐实何力,敢告俸余。侯用俞止,俾来不虚。曾未讫岁,奂乎于于。乃殿乃阁,以廪以厨。始自础栋,周于墁圬。事有终始,侯其识欤。

余观旧志,极其邱区。我识全圮,孰烦锱铢。克合徐志,冯陈协夫。

以上我们只是从一个非常简单的角度略观浙东唐诗之路上的艺术影响力。事实上,我们今天谈论的很多艺术形式,都曾经在浙东唐诗之路上存在过,这也充分表明了浙东唐诗之路所具有的深刻内涵。

第五章　作为浙东特色的唐诗之路

唐诗之路这样一个概念的提出，实际上反映的是历史上唐诗的兴盛程度。而各地的唐诗之路之所以是不同的，乃是因为各地的特点是不同的，这种不同主要基于政治、社会因素以及人文地理的差异，从本质上来说，这些差异属于文化特性的差别。也就是说，不同地区的唐诗之路，除了围绕唐诗这一共同的主题展开之外，其独具特色的就是当地的历史文化；唐诗之路既反映当地的历史文化传统，又塑造当地的历史文化特质。而唐诗，无非只是一个媒介。

浙东唐诗之路，乃是在浙东区域形成的有着众多唐代诗歌的路径。从本质上来说，这条路显然是反映浙东的文化地理特征的，是跟浙东这一具体的区域密切相关的。从这个角度来说，浙东唐诗之路，乃是通过文化地理上的浙东跟唐诗的结合而产生的，由此，当我们考察浙东唐诗之路的时候，就必须关注、立足浙东这一文化地理的特质。当然，关于浙东的文化地理特质，学界已有很多的讨论，本章主要集中在浙东的文化地理特征、浙东运河、浙东民俗风情以及海外文化交流。从逻辑关系上来说，浙东的文化地理特征是基础，浙东运河是重要的载体，诗人们在这一路上感受到的浙东民俗风情是其诗歌所涉及的重点内容之一，海外文化交流则是基于浙东唐诗之路而实现的文化传播与交融。

一、浙东唐诗之路与浙东的文化地理特征

浙东是一个行政地理概念。浙东唐诗之路的提出，首先是基于浙东这一行政地理概念。浙东区域如果从溯源的角度来说，乃是源于江南东道，当然，江南东道并非一个行政地理概念，而是唐代的一个监察区域。开元二十一年（733）以江南道分置，其辖地为今江苏省苏南、上海、浙江全境及安徽省徽州，天宝初年又从岭南道将今福建省辖区划入。江南东道治所在苏州（今江苏省苏州市），领原江南道润、常、苏、湖、杭、睦、歙、衢、处、温、婺、越、台诸州，加上从岭南道划来的建、泉、福、

漳、汀五州,共计 19 州。乾元元年(758)拆江南道为浙江东道、浙江西道和福建道。从开元二十一年到乾元元年,江南东道存在了 25 年。我们需要特别关注的就是乾元元年出现的浙江东道、浙江西道,这是晚唐应对安史之乱之后地方掌控的需要而设置的,从其属性来说属于方镇,毫无疑问是行政区域。根据李吉甫的《元和郡县图志》(卷二十六):"管州七:越州,婺州,衢州,处州,温州,台州,明州。"这和我们今天所说的浙东区域,基本是一致的。当然在唐末,这一行政区域也在不断变迁。乾元元年,置浙江东道节度使,领越、衢、婺、台、明、处、温州,治越州山阴县(今绍兴市越城区);大历十四年(779)废浙江东道入江南道;建中元年(780)复置,仍辖越、衢、婺、台、明、处、温州,治越州山阴县(绍兴市越城区);明年复废入江南道;贞元三年(787)复置浙江东道,领越、婺、台、明、衢、处、温七州,仍治越州山阴县(绍兴市越城区),领越州大都督。由此,自唐肃宗乾元元年析江南东道为浙江东道和浙江西道,浙东、浙西开始成为一个非常重要的地理概念、行政概念和文化概念,而我们所谓的浙东区域也基本形成了。事实上,浙东与浙西最为直接的划分就是钱塘江(即浙江),这是一个自然的分割线,也是两浙形成的标志性地理坐标:"浙西多水,除了于潜、昌化这一边,都是一苇可航。浙东呢,除了绍兴市水乡,温州、宁波沿海滨,其他各县,都是山岭重叠。严州、台州、处州各府更是崇山峻岭,仿佛太行王屋的山区。"[①]

　　地理位置的差异,实际上就促成了文化特质的差异。对于这个问题,中国人一直是没有什么疑义的,"一方山水养一方人"说的就是这个道理。所以,浙东与浙西行政地理上的差异,自然也就带来了两浙文化地理上的差别。由此我们也可以看到,以山区为主的浙东与以平原为主的浙西在文化上显示出较为明显的差异:"浙东多山,故刚劲而邻于亢;浙西近泽,故文秀而失之靡。"临海人王士性在《广志绎》卷四《江南诸省》中指出:"两浙东、西以江为界而风俗因之:浙西俗繁华,人性纤巧,雅文物,喜饰槃悦,多巨室大豪,若家僮千百者,鲜衣怒马,非市井小民之利;浙东俗敦朴,人性俭啬椎鲁,尚古淳风,重节概,鲜富商大贾。"可见,坚韧、豪迈、敦朴是浙东文化中人的基本品性,所谓"台州式的硬气",大体也是源于此种文化地理。

　　从地理环境上来说,浙东地区是具有自身特色的:位于海滨之域,又岛屿罗布,山脉纵横。这使得浙东文化具有一种海纳百川的气势,能够包容新的变化,吸收并融合新的思想,对新的发展情况做出有效应变。这样一种兼容并包、灵活适应的地

---

① 曹聚仁:《我与我的世界》,人民文学出版社 1982 年版,第 42 页。

域文化,使得浙东地区名辈频出。而且,浙东文化不仅仅善于吸收、融合外来文化的营养,更重要的是,它富有开拓创新的气魄与行动力。也因此,浙东文化圈中的名人们不仅仅为浙东文化的繁荣作出了贡献,实际上也推动了整个传统文化的发展。浙东文化从其源头河姆渡文化开始,在实践上就展现出开拓创新的品格。河姆渡文化向我们展现的浙东先民们在农耕、纺织、渔猎、驯养等方面的探索,都具有开创性的意义:"浙东文化的最优异之处正在于它的原创性努力,即不断地超越现有的、给定的视域,并拓展出异常的非凡的维度。"①对于浙东独特的文化地理特质,浙东人章学诚有着非常清醒的理解。他在《文史通义》卷五中对两浙浙学进行比较,突出表现了浙东人文地理的特质:

> 浙东之学,虽出婺源,然自三袁之流,多宗江西陆氏,而通经服古,绝不空言德性,故不悖于朱子之教。至阳明王子,揭孟子之良知,复与朱子抵牾。蕺山刘氏,本良知而发明慎独,与朱子不合,亦不相诋也。梨洲黄氏,出蕺山刘氏之门,而开万氏弟兄经史之学;以至全氏祖望辈尚存其意,宗陆而不悖于朱者也。惟西河毛氏,发明良知之学,颇有所得;而门户之见,不免攻之太过,虽浙东人亦不甚以为然也。

> 世推顾亭林氏为开国儒宗,然自是浙西之学。不知同时有黄梨洲氏,出于浙东,虽与顾氏并峙,而上宗王、刘,下开二万,较之顾氏,源远而流长矣。顾氏宗朱,而黄氏宗陆。盖非讲学专家,各持门户之见者,故互相推服,而不相非诋。学者不可无宗主,而必不可有门户;故浙东、浙西,道并行而不悖也。浙东贵专家,浙西尚博雅,各因其习而习也。

> 天人性命之学,不可以空言讲也。故司马迁本董氏天人性命之说,而为经世之书。儒者欲尊德性,而空言义理以为功,此宋学之所以见讥于大雅也。夫子曰:"我欲托之空言,不如见诸行事之深切著明也。"此《春秋》之所以经世也。圣如孔子,言为天铎,犹且不以空言制胜,况他人乎?故善言天人性命,未有不切于人事者。三代学术,知有史而不知有经,切人事也。后人贵经术,以其即三代之史耳。近儒谈经,似于人事之外,别有所谓义理矣。浙东之学,言性命者必究于史,此其所以卓也。

> 朱陆异同,干戈门户,千古桎梏之府,亦千古荆棘之林也。究其所以纷论,

---

① 张如安:《开拓创新:浙东文化的本质内涵》,《宁波大学学报》,2000年第6期,第14—18页。

则惟腾空言而不切于人事耳。知史学之本于《春秋》，知《春秋》之将以经世，则知性命无可空言，而讲学者必有事事，不特无门户可持，亦且无以持门户矣。浙东之学，虽源流不异，而所遇不同。故其见于世者，阳明得之为事功，蕺山得之为节义，梨洲得之为隐逸，万氏兄弟得之为经术史裁。授受虽出于一，而面目迥殊，以其各有事事故也。彼不事所事，而但空言德性，空言问学，则黄茅白苇，极面目雷同，不得不殊门户，以为自见地耳。故惟陋儒则争门户也。

或问事功气节，果可与著述相提并论乎？曰：史学所以经世，固非空言著述也。且如六经，同出于孔子，先儒以为其功莫大于《春秋》，正以切合当时人事耳。后之言著述者，舍今而求古，舍人事而言性天，则吾不得而知之矣。学者不知斯义，不足言史学也。（整辑排比，谓之史纂；参互搜讨，谓之史考，皆非史学。）

在此引述章学诚这段关于浙东学术的论述，并不是为了说明浙东学术在后来的发展过程中出现的所谓浙东学派或者浙东史学派[①]——这些都是后起的概念。在这里，我们实际上需要注意的是章学诚开始自觉地以"浙东"一词来概括这个区域的思想文化的特质。不管是如何概括的，他首先表明了这个区域是作为一个具有独立的文化地理特质而存在的，非常直接地体现了我们通常所理解的浙东区域的文化特质。如果撇开对宋明以来具体学术传统的分梳，在章氏的概括中，浙东学术的立场大概有两个非常明显的标志，一是兼容并包、不立门户，一是经世致用。[②] 这个特色是非常鲜明的，也是在历史脉络中形成的浙东的独特的文化地理特征。

在《全唐诗》中，我们也可以很直接地看到，诗人们对于浙东的使用相当频繁。[③] 而且，诗人们在使用这个词的时候，很明显对这个区域的文化地理特质也有着非常自觉的、准确的把握。我们以元稹和白居易为例，他们曾为彼此写过诗。元稹上任浙东观察使，白居易作《元微之除浙东观察使喜得杭越邻州先赠长句》：

> 稽山镜水欢游地，犀带金章荣贵身。
>
> 官职比君虽校小，封疆与我且为邻。

---

① 关于浙学、浙东学术以及浙东学派等诸多概念，学界已有非常多的讨论，吴光、董平、钱明等均有论述。钱茂伟《论浙学、浙东学术、浙东史学、浙东学派的概念嬗变》（《浙江社会科学》，2008 年 11 月）一文有比较详细的梳理，可以参考。

② 目前对于该文的关注在学界已非常多，不过究竟该如何看待章氏此文的价值，以及如何评价章氏之学，学界尚无共识。但是，就章氏对于浙东之学的敏锐性来说，我们可以称其为自觉言浙东的第一人。

③ 就《全唐诗》检索来说，以"浙东"为标题的就有 54 首。

郡楼对玩千峰月,江界平分两岸春。

杭越风光诗酒主,相看更合与何人。

而元稹居浙东时亦作《酬乐天早春闲游西湖颇多野趣恨不得与微之同赏因思在越官重事殷镜湖之游或恐未暇因成十八韵见寄乐天前篇到时适会予亦宴镜湖南亭因述目前所睹以成酬答末章亦示暇诚则势使之然亦欲粗为恬养之赠耳》:

雁思欲回宾,风声乍变新。

各携红粉伎,俱伴紫垣人。

水面波疑縠,山腰虹似巾。

柳条黄大带,芰荷绿文茵。

雪尽才通屐,汀寒未有苹。

向阳偏晒羽,依岸小游鳞。

浦屿崎岖到,林园次第巡。

墨池怜嗜学,丹井羡登真。

雅叹游方盛,聊非意所亲。

白头辞北阙,沧海是东邻。

问俗烦江界,蒐畋想渭津。

故交音讯少,归梦往来频。

独喜同门旧,皆为列郡臣。

三刀连地轴,一苇碍车轮。

尚阻青天雾,空瞻白玉尘。

龙因雕字识,犬为送书驯。

胜事无穷境,流年有限身。

懒将闲气力,争斗野塘春。

我们姑且不讨论白居易和元稹在这些诗句中所要表达的内心情感究竟如何,但是有一点是显而易见的:他们在谈论到浙东这一区域时,是有着清晰的把握的。这种把握不仅是地理概念上的,也是文化特性上的。这说明,当时读书人对于浙东独特的文化地理特质已有自觉体认。

二、浙东唐诗之路与浙东运河

如前文所言,浙东在唐代可谓是偏居一隅,相对于其他几条诗路来说,交通上非常不便。而诗人要想行游浙东,最为关键的途径就是浙东运河。在传统时代,运河无疑是最为重要的水路。无论是对于国家大计来说,还是对于普通百姓的日常民生需求来说,运河都是交通发展的一个重要标志,也是经济社会进步的标志。[①]因此,运河的两岸亦当是当时社会经济繁荣地带、文化活跃的地方,所以,如前文指出,运河流域也可以称为运河唐诗之路。

浙东长期以来远离政治中心,在前现代不易管理,大运河的开凿一方面使中央政权加强了对浙江的有效统治,另一方面无疑对于浙江的发展具有重要意义。当然,从多个朝代的政治中心洛阳开凿一条运河到杭州,是一项非常浩大的工程。这项工程是从春秋时代开始的。就目前来看,胥溪、胥浦是大运河最早成形的一段,是在我国运河开凿的萌芽时期完成的,相传是以吴国大夫伍子胥之名命名。统治长江下游一带的吴国君主夫差早已攻克楚国、越国,此时挡在他面前的只有齐国。为了北伐齐国,争夺中原霸主地位,夫差调集民夫开挖自今扬州向东北,经射阳湖到淮安入淮河的运河(即今里运河),把长江水引入淮河。因途经邗城,故得名"邗沟"。邗沟全长 170 公里,是大运河最早修建的一段。至战国时代,又先后开凿了大沟(从今河南省原阳县北引黄河南下,注入今郑州市以东的圃田泽)和鸿沟,从而把江、淮、河、济四水沟通起来。此后,出于军事、经济的需要,开凿运河成为历代统治者的共识而被继承下来。我们可以说,这是从春秋时代开始到隋代为止,中国人的一项非常了不起的创举。隋代是大运河开凿的完成时期,隋炀帝开凿通济渠、永济渠,又于大业六年(610)冬,"敕穿江南河,自京口至余杭,八百余里,广十余丈,使可通龙舟,并置驿宫、草顿,欲东巡会稽"(《资治通鉴》卷 181《隋纪五》),这在中国经济社会史上无疑是一个重大事件。[②]

京杭大运河以杭州为南端终点。历史上,很多诗人就是沿着运河水路来到浙东,唐代也不例外。因为京杭运河的开通,给了诗人们以交通上的极大便利。[③] 这一点,我们从前引李白的《送王屋山人魏万还王屋并序》中也可以看得出来。在浙江境内,我们可以看到有两条运河的存在,即京杭大运河南端浙江段(此段可以称

---

    ① 虽然出于各种原因,我们对于开凿运河(比如隋炀帝开凿大运河)有着负面的评价,但是,总体而言,运河的开凿对于前现代的中国来说是一项具有重要且积极意义的综合性事业,在某种意义上,我们称之为社会进步的标志亦不为过。

    ② 关于京杭运河的相关研究,可以参考陈桥驿主编的《中国运河开发史》(中华书局 2008 年版)以及姚汉源的《京杭运河史》(中国水利水电出版社 1998 年版)。

    ③ 虽然从本质上来说,这种便利在今天看来是相当有限,但是对于唐代的诗人们来说,这已经是非常难能可贵的了,因为无论如何,他们是可以经由运河通达浙东的。

为浙西运河,因为其所流经的区域在浙西地区)以及浙东运河。浙西运河相对较短,对于唐代诗人来说,有着更为重要意义的是浙东运河。当然,跟京杭大运河相比较,浙东运河的名义实际上比较混乱,即没有一个权威的名字,而是一个约定俗成的概念,是浙东区域所开凿的运河(人工河)的统称①。

事实上,浙东地区的地理特点决定了浙东运河的开凿是一个必要的选择。郦道元曾经借助伍子胥的话对浙东区域的地理特质有过一个概括:"故子胥曰:吴越之国,三江环之,民无所移矣。但东南地卑,万流所凑,涛湖泛决,触地成川,枝津交渠,世家分伙,故川旧渎,难以取悉,虽粗依县地,缉综所缠,亦未必一得其实也。"(《水经注》卷二十九)文本上虽然说是吴越之国,实际上指的就是以绍兴为中心的浙东一带。这样的地理条件,也直接决定了浙东地区对于人工开凿河流的天然的依赖性。所谓"水行而山处,以船为车,以楫为马,往若飘风,去则难从"(《越绝书》卷八),就是说,对于越人的生活事实而言,水道是必需的,这也是浙东境内水道(不管是天然的还是人工的)交错的一个重要原因。浙东运河,大概就是直观地指向存在于浙东之地的这些运河水系。

这条运河,对于浙东唐诗之路有着极为重要的意义。实际上我们可以说,如果没有浙东运河的存在,可能这些诗人根本就到不了天台山,浙东对于他们来说,只是遥不可及的幻想罢了,而浙东运河的存在,使得诗人们行游浙东成为了可能。为什么我们可以如此确定地说浙东运河对于唐代以来的诗人有如此重要的地位呢?这除了古代对于水道交通便利性的普遍依赖之外,日僧成寻上天台山的线路也非常明确地提醒我们,诗人们行经的路线就是以浙东运河为主要依托的。成寻(1011—1081),俗姓藤原氏。1072年(日本白河天皇延久四年,北宋神宗熙宁五年)三月十五日,成寻一行自日本松浦壁岛登上中国商船。从这一天起,成寻便开始写日记,后成《参天台五台山记》,这是非常重要的第一手资料。在日记中,成寻详细记载了乘船从钱塘江到西兴,经古运河到越州,一直到曹娥、剡县(嵊县)、新昌、天台、宁波的行程等,不仅较详细地记述了运河水道、船运设施,还记载了诸多沿运河山川风光、风土人情、乡村城镇等等,可谓写实。尤其值得注意的是,据《参天台五台山记》,成寻一行五月初九至初十从三界县到剡县,共50里,是水路,五月

---

① 关于浙东运河的相关研究,可以参考邱志荣、陈鹏儿的《浙东运河史》上(中国文史出版社2014年版)。孙竞昊《浙东运河考辨——兼论宁绍平原区域水环境结构及水利形势》(《社会科学战线》,2019年第12期)曾对浙东运河的相关问题做过非常详细的历史考察。

十一日开始雇轿夫,之后到新昌、到天姥、到天台、到国清寺都是陆路;回程至八月初九到剡县又行水路,直到八月初十渡钱塘江。此后,成寻1073年六月初二再渡钱塘江,经越州、上虞、余姚,六月初九到达明州,走的全是水路。从成寻的记载来看,我们大体可以判断他的基本行动轨迹:从西兴到越州城,过曹娥江,到余姚,再到明州,走的是浙东运河水路;从越州经东鉴湖到曹娥江向南,过三界,再到剡县,走的是水路;从剡县到天台,走的是陆路。[①] 从中我们也可以很直接地看到浙东运河在浙东之行中的重要性,从这个意义上来说,没有浙东运河就无法形成浙东唐诗之路。

三、浙东唐诗之路与浙东民俗风情

民俗是一个区域区别于其他区域的重要标志,而"十里不同风,百里不同俗"的说法,则非常直观地表达出民俗对于一个地方的标志性意义。浙东所在的越地在民俗上有着独有的特征,这对于唐代诗人们也有着非常重要的吸引力。

浙东一带属于会稽郡(越州)的东部地区,是越人的主要生活区域。"越"在古籍中多有反映,史书也称为百越,或者百粤。百越(粤)是中国东南和南方古老民族的泛称。《汉书·地理志》颜师古注:"臣瓒曰:'自交趾至会稽七八百里,百粤杂处各有种姓'。"《资治通鉴》卷56《汉纪》胡三省注记载:"山越本亦越人,依阻山险,不纳王租,故曰山越。"在此广大区域内,实际上存在着众多部族,或称"吴越"(苏南、浙北),或称"闽越"(福建),或称"南越"(广东),或称"骆越"(越南北部和广西南部)等等。《吕氏春秋·恃君览》记载:"扬、汉之南,百越之际,敝凯诸、夫风、馀靡之地,缚娄、阳禺、骥兜之国,多无君。"说明在秦汉人的眼里,当时江浙一带是化外的无君之地,也就是说没有礼仪制度,这也正说明当时的浙江一带的文化与中原地区的文化是不同的,有自己的区域民俗文化特征。产生这种区域民俗文化特征差异的一个主要原因是民俗主体的差异,即当时的浙江一带的居民以越人为主,而中原地区以华夏族为主。《四库总目提要》中介绍明代区大任的著作《百越先贤志》时载:"南方之国越为大,自句践六世孙无疆为楚所败,诸子散处海上。其著者东越无诸,都东冶至漳、泉,故闽越也。东海王摇都于永嘉,故瓯越也。自湘、漓而南,故西越也。牂柯西下邕、雍、绥、建,故骆越也。统而名之,谓之百越。大任家于南越,因搜辑百

---

① 参考邱志荣、吴鑑萍:《浙东唐诗之路新探》,《浙江水利水电学院学报》,2019年第1期,第7—8页。

越先贤,断自东汉,得一百二十人,各为之传。所收兼及会稽,以句践旧疆,自南越北尽会稽故也。惟秦会稽郡跨有吴地者不载,以非越之旧也。"

　　越人一直是浙东地区的土著,越人的活动,在唐之前是屡见于载籍的。《国语》《史记》《汉书》《后汉书》都有非常明显的记载,《吴越春秋》《越绝书》更是集中呈现了越人的生活特征,三国两晋以来亦时有记载,如《三国志》卷 55《黄盖传》:"诸山越不宾,有寇难之县,辄用盖为守长。石城县吏,特难检御,盖乃署两掾,分主诸曹。教曰:'令长不德,徒以武功为官,不以文吏为称。今贼寇未平,有军旅之务,一以文书委付两掾,当检摄诸曹,纠摘谬误。两掾所署,事入诸出,若有奸欺,终不加以鞭杖,宜各尽心,无为众先。'初皆怖威,夙夜恭职;久之,吏以盖不视文书,渐容人事。盖亦嫌外懈怠,时有所省,各得两掾不奉法数事。乃悉请诸掾吏,赐酒食,因出事诘问。两掾辞屈,皆叩头谢罪。盖曰:'前已相敕,终不以鞭杖相加,非相欺也。'遂杀之。县中震栗。后转春谷长,寻阳令。凡守九县,所在平定。迁丹杨都尉,抑强扶弱,山越怀附。"《三国志》卷 56《朱治传》:"是时丹杨深地,频有奸叛,亦以年向老,思恋土风,自表屯故郭,镇抚山越。"《陈书》卷 3《世祖本纪》:"东扬州刺史张彪起兵围临海太守王怀振,怀振遣使求救,世祖与周文育轻兵往会稽以掩彪。后彪将沈泰开门纳世祖,世祖尽收其部曲家累,彪至,又破走,若邪村民斩彪,传其首。以功授持节、都督会稽等十郡诸军事、宣毅将军、会稽太守。山越深险,皆不宾附,世祖分命讨击,悉平之,威惠大振。"在南朝时,东阳郡仍有越人分布,东阳郡相当于现在浙江省金衢盆地一带。《南史》卷 80《留异传》记载:"留异,东阳长山人也,世为郡著姓……为乡里雄豪。多聚恶少,陵侮贫贱,守宰皆患之。"陈寅恪指出,据地域论,当时东阳郡长山县的留氏当是越种,即越人。[①] 越人的活动从史书上消失大约是在唐以后,唐代的大一统将越人完全同化。在唐代,金衢盆地仍有大量的山越人居住。山越人民风强悍,尚武逞勇。《全唐文》卷 530 记载韩滉"充浙江东西观察使,令行风动,无敢犯者。自信安洪光捍狼山僧惟晓等,结连数郡,荧惑愚氓,破其巢窟,伏戎自瘅。山越一清"。《新唐书》卷 182《裴休传》记载:"裴休,字公美,孟州济源人。父肃,贞元时为浙东观察使,剧贼栗锽诱山越为乱,陷州县,肃引州兵破禽之,自记平贼一篇上之,德宗嘉美。"说明在晚唐时期,浙江一带还有山越的活动,当时还有山越的存在。

　　从我们上述的简单梳理来看,至少到唐代为止,越人都是生活在浙东的土著,

---

　　① 万绳楠整理:《陈寅恪魏晋南北朝史讲演录》,黄山书社 1987 年版,第 212—213 页。

当然,我们也可以很清楚地看到,自汉代以来,汉化(或者说一统)的趋势还是非常明显的,尤其是自东晋衣冠南渡以来,这种趋势就更加不可改变。但是,跟中原地区相比,浙东自然具有非常独特的民俗风情,而这些对于唐代的诗人们来说,无疑也是具有吸引力的。在《全唐诗》中,以"之越"为题的共有五首①,郎士元的《送李遂之越》:

> 未习风波事,初为东越游。
> 露沾湖草晚,月照海山秋。
> 梅市门何处,兰亭水向流。
> 西兴待潮信,落日满孤舟。

皇甫冉的《送薛判官之越》:

> 时难自多务,职小亦求贤。
> 道路无辞远,云山并在前。
> 樟亭待潮处,已是越人烟。

以及《徐州送丘侍御之越》:

> 时鸟催春色,离人惜岁华。
> 远山随拥传,芳草引还家。
> 北固潮当阔,西陵路稍斜。
> 纵令寒食过,犹有镜中花。

皎然的《送刘司法之越》:

> 萧萧鸣夜角,驱马背城濠。
> 雨后寒流急,秋来朔吹高。
> 三山期望海,八月欲观涛。
> 几日西陵路,应逢谢法曹。

以及《送道契上人之越觐大夫叔》:

> 楚僧推后辈,唐本学新经。
> 外国传香氎,何人施竹瓶。

---

① 以"赴越"为题的,同样也有五首。

> 秋风别李寺,春日向柯亭。
>
> 大阮今为郡,看君眼最青。

这些诗歌虽然都是送别的,但是,从这些描述中,我们也可以清楚地感受到越作为一个独特的地区所具有的意义,以及当时的诗人们对于越地的理解。当然,毫无疑问,这些都是建立在对"越"作为一个独特区域的认定和体会的基础之上的。

以越为标志的浙东,有着独特的风俗。首先是越地的鸟信仰和鸟崇拜。浙江河姆渡遗址出土的骨匕等器物上的凤鸟雕刻以及其后良渚文化玉雕中的鸟图像等,显示江浙地区越人崇鸟的事实,河姆渡的双鸟朝阳图就是一个典型的江东地区的鸟图腾。[①]晋干宝《搜神记》卷 12 记载:"越地深山有鸟,大如鸠,青色,名曰冶鸟。""此鸟白日见其形,是鸟也,夜听其鸣,亦鸟也。时有观乐者,便作人形,长三尺,至涧中取石蟹,就火炙之,人不可犯也。越人谓此鸟是越祝之祖也。"张华《博物志》卷 9 记载:"越地深山有鸟,有鸠……越人谓此鸟为越祝之祖。"《吴越备史》卷 1 记载,干宁二年越州董昌称帝时,"有客使倪德语昌曰:'中和辰巳间,越中曾有圣经云,有罗平鸟主越人祸福,敬则福,慢则祸,于是民间悉图其形以祷之,今观大王署名,与当时鸟状相类'。乃出图示昌,昌欣然以为号"。这些都表明,在越地,鸟是一种非常独特的物种,是古越人信仰和崇拜的对象。

唐诗也对"越鸟"有着独特的使用[②],比如李白的《秋浦清溪雪夜对酒,客有唱山鹧鸪者》:

> 披君(一作我)貂襜褕,对君白玉壶。
>
> 雪花酒上灭,顿觉夜寒无。
>
> 客有桂阳至,能吟山鹧鸪。
>
> 清风动窗竹,越鸟起相呼。
>
> 持此足为乐,何烦笙与竽。

又如杜甫的《江陵望幸》:

> 雄都元壮丽,望幸欻威神。
>
> 地利西通蜀,天文北照秦。
>
> 风烟含越鸟,舟楫控吴人。

---

① 林华东:《再论越族的鸟图腾》,《浙江学刊》,1984 年第 1 期。

② 在《全唐诗》中,内容涉及"越鸟"的有 43 首。

> 未枉周王驾,终期汉武巡。
>
> 甲兵分圣旨,居守付宗臣。
>
> 早发云台仗,恩波起涧鳞。

再如陆龟蒙的《相和歌辞·江南曲》:

> 鱼戏莲叶间,参差隐叶扇。
>
> 鸱鹢鹪鸸窥,潋滟无因见。
>
> 鱼戏莲叶东,初霞射红尾。
>
> 傍临谢山侧,恰值清风起。
>
> 鱼戏莲叶西,盘盘舞波急。
>
> 潜依曲岸凉,正对斜光入。
>
> 鱼戏莲叶南,欹危午烟叠。
>
> 光摇越鸟巢,影乱吴娃楫。
>
> 鱼戏莲叶北,澄阳动微涟。
>
> 回看帝子渚,稍背鄂君船。

在这些诗句中,"越鸟"明显是一个固定的用法,这也表明,对于越地这样的风俗和传说,诗人们是相当熟悉的。

其次是勾践的崇拜。对于越地来说,勾践是一个极为特别的形象,公元前 496 年,越王勾践即位。同年,在檇李大败吴师。越王勾践三年(前 494),被吴军败于夫椒,被迫向吴求和。三年后被释放回越国,返国后重用范蠡、文种,卧薪尝胆,使越国国力渐渐恢复。越王勾践十五年(前 482),吴王夫差兴兵参加黄池之会,为彰显武力率精锐而出。越王勾践抓住机会率兵而起,大败吴师。夫差仓促与晋国定盟而返,与勾践连战惨败,不得已与越议和。越王勾践十九年(前 478),勾践再度率军攻打吴国,在笠泽三战三捷,大败吴军主力。越王勾践二十四年(公元前 473 年),破吴都,迫使夫差自尽,灭吴称霸,以兵渡淮,会齐、宋、晋、鲁等诸侯于徐州,迁都琅琊(今江苏连云港市锦屏山附近),成为春秋时期最后一位霸主。勾践的形象对于越人来说,有两个非常重要的意义:一是卧薪尝胆、发愤图强的勇气,二是称霸中原的成就。所以,在某种意义上来说,勾践就是越(浙东)地区的代表性符号。这一点在唐诗中有非常直接的体现,唐代的诗人们对于勾践也充满热情[①],比如李白

---

① 在《全唐诗》中,内容涉及"勾践"的有 17 首。

的《西施》：

> 西施越溪女，出自苎萝山。
>
> 秀色掩今古，荷花羞玉颜。
>
> 浣纱弄碧水，自与清波闲。
>
> 皓齿信难开，沉吟碧云间。
>
> 勾践徵绝艳，扬蛾入吴关。
>
> 提携馆娃宫，杳渺讵可攀。
>
> 一破夫差国，千秋竟不还。

又如《越中览古》：

> 越王勾践破吴归，义士还乡尽锦衣。
>
> 宫女如花满春殿，只今惟有鹧鸪飞。

再如孟迟的《寄浙右旧幕僚》：

> 由来恶舌驷难追，自古无媒谤所归。
>
> 勾践岂能容范蠡，李斯何暇救韩非。
>
> 巨拳岂为鸡挥肋，强弩那因鼠发机。
>
> 惭愧故人同鲍叔，此心江柳尚依依。

最后我们再来看看越女的形象。"越女"一词最早见于文献是在《左传·哀公六年》："与子西、子期谋，潜师闭涂，逆越女之子章立之。"杜预注称："越女，昭王妾。章，惠王。"[1]《史记·楚世家》也有类似的记载："乃与子西、子綦谋，伏师闭涂，迎越女之子章立之，是为惠王。"也就是说，文献中出现的第一个"越女"乃是楚昭王的夫人。杨伯峻先生认为"越女"为越王勾践之女，这个说法是不准确的。[2] 在先秦两汉的文献中，"越女"一词亦并非只此二处，比如《史记·楚世家》中还有"（楚）庄王左抱郑姬，右抱越女"。此事发生在楚庄王之时，远早于楚昭王，此"越女"大概就是泛指越地的女子，两汉以来也基本如此。在汉代的时候，越女又有了一个非常有趣的形象延伸，跟剑术联系在了一起。此事最早见于王充的《论衡·别通篇》：

---

① （晋）杜预注，（唐）孔颖达疏：《春秋左传正义》（十三经注疏本），上海古籍出版社1997年版，第2161页。

② 杨伯峻认为："越女，越王勾践之女，即十六年《传》之昭夫人。"（杨伯峻《春秋左传注》，中华书局2009年版，第1635页 ）

"剑伎之家,斗战必胜者,得曲城、越女之学也。"后来赵晔在《吴越春秋》中对此进行了非常具体的描述:

> 越王又问相国范蠡曰:"孤有报复之谋,水战则乘舟,陆行则乘舆,舆舟之利,顿于兵弩。今子为寡人谋事,莫不谬者乎?"范蠡对曰:"臣闻古之圣君,莫不习战用兵,然行阵队伍军鼓之事,吉凶决在其工。今闻越有处女,出于南林,国人称善。愿王请之,立可见。"越王乃使使聘之,问以剑戟之术。
>
> 处女将北见于王,道逢一翁,自称曰袁公。问于处女:"吾闻子善剑,愿一见之。"女曰:"妾不敢有所隐,惟公试之。"于是袁公即拔箖箊竹,竹枝上枯槁,末折堕地,女即捷末。袁公操其本而刺处女。
>
> 处女应即入之,三入,因举杖击袁公。袁公则飞上树,变为白猿。遂别去。
>
> 见越王,越王问曰:"夫剑之道则如之何?"女曰:"妾生深林之中,长于无人之野,无道不习,不达诸侯。窃好击之道,诵之不休。妾非受于人也,而忽自有之。"越王曰:"其道如何?"女曰:"其道甚微而易,其意甚幽而深。道有门户,亦有阴阳。开门闭户,阴衰阳兴。凡手战之道,内实精神,外示安仪,见之似好妇,夺之似惧虎,布形候气,与神俱往,杳之若日,偏如腾兔,追形逐影,光若彷彿,呼吸往来,不及法禁,纵横逆顺,直复不闻。斯道者,一人当百,百人当万。王欲试之,其验即见。"越王大悦,即加女号,号曰越女。乃命五校之队长、高才习之,以教军士。当此之时皆称越女之剑。(《勾践阴谋外传第九》)

这里对于越女的描述就非常具有故事情节,越女对于剑道的精湛程度,跃然纸上。但这里的描述更多是一种小说家的言语,至多表达出越地女子的奇特(比如善于剑道),并不是对于某个具体人物的具体说明。[1] 越女形象变化的一个重要节点,就是《越绝书》和《吴越春秋》中对于西施的传说构造[2]:西施与越地联系在一起,并且与勾践、范蠡和夫差的故事密切相关。越女的形象在此至少发生了一个极大的变化,就是越女成了具有独特性格特质的美女的象征。在先秦时期,越女虽然是用以指称越地的女子,但并不一定是美丽的。跟西施的融合,使得越女成为美女的一个代名词。

---

[1] 有些人希望证明越女是一个具体的人物,比如朱方东的《越女考》(《浙江体育科学》1989 年 S1 期)一文就考证越女为一具体人物,这实属无益。相比而言,作为一个小说形象,越女具有更广阔的意涵。

[2] 西施作为一个真实人物是否存在以及是哪个地方的人物,都存在疑问。先秦文献《管子》《庄子》中曾有涉及,但是,并不能作为一个可以定论的事实。不过,西施作为传说中的美女这一形象,是无可置疑的。

而在唐诗中,越女作为一个重要形象也是经常出现的①,比如王昌龄的《越女》:

> 越女作桂舟,还将桂为楫。
>
> 湖上水渺漫,清江不可涉。
>
> 摘取芙蓉花,莫摘芙蓉叶。
>
> 将归问夫婿,颜色何如妾。

又如王勃的《相和歌辞·采莲归》:

> 采莲归,绿水芙蓉衣。
>
> 秋风起浪凫雁飞。
>
> 桂棹兰桡下长浦,罗裙玉腕摇轻橹。
>
> 叶屿花潭极望平,江讴越吹相思苦。
>
> 相思苦,佳期不可驻。
>
> 塞外征夫犹未还,江南采莲今已暮。
>
> 今已暮,摘莲花。
>
> 今渠那必尽倡家。
>
> 官道城南把桑叶,何如江上采莲花。
>
> 莲花复莲花,花叶何重迭。
>
> 叶翠本羞眉,花红强如颊。
>
> 佳人不兹期,怅望别离时。
>
> 牵花怜共蒂,折藕爱连丝。
>
> 故情何处所,新物徒华滋。
>
> 不惜南津交佩解,还羞北海雁书迟。
>
> 采莲歌有节,采莲夜未歇。
>
> 正逢浩荡江上风,又值徘徊江上月。
>
> 莲浦夜相逢,吴姬越女何丰茸。
>
> 共问寒江千里外,征客关山更几重。

很显然,越女在这些诗句中不仅是一个极为重要的意象,也是非常标准的美女的形象,这可以说是对于前面所提及的越女形象演变的一个很好的继承。更为直

---

① 在《全唐诗》中,内容中包含"越女"的共有 33 首。

接的是,这里或者是和采莲,或者是和芙蓉联系在一起,这就更加突出了越女形象的那种美感。从这个意义上来说,唐代诗人们不仅继承了"越女"这个形象,而且,更加把它往审美的方向推进。

四、浙东唐诗之路与海外文化交流

前文我们曾经讨论过,浙东唐诗之路带来了南北文化的交融,这实际上是显而易见的。因为运河,北方往来南方相对便利,再加上晋室南渡这一特殊的因缘,使得南北之间交往并最终产生融合汇通成为可能。所以,我们在前文特别强调浙东唐诗之路乃是一条和合之路,正是基于这样的考虑。

而作为一条和合的文化交流汇通之路,浙东唐诗之路的意义不仅仅局限在它促进了南北方的这种交流,更为重要的是,它也成了海外交流的重要节点。如同我们在后来历史中所看到的那样,浙东地区(尤其是绍兴、宁波以及天台)对于海外产生了的重要文化影响,或者说,为东亚文化圈的形成奠定了基础。而这种文化交流的促成,跟浙东唐诗之路也有着密切的关系。我们在前文讨论运河对于浙东唐诗之路形成的重要意义的时候,曾经关注到了浙东运河。浙东运河的完备发展,对于浙东唐诗之路具有基础性的意义,对于浙东文化的海外传播其实也是一样的。这种情况的产生,跟宁波在整个浙东的重要地位的确立过程是一致的。如果我们从宁波的地位变化来看,大概可以很清楚地看到这一演变的经过。

> 宁波府,禹贡扬州之域,春秋时越地。秦属会稽郡,汉以后因之。隋平陈属吴州,大业初属越州,寻属会稽郡。唐武德四年置鄞州,八年州废。开元二十六年复置明州,天宝初曰余姚郡,乾元初复为明州。五代时因之。宋仍曰明州,庆元二年升州为庆元府。元至元中改为庆元路。明初曰明州府,洪武十四年改为宁波府。[①]

顾祖禹这段话是对于宁波府演变的历史过程的揭示。从这个过程中,我们可以很直观地感受到宁波府的演变过程。其中很重要的就是开元二十六年(738)明州的设置,这是宁波地位抬升的重要标志。这种情形的出现,跟浙东运河的发展有着密切的关系,孙竞昊在考察浙东运河发展的时候曾指出:

---

① 顾祖禹:《读史方舆纪要》卷 92《浙江四·绍兴府》,贺次君、施和金点校,中华书局 2017 年版,第 4237—4238 页。

唐代宁波迅速崛起在建制上的一个表现是,唐开元二十六年(738)最初把鄮县(包含秦汉时期的鄞、鄮、句章三县)分为慈溪、翁山(今舟山定海)、奉化、鄮县四个县,设立行政级别与越州相同的明州统辖。这种上升态势的政区变迁显然是水利开发、交通发达所带动的地区性经济发展的一个体现。[①]

也就是说,正是因为浙东运河的发展,水上交通变得发达,最终使得宁波具有重要的地位。这种地位,首先是交通的优势地位,由此而成为文化交流的关键点,如我们在历史上所看到的那样。前文所论及的成寻游天台山,宁波就是其行经途中的一个重要地点,这在后来的中日交流中有非常直接的体现。[②] 比如,很多日本(或者高丽)的僧人要上天台山朝拜,明州就是其必经之路。这直接彰显了宁波在浙东与东亚地区文化交流中的重要地位。[③]

这里,我们以日本天台宗的创始人最澄大师的经历作为一个简要的例子。天台宗东传日本,要从著名的鉴真和尚说起。鉴真是南山律祖道宣的三传弟子,曾师从天台宗章安灌顶的弟子弘景法师学习戒律和天台教义,因此鉴真也可以说是章安灌顶的再传弟子。鉴真东渡日本弘法,一方面是应日本僧人荣叡、普照的邀请,另一方面则是认为日本是天台宗三祖南岳慧思的往生之地。从天宝二年(743)到十二载(753),鉴真于十年间六次渡海,历尽艰辛,终告成功。他东渡携去日本的各种典籍中,"天台三大部"(《摩诃止观》《法华玄义》《法华文句》)等天台宗的主要教典全部在内,从而揭开了天台山流传日本的历史。鉴真在日本传播天台宗教义,激发了日本僧人研习天台教观的兴趣。传教大师(最澄)在东大寺研习鉴真带来的天台宗的教籍,深深皈依三谛一如的无上教法,萌发入唐求法的愿望,并于唐贞元二十年(804)与弟子义真一起入唐,跟随天台宗十祖道邃大师研习天台教法并受菩萨戒,第二年学成回国,在比睿山延历寺正式创立了日本天台宗。日本天台宗,对日本佛教的发展有着深刻的影响,甚至被称为"日本文化之母"。日本大乘佛教的宗派。都是从比睿山的日本天台宗衍化而派生出来的,比如日本的圆通念佛宗、净土

---

① 孙竞昊:《浙东运河考辨——兼论宁绍平原区域水环境结构及水利形势》,《社会科学战线》,2019 年第 12 期,第 122 页。

② 也正因为如此,后来日本文部省在研究日本文化形成的时候,就将宁波作为一个重要的节点。而由日本山口大学教授铃木满男领衔率团进行、文部省支持的越系文化比较民俗学调查研究项目中,宁波也是一个非常重要的区域。

③ 后来,台州和温州在与亚洲文化圈的交流中也发挥了非常重要的作用,但是从总体上来说,明州(宁波)的地位更为重要。

宗、净土真宗、临济宗、曹洞宗、日莲宗等,其创始人都曾于比睿山始学天台宗,然后才创立各具特色的宗派。从这个意义上来说,日本天台宗也就成为日本佛教诸宗的开山祖,正如日本佛教天台宗座主山田惠谛所说:"没有(中国)天台宗开祖智者大师,就没有日本天台宗,也就没有后来的日本各宗派的兴起。"

最澄大师,俗姓三津首,幼名广野,日本近江国滋贺郡人。少从近江国师行表高僧出家,后赴南部,在鉴真生前弘法的东大寺受具足戒,并学习鉴真和思托带来的天台宗经籍。日本延历七年(788),他在琵琶湖畔的比睿山自刻药师如来佛供奉,并建立了日枝山寺,此即日本天台宗的根本中堂,后称一乘止观院,也就是后来的延历寺。在这里,最澄阅读了天台"三大部"以及《维摩经疏》《四教义》等天台教籍,自此深深皈依天台妙旨。唐贞元二十年,经日本天皇的批准,最澄率弟子义真等,随日本第十二次遣唐副使石川道益抵中国。最澄上天台山的路,就是经由明州转至临海,时天台十祖兴道道邃大师正应陆淳之请,于龙兴寺开讲天台教义,最澄乃从之学《摩诃止观》等。后往参天台山,礼国清寺并至佛陇寺从行满求学。最澄回国时,自临海龙兴寺带去《法华经》等章疏一百二十八部、三百四十五卷,还携回王羲之等名家碑帖拓本十七种。回到日本后,在比睿山大兴天台教义,正式创立日本佛教天台宗。更值得一提的是,最澄上天台山不仅证明了明州作为重要交通枢纽的意义,而且还留下了唐诗之路上非常特殊的唐诗——写给海外僧人的唐诗,这也是浙东唐诗之路上的趣谈。

最澄离开天台之际,其师行满大师作《送最澄上人还日本国》以送行:

> 异域乡音别,观心法性同。
>
> 来时求半偈,去罢悟真空。
>
> 贝叶翻经疏,归程大海东。
>
> 何当到本国,继踵大师风。

林晕(前国子监明经)亦作《送最澄上人还日本国》:

> 求获真乘妙,言归倍有情。
>
> 玄关心地得,乡思日边生。
>
> 作梵慈云布,浮杯涨海清。
>
> 看看达彼岸,长老散华迎。

毛涣(台州临海县令)同样作《送最澄上人还日本国》:

> 万里求文教,王春怆别离。
>
> 未传不住相,归集祖行诗。
>
> 举笔论蕃意,焚香问汉仪。
>
> 莫言沧海阔,杯度自应知。

许兰(天台归真弟子)也有《送最澄上人还日本国》:

> 道高心转实,德重意唯坚。
>
> 不惧洪波远,中华访法缘。
>
> 精勤同忍可,广学等弥天。
>
> 归到扶桑国,迎人拥海壖。

崔暮(乡贡进士)同样有《送最澄上人还日本国》:

> 一叶来自东,路在沧溟中。
>
> 远思日边国,却逐波上国。
>
> 问法言语异,传经文字同。
>
> 何当至本处,定作玄门宗。

还有,幻梦(天台僧)《送最澄上人还日本国》:

> 却返扶桑路,还乘旧叶船。
>
> 上潮看浸日,翻浪欲陷天。
>
> 求宿宁逾日,云行讵隔年?
>
> 远将乾竺法,归去化生缘。

孟光(台州录事参军)《送最澄上人还日本国》:

> 往岁来求请,新年受法归。
>
> 众香随贝叶,一雨润禅衣。
>
> 素舸轻翻浪,征帆背落晖。
>
> 遥知到本国,相见道流稀。

全济时(广文馆进士)《送最澄上人还日本国》:

> 家与扶桑近,烟波望不穷。
>
> 来求贝叶偈,远过海龙宫。
>
> 流水随归处,征帆远向东。

相思渺无畔，应使梦魂通。

　　那么多首《送最澄上人还日本国》，显然体现了当时人们对最澄的诚挚情感，当然，这个送行的行为肯定是有组织的。① 从目前保留的诗歌来看，时任台州司马吴颧可能是整个行动的发动者，因为他写了《送最澄上人还日本国叙》：

　　　　过去诸佛，为求法故，或碎身如尘，或捐躯强虎。尝闻其说，今睹其人，日本沙门最澄，宿植善根，早知幻影，处世界而不著，等虚空而不凝，于有为而证无为，在烦恼而得解脱。闻中国故大师智顗，传如来心印于天台山，遂赍黄金涉巨海，不惮滔天之骇浪，不怖映日之惊鳌。外其身而身存，思其法而法得，大哉其求法也。以贞元二十年九月二十六日臻于海郡。谒太守陆公，献金十五两，筑紫斐纸二百张，筑紫笔二管，筑紫墨四挺，刀子一，加斑组二，火铁二加火石八。兰木九，水精珠一贯，陆公精孔门之奥旨，蕴经国之宏才，清比冰囊，明逾霜月，以纸等九物，达于庶使，返金于师。师译言：请货金贸纸，用以书天台止观。陆公从之，乃命大师门人之裔哲曰道邃，集工写之，逾月而毕，邃公亦开宗指审焉。最澄忻然瞻仰，作礼而去，三月初吉，邈方景浓。酌新茗以饯行，对春风以送远，上人还国谒奏，知我唐圣君之御宇也。贞元二十一年巳日，台州司马吴颧叙。

然后，他也亲自写了一首《送最澄上人还日本国》：

　　　　　　　　重译越沧溟，来求观行经。
　　　　　　　　问乡朝指日，寻路夜看星。
　　　　　　　　得法心念喜，乘杯体自宁。
　　　　　　　　扶桑一念到，风水岂劳形？

　　从这个情形中，我们可以很清楚地看到当时人们对于最澄东渡求法一事给予的关注、重视以及热情，这也很直接地体现了浙东唐诗之路对于海外文化交流的重要意义。从日本历史上最为重要的天皇之一嵯峨天皇在最澄死后所作的《答澄公奉献诗》中，我们可以更为直接地看出最澄对于中日文化交流所具有的特殊意义，其诗云：

---

　　① 需要指出的是，陆质（即陆淳）也有一首《送最澄阇梨还日本诗》："海东国主尊台教，遣僧来听《妙法华》。归来香风满衣裓，讲堂日出映朝霞。"此诗与前列几首略有不同，前面几首为五言，此为七言，因此，对于此诗是否伪作，暂有争议。

远传南岳教,夏久老天台。

杖锡凌溟海,蹑虚历蓬莱。

朝家无英俊,法侣隐贤才。

形体风尘隔,威仪律范开。

袒肩临江上,洗足踏岩隈。

梵语翻经阁,钟声听香台。

经行人事少,宴坐岁华催。

羽客亲讲席,山精供茶杯。

深房春不暖,花雨自然来。

赖有护持力,定知绝轮回。

从这个角度来说,最澄经由浙东唐诗之路而实现的文化交流和传播的意义,就显得非常重要甚至不可或缺了。由此,我们大概也可以对浙东唐诗之路有一个非常清醒的认识:它不仅仅吸引了很多唐代诗人们来到这里,留下了大量的诗篇,从而有了我们今天所称赞的诗路,更为重要的是,它非常直接地起到了海外文化交流和传播的作用。关于这个意义,胡可先教授在考察天台山在对外文化交流的重要地位时,曾指出:

> 举世闻名的天台山,集山水奇观与文化精萃于一体,是浙东唐诗之路的精华所在。以天台山文化为核心,以台州为中心的主要区域,是浙东唐诗之路与海上丝绸之路的交汇点。这一区域以天台山为中心向四周辐射,而集中于现在的绍兴、宁波、温州,扩展到浙东,向内再向全国延伸,向外再向日本、韩国以及东亚地区,直至世界扩展。浙东唐诗之路,不仅仅是二十世纪八十年代定位的地理之路与旅游之路,更是一条文化之路、经济之路、艺术之路、宗教之路。浙东唐诗之路与海上丝之路融会在一起,具有更为深厚的文化底蕴和更为广阔的发展前景。这样从时间的纵轴来看,就能把过去、现在和未来通贯成一线,具有无限的延伸性;从空间的横轴来看,以天台山为辐射的中心,向浙东——全国——世界扩展,具有广袤的延展性。[①]

所以,如果我们仅仅只是将眼光局限在唐代诗人身上,局限在浙东这个区域,可能我们就只是对那几百首诗篇沾沾自喜而已。可是当我们把浙东唐诗之路和海上丝

---

① 胡可先:《天台山:浙东唐诗之路与海上丝绸之路的交汇》,《浙江社会科学》,2019 年第 12 期,第 141 页。

绸之路结合在一起的时候,我们就不仅仅看到诗篇的流传,更为重要的是,我们将认识到,作为一个重要的关键点,经济社会和文化都经由浙东这个区域对全国乃至世界发生了重要的改变,这是浙东唐诗之路重要的意蕴所在。